·散文·小说·纪实·诗歌·

故事张家界

◎ 李　林　石绍河／主编

张家界市2020年度优秀文学作品选

北方文艺出版社

图书在版编目(CIP)数据

故事张家界 / 李林, 石绍河主编. -- 哈尔滨：北方文艺出版社, 2023.1
 ISBN 978-7-5317-5686-6

Ⅰ.①故… Ⅱ.①李… ②石… Ⅲ.①中国文学-当代文学-作品综合集 Ⅳ.①I217.1

中国版本图书馆 CIP 数据核字(2022)第 125688 号

故事张家界
GUSHI ZHANGJIAJIE

作　者 / 李　林　石绍河	
责任编辑 / 张贺然	装帧设计 / 喻　芳
出版发行 / 北方文艺出版社	邮　编 / 150008
发行电话 / (0451)86825533	经　销 / 新华书店
地　址 / 哈尔滨市南岗区宣庆小区 1 号楼	网　址 / www.bfwy.com
印　刷 / 长沙市精宏印务有限公司	开　本 / 880mm×1230mm　1/16
字　数 / 230 千	印　张 / 16.5
版　次 / 2023 年 1 月 第 1 版	印　次 / 2023 年 1 月 第 1 次印刷
书　号 / ISBN 978-7-5317-5686-6	定　价 / 88.00 元

目录

散文

野地怪味菜 / 石绍河 002

大哥和他的酒窖 / 张建湘 010

梭子丘的咸鸭蛋 / 谢德才 016

童年词汇 / 杨冬胜 019

武陵源记·苏木绰记 / 石继丽 028

一个人和一座城 / 覃正波 033

洞子坊·渡·桥 / 覃儿健 036

龙凤秋意浓 / 李三清 040

一丘前世今生的梭子 / 鲁 絮 043

南门口的夏趣 / 宋梅花 046

那些年那些事 / 石少华 049

我的吉首 / 罗建辉 052

当我离开这充满欲望的世界 / 李炳华 054

细雨梦回 尘恋依依 / 江左融 057

也到牧笛溪 / 铁 棒 060

濯水之依 / 陈桂绒 062

那个叫作梭子丘老街的地方 / 罗 舜 066

牧笛村的吊脚楼 / 赵斯华 071

我曾经搭救一只鹤 / 蒋献辉 073

北瓜叶 / 廖诗凤 076

黑板上的粉笔梦 / 王译贤 078

心灵深处的山水 / 朱伏龙 081

番石榴 / 汪珍玺 084

那座厚重的山 / 詹　雷 087

老家的翠绿小河 / 黎昌华 090

遗落在大山深处的"琼楼玉宇" / 田　润 093

我的父亲 / 桑　塔 095

乡戏 / 钟慧梅 098

春归六耳口 / 邱德帅 103

生命 / 张佳利 105

把失败放在心底 / 朱仙娥 107

小说

开脸 / 宋梅花 110

盖碗肉 / 胡家胜 113

"天空颜色"专卖店 / 钟　锐 116

纪实

新诗写作要体现时代性和人民性 / 刘晓平 122

文学,我是如此爱你 / 汪久艺 125

任舫,从金牌导游到留美博士 / 流　云 129

澧水笔谈 / 戴楚洲 132

打三棋,情难了 / 朱常胜 136

人间仙境张家界,悟空三打白骨精 / 徐　鑫 140

西安四天 / 滕军钊 143

张四季的微笑 / 胡少丛 148

躲抢犯 / 甄钰源 152

醉美大鲵小镇 / 陈俊勉 165

坐着高铁去赶场 / 覃　葛 170

弄孙之乐 / 周美蓉 173

翱翔太空 / 石少华 177

炖汤记 / 邱琳芸 181

中国新农村赋 / 宁雪初 183

大舅 / 梁定发 185

诗歌

故事张家界(组诗) / 胡丘陵 188

牧笛溪(组诗) / 欧阳斌 192

远村(组诗) / 刘晓平 195

三晴两雨(组诗) / 陈　颉 198

空山(组诗) / 向延波 201

玉泉河流过的地方(组诗) / 谷　晖 204

无人区(组诗) / 小　北 207

回到牧笛溪 / 刘　宏 209

逆风的人 / 鲁　絮 211

乌桕树 / 张建湘 213

在太平洋东岸 / 袁碧蓉 216

芭茅 / 李德雄 218

仲夏之夜 / 付官雅 220

答案 / 李炳华 221

寻 / 江左融 223

珍珠 / 欧阳清清 224

我的村庄 / 张英杰 226

心里圈养一片海的人 / 胡小白 228

深度 / 胡良秀 230

拾稻穗的老人 / 廖诗凤 231

在任性的酒窝里和解 / 钟　华 233

父亲的扁担 / 梁定发 235

油菜花 / 李本华 236

校园写意 / 徐昌贵 237

一些善意的细节 / 钟慧梅 238

告别老山前线 / 曾祥佑 239

梦藤萝 / 肖玉芳 240

卜算子·咏茅岩心湖 / 李玉兵 242

九天洞赋 / 向国庆 244

登山观晨景 / 印存校 246

滕军钊诗词二首 / 滕军钊 247

贺澧源诗社周年作品选 / 吴学敏等 248

后记 / 252

散文

野地怪味菜

◎石绍河

> 怪味菜者,味道怪异难闻之菜也,有人喜爱有人嫌。有好事者在网络上搞了一次十大怪味菜评比,芫荽、香椿、鱼腥草等赫然上榜。
>
> ——题记

芫 荽

有资料显示,全世界超过七分之一的人不喜欢甚至讨厌芫荽,称其为"香草中的恐怖分子"。缘由是它那怪异迷离的香气。

芫荽一词,带有古音古韵。我的家乡竹溪,男女老少识字的不识字的都这么叫,有一种轻柔温婉的况味。一听到这个叫法,就有一股幽幽的草香扑鼻而来,仿佛飘荡着湿漉漉清灵灵的水汽薄雾,邈远而缱绻。

20世纪90年代初,我和几位同事到长沙附近的一个县出差,路过县城菜市场时,看见菜摊上摆着一把把碧绿水灵的芫荽,格外醒目。我走

·石绍河·

中国作家协会会员,张家界市作协主席。出版有散文集《清泉石上流》《大地语文》,主编多种作品选集。

过去指着芫荽,问多少钱一把?摊主说香菜五角钱一把。我始知道芫荽还有一个别名叫香菜,也感到芫荽在城市里的价格并不低。有个专管城市蔬菜生产供应的部门叫蔬菜办,他们对蔬菜有大路菜和细菜之分,芫荽归类为细菜,其价格远高于大路菜。

谷雨前的一个周末下午,我步行去离家不远的一所校外培训机构,接学习绘画的小外孙。穿过一条小巷子时,看见边上开有两小厢菜地,全都种着芫荽。一厢地里剩下几棵芫荽,已有一尺多高,茎秆微紫,开枝散叶,顶着无数花蕾,少许几朵已然绽放,准备结籽留种;一厢芫荽新苗拱出,才长出几片嫩嫩的叶子,一周左右就可食用。两厢芫荽挨着,却隔了辈儿。主人有意错开播种时间,是想一茬儿一茬儿接续上。我推想他是打心眼里喜欢芫荽的。

我对芫荽始恨终爱。好多年前,竹溪人家是不专门留地种芫荽的,只在大蒜香葱地里随意撒些芫荽种子,任其自由生长。芫荽在菜地里,总长不赢它们,不大惹人注意。等到芫荽和大蒜香葱长得平齐或更高,往往已是茎粗叶老,不堪食用了。小时候,我觉得芫荽的气味,就跟乡村里一种状如水龟、暗黑色、个头不大、到处乱飞的蝽科昆虫发出的味道相似。这种昆虫一碰上它,便放出一股奇臭难状的气味,让人很不爽,我们称为打屁虫。其实这虫有个很雅的学名叫九香虫。有时母亲做晚饭,忽然想起需要一点儿葱蒜之类调味菜,喊我去菜地里扯,我很不情愿,因为那里面杂有芫荽,一不小心很容易碰触到,手上会留下难闻的气味,洗都洗不掉。偶尔,母亲也会扯一小把芫荽洗净切碎凉拌。我上桌看见就会嘟嘟囔囔叫挪开,或者夹点儿菜就躲开。我一个小学女同学,也对芫荽特殊强烈的气味很排斥,有时闻到这气味就会作呕。有一个喜欢恶作剧的男同学,一天课间,他悄悄跑到校园外的菜地里,扯下几棵芫荽,用双手使劲揉搓出汁液涂满手掌手背,背着手踱到女同学面前,出其不意地将双手伸到她的鼻子下,女同学突然闻到辛香浓郁的气味,顿时条件反射般地喊叫,"哇"的一声吐将起来。我闻到随风飘来的余味,也有要吐的感觉。后来,我走出了竹溪这片小天地,在外就餐的机会增多,发现很多菜肴里都用芫荽提味调味,有时简直就是没得选择。适者生存。遇到这种情况,我只得硬着头皮吃,一来二去,慢慢品出了芫荽的真味,从排斥到接受再到喜爱。号称美食家的汪曾祺原来也是不吃芫荽的,认为有臭虫味。一次,他到家里开的中药铺去吃面,管事的弄了一碗凉拌芫荽激他,一咬牙吃了,从此就吃芫荽了。他说:"有些东西,本来不吃,吃吃也就习惯了。"我和他也一样。

芫荽是一种一年或二年生的草本植物,原产于地中海沿岸及中亚地区,史传是张骞出使西域时引进内地,故名胡荽,我国大部分地区都有种植。丝绸之路也是一条美食之路,沿着这条两千多年来连接东西方的古道,新奇碧鲜的蔬菜、水果东进西出,源源不断地端上了千家万户的餐桌。一本《中国野菜识别和食用图鉴》里,把芫荽列为野菜之一种。现在很少见到野生芫荽,我们不会把它当作野菜了。

芫荽嫩茎和鲜叶含有特殊的挥发油,那特殊的味道就是挥发油发散而来。它鲜嫩青碧的绿叶,鬼魅妖冶的气味,祛腥除膻的特质,常作菜肴的点缀、去膻、增味之用。牛肉火锅、羊肉火锅、鱼头火锅里放一把碧绿的芫荽口舌生津;花生碎拌芫荽、芫荽炒猪肝人见人爱。《本草纲目》上说:"胡荽辛温香窜,内通心脾,外达四肢。"芫荽具有芳香健胃、祛风解毒的功效,最宜霜降期间养生食用,其黄金搭档食材是牛肉、黄鳝、腐竹和鳖肉。芫荽加牛肉可以健脾胃、除水肿,通大小肠积气。芫荽和腐竹,能够促进胃肠蠕动,加快营养消化吸收。

有一年秋天,我去宁夏吴忠公干,晚上到时感觉天气很冷。朋友说带我们去喝碗羊汤,暖和暖和。香气腾腾的羊汤上面漂着芫荽、青萝卜片、枸杞和洋葱等,爽口开胃。一碗下去,汗腺打开,寒意顿消。《金瓶梅》第九十四回写到鸡尖汤,是用雏鸡脯翅的尖儿碎切,加上椒料、葱花、芫荽、酸笋、油酱之类做成的清汤,香喷喷热腾腾,但春梅不是嫌清淡就说忒咸了。可能与心情和环境有关。

在北方的一些地方,有处暑节气"上新麦子坟"的习俗,就是用新麦祭祖。祭祖时,不但要放上十二个大馒头,还要摆上四个好菜,如芫荽小炒、肉炒扁豆、韭菜煎蛋、油炸小黄鱼,以时鲜蔬菜为主。芫荽小炒用来祭祖,可见地位之尊崇。日本人喜欢用芫荽入茶,说是能够帮助排毒。汕尾擂茶原料就有芫荽,喝这种茶生津止渴,防风祛寒,清热解毒。我在读到《金瓶梅》第七十五回时,看到"申二姐伴着大妗子、大姐、三个姑子、玉箫,都在上房里坐的,正吃芫荽芝麻茶"时,觉得匪夷所思,便在旁边批注了四个字"这茶啥味?"

芫荽性温味辛,入肺、胃经,辟一切不正之气,其药用价值也很高。芫荽葱白生姜片水煮,加红糖,趁热服可治感冒。芫荽煎汤,一天三洗,能治脸上雀斑。

暮春的一个傍晚,我出去散步,顺着一条还没有完工的道路慢慢走。忽然看见路边一块地上长着几蓬齐腰深的芫荽,开满了白色带紫的花,如一只只小蝴蝶张开翅膀歇在枝头,暮色中望去散发出一层淡淡的银色光晕。晚风袭来,植株浪漫起伏,弥散着清新淡雅的花香。过几天再去看,还是那模样。芫荽由蔬菜蝶变为园林植物,乡村田园风,人间烟火气,好美好诗意。

香 椿

香椿芽是长在树上的蔬菜,在暖暖春风里弥漫着柑橘、樟脑和丁香混合的香气。它的春天味,有人觉得醇香爽口,魂牵梦萦;有人说它古怪难闻,掩鼻嫌弃。

椿树高耸,枝叶疏朗。椿木黄褐色,间镶红色环带,纹理美丽,质地坚硬,光泽温润,耐腐力强,不翘不裂,不易变形,是做家具、室内装饰品的优良木材,素称"中国桃花心木"。家乡竹溪有一习俗,哪户人家生了女儿,做父亲的就会在房前屋后栽上几棵椿树。待女儿长大成人将要出嫁时,砍倒椿树,解成木料,请来木匠,精心打制一套嫁奁,把女儿风风光光地嫁出去。香椿从孱弱小苗长成参天大树,枝梢年年长出叶厚芽嫩,绿叶红边,油亮饱满,似玛瑙如翡翠的香椿头,竹溪人唤作"椿尖",是春天的美妙馈赠。"椿木实而叶香,可啖。"可谓一举数得。

我的女儿出生那年,我也依俗栽下十多棵椿树。椿树伴着女儿一同长大。待女儿出嫁时已流行购买家具,用不上我栽的椿树做嫁奁了。那十几棵椿树,一棵做了老屋横梁,替换朽坏的梁木,几棵做了他用,剩下的长得健硕蓬勃,环抱有余。一到春天,可采下成篓成篓的香椿芽,是左邻右舍喜爱的美味佳肴。家人有时也会给我捎带一些刚采摘的椿芽品鲜。一嗅到浓香四溢的味道,不仅食欲大增,还会忆起栽树时的情景,勾起一种淡淡的乡愁,感叹韶华飞逝,岁月易老。

香椿在我国栽培已经两千多年,食椿历史悠久。相传在汉代,民间的食椿习惯就已遍布大江南北,唐、宋及明清时期,很多地方产出的香椿成了宫中贡品。清代民间称春天采摘、食用椿树的嫩芽为"吃春",有迎接新春之意。"雨前椿芽嫩无比,雨后椿芽生木体。"香椿芽最宜谷雨节前采摘食用。椿芽焯水后做菜,齿颊生香。清代李渔赞道:"菜能芬人齿颊者,香椿头是也。"通常的吃法有凉拌椿芽、香椿炒鸡蛋、香椿拌豆腐等;还有的用来做饺子、蒸包子、拌凉面等。还可以腌制,留作慢慢食用。明代高濂在《遵生八笺》中详细记录了香椿芽的吃法:"香椿芽采头芽,汤焯,少加盐,晒干,可留年余。新者可入茶,最宜炒面筋、爊豆腐、素菜,无一不可。"康有为钟情于椿芽的芳香,赋诗道:"山珍梗肥身无花,叶娇枝嫩多杈芽。长春不老汉王愿,食之竟月香齿颊。"

有一次,我去乡下查看增减挂钩项目实施情况,午间在农户家就餐。桌上有一碟切碎的椿芽,半干半湿,呈暗绿色。我舀了一勺送入口中,清香嘣脆,咔嚓有声。用之拌饭食用,香留齿间,回味无穷。我盯着椿芽而不旁顾,一碟切碎的椿芽被我吃了一半。我为了掩饰窘态,边吃边赞:好吃!好吃!小满那天,我到一个乡镇去参与第三次国土调查,中午在食堂就餐,席间有一盘浸黄透绿的鲜凉拌椿芽,望之垂涎欲滴,食之满嘴含香。主人不无得意之色,说鲜椿芽是这儿的一大特色,一年四季都有得吃。我询问其故,主人告诉我,椿芽当季时采摘,用水焯过,焯过的椿芽由嫩红变为鲜绿。沥干水后用真空袋分装,冷藏保鲜,随取随食,方便得很。不过,毕竟数量有限,一般情况下难得吃到。

竹溪的野地里,还长有一种与椿树形态相像的树,我们叫它臭椿,书名叫樗树。《长物志》里说"香曰椿,臭曰樗"。这两种树,不仅气味有别,而且树干也有很大差异。樗树干表面光滑不裂,椿树干则树皮容易皲裂。据说上帝在给植物命名时,把臭椿叫成天堂之树。这个名字本来是给香椿准备的,以褒扬其清香高洁。可上帝一不小心弄错了。香椿得知这一情况后,越想越气,结果把肚皮都气炸了。但在小孩眼里,这两种树还是往往会弄错。我记得小时候,一天放学后去山上放羊,看见几株椿树长着惹人爱的嫩芽,无人采摘,心中窃喜,忙跑过去攀枝折丫掰扯起来。费了老大工夫,把能采到的嫩芽都采完了,脱下外套兜着,大大一包。我一边背上驮着大包一边哼哼唱唱地赶羊下山,想给母亲一个惊喜。当我把一大包椿芽放到母亲面前,母亲轻轻打开,认出是臭椿芽,又笑又气,拿出几芽,伸到我鼻子下说,你好生闻闻,这是香椿芽吗?我嗅嗅,果然有腥味却没有浓香味。我很懊悔,难怪这么好的嫩芽没人采。

竹溪有歌谣云:椿树高来莫上巅,马走险路莫走边。风流玩耍莫大胆,哪个一手遮得天。俗语说"香椿过房,主人恐伤。"都意在提醒人们,椿树高大,枝干斜逸,脆而易折。如果上树采摘椿芽,要防止枝断摔伤。椿芽好吃,但要注意安全。我的小伙伴曾有采椿芽从树上掉下来摔伤的事例。

中医认为,香椿芽味苦、性平、无毒,有开胃爽神,祛风除湿,止血利气,消火解毒,美容养颜的功效,故民间有"常食椿巅,百病不沾,万寿无边"之说。《本草纲目》中说:"香椿叶苦,温煮水洗疮疥风疽,消风去毒。"不过,中医典籍也指出"椿芽多食动风。"告诉我们食用香椿要适当适量,不可贪吃。

《庄子》上说:"上古有大椿者,以八千岁为春,八千岁为秋,此大年也。"上古时代的大椿树以人间八千岁为一年,可见寿命长久。后人便常用"千椿""椿寿"等词语,祝愿长辈像椿树一样长生不老。男以强为贵,女以柔为美。香椿枝干硬挺,萱草鲜艳忘忧。这两种植物都承载着美好的象征意义,人们就用"椿"比喻父亲,用"萱"形容母亲。有诗为证:"知君此去情偏切,堂上椿萱雪满头。""椿萱堂上难追慕,桂萼阶前竞秀妍。""椿萱并茂"意为父母双全、健康长寿。

"民国闺秀最后的才女"张充和女士,随夫定居美国后,在自家院子里栽植了几棵从中国捎带去的椿树苗,她还一直保留着吃香椿的习惯。香椿寄托着张充和挥之不去的思乡之情。

香椿不仅是一道怪味菜,更是一种家国情结和人文情怀。

鱼腥草

鱼腥草,一名蕺草,又叫折耳根。这种穿越古代摇摇曳曳走来的野草,味如其名,是公认的怪味草。

因了这草鱼腥味的异气,人们对其态度易走极端,分化严重。有的尊为"仙草",爱得深沉。《旧经》上说:"越王嗜蕺。"故南宋王十朋写有《咏蕺》诗:"十九年间胆厌尝,盘馐野味当含香。春风又长新芽甲,好撷青青荐越王。"与王十朋同时代的张侃还咏道"我歌采蕺非虚辞,采蕺歌中有深意。"不无赞美之意。有的闻味色变,避而远之。日本园艺家柳宗民就称"常见野草中茎叶会散发出恶臭的,除了屁粪葛,还有臭味与它相当的蕺草。""蕺草闻起来则是混合了腥臭和青草味的独特气味,大概没人会喜欢这味道。"对其很不待见。

家乡竹溪多沙壤土,最宜鱼腥草生长。路边、溪旁、树荫下、湿地里,到处都可看见它的身影。乡下可食用的野菜太多,水芹菜、鸭脚板、地米菜、野葱等,随手一薅就是一大把,鱼腥草是很少入乡下人法眼的,只是在春天里有人偶尔把嫩茎嫩叶一起切碎,撒上一些辣椒末凉拌着吃。翠绿鲜嫩的鱼腥草却是喂猪的好饲料。那时,我们放学后一大任务就是扯猪草。邀上三五好伴,专寻那肯长鱼腥草的地方去,不一会儿就能扯回高高一背篓。在吊脚楼上剁猪草时,鱼腥草的气味浓烈,刺鼻熏眼,我们往往扭过头乱剁,常有把手指剁伤的情况发生。那时猪饲料多么环保,想想当下食品之忧,真是过得"猪狗不如"。

鱼腥草地下茎在沙壤土中新芽萌发,盘根错节,繁殖迅速。我家阳台上有一空置花盆,春天,我将从超市里买来的鱼腥草,选一截地下茎埋入土中,没多久长出了嫩红的新叶。我没管没顾,它却一味疯长爆盆了。我把花盆斜置着连土带草抠出来,发现鱼腥草的地下茎已在里面旋盘成饼,纵横丛生。我把地下茎上泥土抖落洗净,切碎凉拌,细嚼慢品,好不惬意。芒种那天,我从单位回家时,忽然远远看见小区花圃里有几朵白色小花探头探脑。我好奇,走过去想看个究竟。走近,才认出是一小片鱼腥草,正兴高采烈地开着花姿动人的纯白花朵。我问保洁员,怎么想起在花圃里栽鱼腥草来。她笑笑解释,哪是专门栽的,是有人不经意间把鱼腥草的根扔在花圃里,就长成这样了。我点点头,看着这些漂亮的花朵,觉得这样子很好。西方人认为,鱼腥草是极具东方风情的花卉,常常栽在庭院里供人观赏,而且还培育出好几个新品种。

茎白脆嫩,香味浓郁的鱼腥草,而今已是很多人家餐桌上一道常见的开胃小菜。最简单的吃法是把切短的鱼腥草茎凉拌生吃,色白如玉,别样滋味。讲究些的可拌上辣椒粉、生姜、芫荽、葱蒜、香料、食醋等。我们当地还有鱼腥草炒腊肉、鱼腥草煎蛋饼等吃法,虽受欢迎,但不常做。

有人看到了商机,开始人工栽培鱼腥草。好些地方做成了一大产业,帮助农民脱贫致富。现在,超市里一年四季都可以买到鱼腥草。雪峰山鱼腥草还成了地理标志产品。一株小小鱼腥草功莫大焉。

鱼腥草因为味道怪,有时也不太招人喜欢。那年,我们接待一位从北京来县里挂职扶贫的干部,桌上有一碟凉拌鱼腥草,他看到我们吃得津津有味,便问是什么菜。我们说是当地的特色菜,怂恿他试试。他果然中计,挑起几截就吃。只嚼几下,便捂着嘴往卫生间跑,吐得稀里哗啦。从此对鱼腥草敬而远之。号称什么都能吃的汪曾祺,也难敌鱼腥草的腥味。他这样记述吃鱼腥草的情景:"有一个贵州的年轻女演员在我们剧团学戏,她的妈妈千里迢迢地给她寄来一包东西,是择耳根,或名则尔根,即鱼腥草。她让我尝了几根。这是什么东西?苦倒不要紧,它有一股强烈的生鱼腥味,实在招架不了!"

鱼腥草是《中国药典》收录的草药,有全能保健师之美称。它有抑菌消炎、排湿解热、免疫清肺等功效。如把鱼腥草叶子揉碎敷在伤口上可治感染化脓,叶子晒干后泡茶喝,能利尿、通便、防感冒、防动脉硬化。据说日本广岛、长崎遭到原子弹袭击后,鱼腥草在核辐射环境里依然长得十分旺盛。传说一位双目失明的贫困老母亲患了重病,咳嗽、高烧。有一日她想喝鱼汤。儿子无钱买鱼,只好上山采来鱼腥草熬汤,骗母亲说是鱼汤。母亲信以为真,连喝几碗。喝过鱼汤后,母亲的病竟慢慢好了。柳宗民的母亲喝了一年的鱼腥草煎服的汤药,治好了副鼻窦炎。我的一位同事一年前体检时发现有脂肪肝,有人建议他常吃鱼腥草。他果真每天生吃凉拌鱼腥草,一年后再去体检,脂肪肝没了。他觉得鱼腥草好神奇。

春秋时代的越王勾践卧薪尝胆,是个很励志的故事,几乎妇孺皆知。他采蕺食蕺的事却鲜为人知。相传勾践从吴国回国的第一年,碰上了罕见的荒年,百姓无粮可吃。为了渡过难关,勾践亲自登上绍兴城区东北面一座小山寻找可以食用的野菜,终于在山上发现了蕺菜可以果腹充饥。后来,人们便把勾践采蕺的这座山叫作蕺山,越王采食蕺草的故事也流传开了。

一道怪味菜,竟也牵扯出这么多事体,我没有想到。天生我才必有用,每种植物都蕴蓄着生命的坚韧与美好。

(载于2020年第4期《吐鲁番》)

大哥和他的酒窖

◎张建湘

·张建湘·

湖南省作协会员,在《天涯》《十月》《清明》《文艺报》等发表过小说、散文若干,出版有散文集《湘西的风景》,小说集《矢车菊庄园》。

  大哥的酒窖之于大哥,如同藏书之于书生——书生虽困窘乡野,因为有了藏书,便有了一个属于自己的大千世界,这大千世界里除了上下五千年、纵横八万里、宇宙天地间的万事万物,当然也有他的颜如玉、黄金屋、千钟粟。有了那一间酒窖的大哥,如同拥有藏书的乡野书生一般,就觉得自己是个身怀利器的人物,虽身陷尘劳,却不悲戚,自己清楚自己的实力,目光里自有一种与众不同的气象。只要想想自己的那间酒窖,大哥便暗自底气十足,便可笑对人世的一切苍凉沉浮。

  如此一说,便知酒窖对于大哥是多么的重要——它是大哥对抗风尘岁月的法宝,是生活里的亮点与慰藉,是他在尘埃下能活得自在与丰足的理由与依据。每当结束一天的劳顿,他一个人悄然走进酒窖的时候,他黑瘦而坚硬的面容,瞬间便会松弛下来,变得柔软而有了温度。酒窖是不透光的,大哥走进酒窖的时候,常常是提着灯——隐约的灯光下,大哥的脸上浮动着一层明亮的灵光,那检视每一缸、每一桶、每一种酒的表情,就显得格外生动与丰富,较之平素,判若两人。

　　大哥家房子的后院紧靠山林,山体陡峭,林木浓郁。进入3月的时候,屋后的林子里开满了紫色的杜鹃花,属于春鹃,开起来满山遍野,蔚为壮观,大哥家房子后面就像竖立着顶天立地的巨大花屏。而大哥的酒窖就设在后院紧贴山体的岩石下,并就了一堵山岩做墙壁。不大的酒窖里,排列着大小不等的酒缸、酒罐、酒桶,它们静静地安顿在这间有一堵山岩做墙壁的酒窖里,有着一种不动声色的沉稳与从容,与大哥那不温不火的性子很搭。大哥用手指着一只只酒缸告诉我,这缸里的是野生猕猴桃酒,那一缸是野生糖拐子酒,还有几桶葛根酒和多种野生药材炮制的药酒。光线幽暗的酒窖里,飘浮着一种神秘的香气。这种香气,已不是单纯的酒香,而是酒与各种植物神秘地相互渗透、融合后,生成出一种新的能量,由此而散发出的庄重高贵的香气。每次走进大哥的酒窖,如同看他酿酒一样,我都不敢乱说话,便是要说话,也是小心谨慎地轻声细语,生怕惊扰了酒窖里飘浮、氤氲着的某种气息。在大哥的酒作坊或是酒窖里,我从不敢乱碰他酿酒、储酒的器具,生怕犯了什么禁忌。我知道,酿酒与窖酒,是很有仪式感的一桩大事。旧时候,是有着诸多禁忌的。但大哥似乎没什么禁忌。无论是在酿酒或者窖藏酒的时候,整个过程,他都显得轻松而愉悦。在这样的时刻,在困顿中度过了大半生的大哥显得举重若轻,游刃有余,仿佛所有的日子不过是在他手里流动的芳香四溢的透明液体。

　　其实,煮酒的工作是很辛苦的,有时,大哥一天就得淘、煮、舀、蒸几百斤大米,既是体力活,又是技术活。但是,在他的小小的作坊里,他一个人静静地做着这一切的时候,真的很陶醉于这一桩事情。看着各种谷物或薯类或果实在自己手里慢慢地变成了香气迷离的液体,他整个人也变得灵动起来。若再将酿好的酒,一桶桶搬进酒窖后,他觉得自己的日子也由此变得厚重、庄严起来。别人看他仍然是那个黑瘦的、不爱讲话的老头,而他知道自己的底细,不动声色中,蕴藏着很足的底气。就像旧时候的老财主,在床底下、墙壁夹层中,悄悄地收藏了丰足的金银财宝,而外人并不知情。守财奴到夜深人静的时候会悄悄打开自己的宝藏,在灯光下细细察看,不是怕丢失,而是为了获得握住财富的那种满足感;大哥也常常一个人待在他的酒窖里,细嗅各类酒香,品尝各种酒的味道,分辨着属于他自己的花开花落、烈日风霜、秋高气爽。

大哥所酿的酒,甘醇绵柔,纯度极好。除了选料精致以外,就是与水质有着极大关系。大哥的家是真正的依山临水——屋后就是林木葱茏的高山,门前是清澈的溪流。这条溪流的源头在上面险峻的峡谷里,水质清冽轻柔而薄透——那里轻尘不到,只有葱翠的林木、洁净的石头、葳蕤的水草与苔藓,还有4月里飘落水畔的紫色杜鹃与粉色山樱花。因为这水,每次我去大哥家,总要泡上一大壶茶,坐在他家酒作坊的门前,面对山林与溪流,听着鸟语,一直喝到五脏六腑都被茶水给洗通透了才离开。

大哥也常带我走进他的酒窖,让我品尝他的各种藏酒。我本是不能喝酒的人,受了大哥酒窖里藏酒的诱惑,也慢慢地变得能喝了:糖拐子酒甘甜醇厚;猕猴桃酒微酸里透着轻柔的浅甜;各类中草药酒味道很冲,喝到嘴里,进喉咙前它自己会停顿一下,似乎提醒你的选择是否正确;而五谷与薯类所酿的酒,都有种庄严的厚重感。有一次我脚崴了,疼得不行,艰难地走到大哥家里,他立即去酒窖里取来一小杯酒让我喝下。见酒水中夹杂着几条绿色的丝样植物,我问是什么。大哥说这东西叫"四两麻",是他在陡峭的峡谷里采来的,对跌打损伤有奇效。他说,有句老话叫:"哪怕打到地上爬,只要手里握有四两麻。"邻里乡亲,谁若有个风湿劳损、腰酸背痛,只要向大哥开了口,必会得到大哥所赠药酒。这药酒大哥是绝对不收钱的。我说,大哥你也可以卖药酒啊,肯定很好卖的,有市场。大哥说,卖什么,药是长在山上的,山是大家的,不过是刚好他认得,刚好他又有酒,采回来泡成药酒,哪个也不会拿这个当饭吃的。大哥的生活哲学简朴得一如山林岩石、行云流水。

大哥酿酒、窖藏酒,当然也卖酒。一年收入还算过得去,至少能保证自己与自己的女人丰衣足食。对,大哥身边有女人,爱酒的男人身边不会缺少女人的。活到七十出头的大哥,一生算来有四个女人了。原配在二十多年前就离了。与他育有三个儿子的原配,脾气暴躁,个性格外凶悍。有一年,大哥因做生意亏了本,那女人突然挥起一只木凳子对大哥砸过去,当场砸断大哥两根肋骨。有一次,大哥外出所乘车辆出了车祸,同车的伤了多人。当他回到家中时,女人居然劈头一句,不是说出车祸了吗?你怎么没死啊?大哥不愿意讲起这样的往事,每每讲不了几句,就让这个黑瘦的硬朗汉子哽咽不已。50岁的时候,看着三个儿子已成年,大哥便离开那个凶悍的女人,一蓑烟雨卷单行,身无分文去广州打工谋生。十年的打工生涯,没有挣到什么钱,生命里却走马灯似的前后出现了三个女人,而且个个都温柔漂亮,年龄都比他小了20岁左右,这对他曾经受那个暴躁凶悍的原配所挟制的那段日子,似乎是个戏剧性的补偿。前两个女人,因为各种原因,与大哥在一起生活的时间都不长,最后的这个女人,性格温婉,模样秀气,比他整整小了20岁,与大哥相守已有十多年了。

那时候,大哥还在广州打工。有时,他独自行走在大街小巷的时候,会嗅到一种缥缈的香气,那香气似乎是一种薄荷里掺杂了小麦,或者是高粱、玉米等五谷煮熟发酵后,又加入了肉桂的香气——对,这是酒香!徘徊在别人的街头,站在陌生的风中,他在悄悄地嗅着别人的酒香。他猝然被一种伤感,或者叫忧伤淹没。于是,他一刻也不想活在这种偷嗅别人的酒香的环境里了——他得找到那种真正属于自己的东西,那种能让他活得心安理得的东西。他隐约觉得真正属于他的那种香气,那是一种能慰藉他身心的东西,它一直隐藏在每日的琐琐碎碎、辛劳忙碌里,就像星月隐匿在云翳里一样。但它也一直都在那里等着他,等他机缘成熟时找到它。于是,他带着他最后的女人回到依山傍水的山村老家。

其实,大哥的得意与失意,都源于自己的聪慧。年轻时,他在村里做过很长一段时间的会计,他可以双手打算盘,速度快到别人的眼睛跟不上他的手。但是,在那样的日子里,他的这个技能,对于解决温饱却无济于事,他仍然得与别人一样,在天黑之后,悄悄进山砍柴烧炭,再更加小心地偷偷担到外面卖掉。或者是在月朗星稀的夜晚,饿着肚子,一把锄头摸进山,艰难地挖找蕨根,以充家中口粮。那一年冬天的一个夜晚,大哥半夜里挑着一担烧好的木炭,跌跌撞撞地从山上摸黑下山,回到家里时,又累又饿,说话的力气都没有了。当他想找点儿食物充饥时,只有半碗冰冷的萝卜放在同样冰冷的灶台上。大哥心里很生气——气那个对他不知冷热、不管死活的原配。家里什么都缺,唯独不缺少柴火,他的女人为什么就不能给他一碗热萝卜呢?他的心一下子变得比那碗冰冷的萝卜更冷。于是,他决定离开这个家,离开让他寒透了心肺的原配,离开无论他怎么努力也无法顾全温饱的山村。儿子们都大了,正是各奔前程的时候。于是,已五十出头的大哥,怀抱失意与沮丧,还有那么一丝希冀,离开山村,决定外出寻找属于自己应该有的另一种生活——其实他并不知道自己命里应该有什么,或者会有些什么。他虽然知道自己有足够的谋生技能,却不能预知是否有足够的运气。他只能将失意、沮丧、不甘、傲气这些东西纠结成一团,紧紧打包收藏起来……

离乡十多年,待大哥回到老家后,三个已各立门户的儿子们将他一手建成的房子给拆掉了,为的是将那块地基分成三份,兄弟们各占一份。已彻底失去立锥之地的大哥,默默地找到现在这个紧贴山根的荒地,在一片岩石、瓦砾之上,带着女人一起,两个人自己动手,一砖一瓦地搭建起了几间简陋的房舍,用以安身。

从此,大哥带着比自己年轻20岁的女人开始酿酒、卖酒、窖酒,既是为了生计,似乎也是在顺应某种宿命的安排。当第一桶酒从蒸锅里慢慢流出,酒香如雾弥漫于整个属于大哥的空间时,他猝然被一种巨大的幸福感笼罩,顿悟了自己长时间寻找而一直在等待自己的东西,就在这酒香氤氲中到来了!有一团明亮的温热,自他脚底下一路攀升到他的额头,然后在头顶上安歇,如宗教中所提到的那朵千瓣莲花,光明、温暖,让他的身心都有了归属感。他的女人接了一碗刚从器皿里流出的酒递给他,说着开利市的吉祥话:祝贺老板!恭喜发财!

很短的时间内,大哥酿的酒便在周遭一带出了名,生意非常好,常常供不应求。但女人不让他过于辛苦地为钱操劳,她曾多次对我说,够吃够用就行了,一把年纪了,何苦为了多余的钱累死累活?这个善良聪明的女人,是从大波大折中走过来的人,够吃够用之外的钱,她便认作多余了。

大哥酿酒,一半为钱,一半是为酒——比如,他窖藏酒。他窖藏的酒,只有很少一部分卖出。窖里视为珍品的酒,除了自己喝,就是送给亲朋好友们。春暖花开的日子,邀来二三好友,将饭桌搬到酒作坊前的敞地里,坐在阳光树影下,面对满坡紫色的杜鹃花,听着门前的流水与鸟鸣,品尝着刚从酒窖里取出来的美酒。至于佐酒的菜,窗前屋檐下挂着串串干菜,灶房坛子里腌着酸菜,后园子里女人养了鸡鸭,还有门前溪里捞到的小鱼小虾。绿树村边合,青山郭外斜,开轩面场圃,把酒话桑麻——这样的场景,并不只是在古诗词里才有,眼前当下,在大哥家那里便是。

今年七十出头的大哥,虽然黑瘦,站在那里会让人认作是半截雷击木,但身体却十分硬朗,耳聪目明,行动敏捷。我跟着他进过几次山,见识过他采摘野果与野生药材时的敏捷身手。从大哥家进山很容易,屋背后就是林木茂密、山体陡峭的大山。野生猕猴桃、糖拐子、板栗、柿子等成熟之后,站在家门前就能遥遥嗅到那一种野果独特的芳香。进入山林的大哥,变得格外机灵,上树采摘猕猴桃、板栗之类,猴子般灵巧。他爬在树上采摘,女人就在地面接应,两个人在说笑间就能轻易地满载而归。他的这个最后的女人,一直都是与他一同进山采摘野果、寻找药材,一起到山中艰难地背回家大量的柴火——煮酒需要很多的木柴。这一切,都是这个善良聪明的女人与他共同完成。曾经有一次,正是野生猕猴桃成熟的季节,大哥与村里其他几个男人一起,从清晨的浓雾中出发进山。直到远山之巅的最后一片晚霞都完全暗淡下去,仍不见大哥回家。女人询问了已回村的其他同伴,都说上山之后,大哥一个人独自走了另一条路,所以没人知道他是否已下山。女人急得拿着手电筒就独自进山寻找大哥。胆战心惊地走了好几里山路,才见大哥挑着满满一担猕猴桃,在暮色已浓的狭窄山路过来。一见大哥的身影出现,女人一下子坐在地上失控地放声大哭,从此不肯让他独自一人上山……

除了居住处的这间酒窖,大哥还有一个很隐秘的小酒窖。这是个纯粹的小岩洞,在屋后崖壁下。山洞有十来平方米大小,里面冬暖夏凉,洞口用大石板封严实了。里面所窖的酒,都有很长时间了,大哥自己也很少进去。他像窖藏着一个秘密般,自己也不轻易去打开隐秘的酒窖。我问他那个山洞在哪里?站在酒作坊门前,他往对面山崖间一指说,就在那里,他指着的地方,茂密的松树下,盛开着大丛大丛的紫色杜鹃花,繁花与松枝掩盖着岩石,根本看不出哪里是窖藏酒的山洞。

我说,搞得这么神秘,又不是炼仙丹!大哥用他那种双手能打算盘的乡村老会计式的微笑说:那也说不定啊!

曾看过这样一句话:"花因风雨而开,花因风雨而落;没有风雨,花不开也不落。"眼下,已是古稀之年的大哥,似乎把一生的风霜雪雨、花开花落,全都省略去了,他只活在当下这个经由所有岁月过滤后的酒香里……

(载于2020年第7期《福建文学》)

梭子丘的咸鸭蛋

◎谢德才

梭子丘，出特产，
名字叫作咸鸭蛋；
圆又圆，真新鲜，
人见人爱都喜欢；
口浸香，好口感，
人们夸它"神仙蛋"……

一首梭子丘的民歌，唱出了当地的一种特产——咸鸭蛋。

民歌的调儿，一直在我的心里未曾忘记，每一个音符都时刻拨撩着我想念咸鸭蛋味道的神经末梢，弄得我心里痒痒的且馋得口水直流。

这个春天，落了许久柔和的雨，忽然放晴。我再次走进自己喜欢去的梭子丘。

梭子丘，在湖南省桑植县马合口白族乡。一片丘陵，如一把正在编织的梭子。小桥、流水、人家都在"梭子"上过着快乐而悠闲的日子。

这些年，市委组织部来了这里驻村帮扶，这里的白族建筑多了起来。一些房子的大门边都

·谢德才·

中国散文学会会员、湖南省作家协会会员。作品见于《人民日报》《湖南文学》《散文选刊》《散文海外版》《中国作家》等报刊。出版散文集《一个人的凤凰》《张家界看"海"》《张家界的眼睛》。

镶刻着通俗易懂的楹联。一条宽阔的街道，一直向前延伸着。我沿着这条街轻轻地笃步，生怕自己的脚步声扰乱它的宁静。是因为，这不是一条街，而是一条厚重的历史。我在这街上一步一步地行走，步步皆为景观。墙上，记载着梭子丘的歌舞，记载着梭子丘的谚语，记载着当年贺龙骑马经过茶马古道的场景。读着这些有血有肉的文字，我感受到了梭子丘历史的文化珍宝，像阳光明媚的春天，品一壶好茶，淡远悠长。

当我揣摩着楹联的时候，微风拂过，咸鸭蛋的味儿也像初恋的香吻，直扑扑地进入我的心中，挥洒不去。

闻香而入，我走进一家琳琅满目的商店。长发飘飘的年轻的老板娘，记着顾客要买咸鸭蛋的数字。她打包，她收钱，她忙得不亦乐乎。暖春的阳光下，不一会儿，她那明眸的睫毛上，挂满了小汗珠。

眼前的咸鸭蛋热销，让我忍不住想去农场，寻找制作咸鸭蛋的主人。给我带路的小弟告诉我，做咸鸭蛋，水质要好。是的，水对做咸鸭蛋来说，如空气对人一样。不过，这也难不到梭子丘，因这条街上，水井有七八口，岁月悠久，它们都以深邃和清澈而生存着。

远处的农场，很空阔，扑面而来的不是别的，是咸鸭蛋的香味儿。农场的主人见到我，忙喊我坐。他，体胖，一看就是一个相当能干的人。他对我说，咸鸭蛋在他们那里算是一种土特产。他说话慢条斯理，语气间，充满自信和满足。这里的鸭子是放养的。他有意带我去看一看。一片阳光灿烂的稻田边，一棵大树站在那里，表情是那么自然、那么舒畅。一些稻草为了点缀它，还尽情地拥护着。我明白，驯养的鸭子在笼里，自由的鸭子在田野。我静静地坐在草垛边，定神环望，发现这稻田是风景中最自然最动人的美丽。他拍着我的肩膀说，山里田地少，鸭子却不少。

这田野，美得无法用言语描述。山里的一切事物，都同样圣洁、温和而纯洁。

我听他说着如何做咸鸭蛋的，他边说边从口袋里取出一个咸鸭蛋给我。他说，制作这咸鸭蛋，说复杂也复杂，说简单也简单。他的祖辈做过咸鸭蛋。他干着这活儿，还不到两年时间，但，做得挺不错。他告诉我，做咸鸭蛋，蛋要好，水要好，酒要好，盐也要合适。先把鸭蛋用酒淋湿，然后，在鸭蛋上糊些盐，放入水坛中。热天里,暖和些,放上二十七八天,就可以了;冬天冷,时间稍放长点儿,三十余天则行。再取出来,用水煮熟,咸鸭蛋一股浓浓的香味就这样诞生了。我边听,边把他递给我的一个咸鸭蛋在桌子上轻轻地敲碎。之后,小心翼翼地剥去蛋壳,露出鲜嫩而柔软的蛋。瞧着这饱满的蛋,我吝啬地咬上一口。它不仅松沙可口,而且香气浓郁。最妙的是,它绵密与沙粒感兼具的蛋黄,里面蓄满黄油。我一掰开,香喷喷的黄油冒了出来。缓缓地,在光滑柔嫩的蛋白上节奏地流着。说来真有味,在有的蛋黄中,还贮藏着一点红。这红如一轮初升的太阳,镶嵌在细致的蛋白中,耀眼。这红,代表着村民们祈求平安的心愿,村民们也希望自己的生活越过越红火。

临别时,他从屋子里取出一盒咸鸭蛋。盒子上写着:"《齐民要术》中记载:浸鸭子一月,煮而食之,酒食具……"我揭开盒子,看着文字,香味四散……

坐在回城的车上,我与司机扯着白话,聊起咸鸭蛋,聊啊聊,不谋而合地唱起《梭子丘的咸鸭蛋》。

(载于 2020 年第 7 期《散文海外版》)

童年词汇

◎杨冬胜

> 童年不再之后，我的心灵就上了锁，而这么多年，我却发现大地之上已经没有了钥匙。
> ——题记

玩泥巴

大地之上的乡野之民一直相信，只有泥巴才能拯救自己。活着把自己一生献给宽广大地；死后把自己劳碌的身体交付与皇天后土，一切那么自然，毫无矫饰。泥巴是生命里的底色。尽管人们一直被不怀好意的人称为泥腿子，面朝黄土背朝天，但人们还是那么豁达，对这种说法一笑而过，他们说上溯三代，谁保准不是泥腿子？

泥巴就像一块块面包，营养农作物，也间接喂养乡野之民。谁说泥巴不好呢？古代的版筑房子，就是用泥巴做成的。傅说还举于版筑之间呢，足以证明英雄起于草莽之间。福建的永定土楼，不也是用夯土混合其他原料做成的。老家房

·杨冬胜·

作品见于《岁月》《星星诗刊》《中国校园文学》等杂志。

子的壁间曾经也是用泥巴和断草糊制,顽强抵挡过风雨的侵袭。

亲近一团泥巴,比亲近一块糖要好,也意义深远。那时,大地之上的乡野,糖是稀罕之物,而一团团泥巴则可信手拈来,得来毫不费工夫。年幼的我们,自由自在。爹娘忙着农事,并不管我们,我们和玩伴快意地用泥巴,玩响炮,玩泥偶,兴趣盎然。

屋前是一块废弃的田,因为几家人都有份,不便种作,所以被搁置着。这样,我们取泥很是方便。取得的泥土是干的,有一定的黏性。然而这并不妨碍我们的玩乐,将泥土掺一点儿水即可。有水润泽的泥土就恢复了原来的本性。我们没有脏的概念,在田地里赤脚踩泥,狠狠地踩,将泥土踩得黏性十足。踩得平整的泥巴,又被我们以手汇拢,捏成坨状,然后反复在地上摔打。若是只玩响炮,不需要将泥巴摔打得很具有黏性。抓一坨泥,放在掌心,合掌揉圆,然后放在地上,双手掏出中间的一部分,成为窠臼状,然后向四处不断捏薄,如是反复,响炮就做好了,站起来狠狠往地上一摔,响炮就发出巨大的声响。孩子们各自拿出自己的杰作,使出吃奶的力气往地上砸,于是,村里变得热闹了起来,响声此起彼伏。小伙伴们身上布满泥土屑,散发着泥土的味道,俯仰之间,我们感到很踏实。

除了玩响炮之外,我们还玩泥塑。同样用的是玩响炮的泥土,只不过把泥土捶得更具有黏性。我们一面想象书上动物的形状,一面按照周围动物的样子,捏成各种泥塑。只不过我们没有耐心,不会一心一意欣赏。偶尔也会将泥塑晒干,用水彩笔涂上各种色彩,放置或把玩一番,也自我感觉良好,觉得泥偶眉目分明,惟妙惟肖。有时候,还觉得效仿"泥人张"的做法还不过瘾。于是,又挖一个小土窑,把阴干的泥偶放置在小土窑里用火烧,一两把火之后,就迫不及待地打开看,而泥偶并没有我们预想的结果,不是裂痕,就是断胳膊瘸腿。有些失望,但屡败屡战,我们强烈地认为一抔抔泥巴可以通向理想之门。

就这样,我和小伙伴们眼里是泥巴,身上也是泥巴味道。大地之上的乡野之民并不管我们,我们在泥巴上看到了生命的原本色调。没有卑微,没有脆弱,以一抔泥巴塑造自己,发展自己。

寻野果

彼时，乡野并不寂寞，野果也四时芬芳。一枚枚野果，就慰藉了我们枯井似的胃。

春日，阳光和煦，鸟儿啁啾，春风唤醒了大地上的事物。在柳色透出黄绿媚眼的时候，我们一派欢喜。小伙伴们行进在山野里，像一只只欢快的小马驹，无拘无束。三月泡开着白色小花，就像一张张笑脸。我们相信那是乡野里的植物即将送给我们的礼物。我们以少有的耐心等候着落花成荫子满枝。而三月泡颜色青黄的时候，我们就忍耐不住了，一颗颗地摘，然后往嘴里猛灌。许是年幼，有强大的胃，也不惧酸涩，往往不加咀嚼就囫囵吞枣一般吃下。我们也不惧路途遥远，踏遍了家乡的不少山岭，吃光了三月泡植株上的泡。三月泡似乎有强大的吸引力，引得我们喜欢跋山涉水。三月泡就这样滋养着我们，把我们的胃填得满满的。比三月泡名气略差的是田坎泡、空心泡。田坎泡的植株比较矮小，匍匐生长。顾名思义，田坎泡生长在田坎上。只是，田坎泡结的果实也比较小，蚂蚁喜欢在上面爬。我们有些发怵，但最终还是抑制不住，摘了不少吃。空心泡的味道比不上三月泡，酸味更重，但我们的眼睛无法拒绝，于是，我们彻底扫荡了植株上的空心泡。

吃三月泡的同时，茶苞也快成熟了。山林里散布着大大小小的茶树，略大的茶树长着苹果似的茶苞，茶苞尚未成熟时，颜色深红，酸涩，很难吃。但茶苞成熟时，深红色的皮就开始褪尽，露出青白色来。摘一个吃起来，酸酸甜甜的。我们总是贪婪，想摘尽茶树上的茶苞，而爬上大茶树也很不容易，因为茶树上附着一层细末，触动树枝，细末就会掉落下来，恰好落在仰望茶苞的眼睛里，越是用手去擦，眼睛就越难受。曾经我和小伙伴们跑到了离家二十里的杉木界，只为摘茶苞。天擦黑的时候，还未回家，害得父母们到处寻找，事后有些后悔。还有一种茶苞，生长在小茶树上，是茶树叶片的变异，名叫叶叶儿茶苞，质地晶莹，吃起来爽脆，味道不错。

茶苞过时之后，羊奶子红了。一串串羊奶子悬挂在绿叶中格外鲜明，惹得我们心里痒痒的。羊奶子树横生着荆棘，我们不惧勾衣刺领，猴子一般爬上树采摘，用口袋、用草帽、用竹篓盛装。总以为大人们也喜欢，其实，大人并不为所动,后来才得知,红彤彤的羊奶子还是泛着酸味,上了年纪的人并不喜欢吃,只有我们孩子的胃,才能无所畏惧。人们说我们的腿像装了哪吒的风火轮,我们听了,嘿嘿傻笑。

五月时节,满树红紫相间的桑葚,同样也吸引我们的眼球。我们无法管住嘴,有事无事的时候,总要跑到长有桑树的溪边,采摘桑葚吃。野性十足的孩子们并不谦让,常常哄抢,弄得衣服上遍布桑葚紫黑色的汁水,结果让母亲狠狠地教训过好几次,无奈,我们总是好了伤疤忘了疼,屡教不改。

炎热的夏天到了,山野里的蛇也很多,季节的威严令我们畏惧。暂时,我们没有野果搜寻,就把身心投入到小河里尽情嬉戏。而此时的野果正在肆意生长,比如,猕猴桃、八月瓜。这时,虽然我们的心思主要在河里,但我们也会分出一点儿来,寻找生长猕猴桃、八月瓜的地点进行观察,以备时机成熟迅速出击,收获满满。

好不容易挨到了稻谷黄时,我和小伙伴们背着大背篓,把猕猴桃采摘回家。那一串串猕猴桃安静密封在米瓮里的时候,年幼的我们才会心安理得,而疯狂地吃过几回变软的猕猴桃之后,就不再问津。最后剩下的猕猴桃烂了,被爹娘倒掉,也未觉得可惜。而心里又惦记着八月瓜了。八月十五一过,八月瓜就熟了。成熟的八月瓜会自动裂开。尽管我们殷勤,但是我们总比不上鸟儿和小松鼠,往往只能吃鸟儿和小松鼠的残羹冷炙,我们和小鸟、松鼠对峙多年,一直未能胜出,而我们的心性却一天天变得开阔与强大。

冬天是寂寞的。山野里的木瓜子,一树比一树红,像一支支火炬,点燃了整个冬天,让我们感到温暖。我们边放牛边吃着酸涩的木瓜子,时光变得美丽而深邃,寒风也熄灭不了这束光源。

大自然是慷慨的,既满足了我们年少的胃囊,又间接喂养着各种鸟兽。腊尽春回,我们又开始在季节的轮回中眺望,静听花开的声音。

农忙假

幼年的我们,除了喜欢寒暑假之外,还很喜欢一年两次的农忙假。因为在农忙假里,我们才是一条条自由自在的鱼。那时的农忙假放四天,一次在上半年的栽秧时节;一次在下半年的秋收时节。

那时,以我们的年龄,其实是做不了什么的。但父母并不放任我们,总会安排一些力所能及的事。比如,扯秧、放牛、割草、扯猪草,打油菜时搬一码码的油菜。他们命令一下,我们立即领命。

父母们很艰辛。小伙伴们的眼里,总是呈现出类似这样的图画:一身泥水的父亲,肩上扛着弯曲的木犁,手里拽着牛绳和牛鞭,赤脚行走在长长短短的阡陌上;或者一身泥水的父亲左手扬鞭,右手拽犁,不断地吆喝着上驿、上驿的口号,行走在正在耕耘的水田里。小伙伴就在内心里默默地把父母艰辛劳作的场景化为强大的力量。

一小背猪草背在肩上,晃来晃去。虽然没有多少,我们却认得了不少草本植物。比如,婆婆丁、鱼腥草、猪母娘藤、竹叶草、糯米藤。知道了娘就是靠采集这些猪草喂养了家里那两头充满希望的猪,也在心里暗暗敬仰这些默默无闻的草本植物。

爹决不允许我们死读书,说这样一旦离开了书本一事无成。于是,我们很早就参与了各种劳动。八九岁时就被抓到秧田里扯秧。扯秧算不上技术活。但也大有讲究,必须从根部去扯,洗泥要洗尽,动作幅度不宜太大,否则秧被扭伤,不易成活。我一直喜欢不拘小节,总是丢三落四,结果老是被爹教训。

我最喜欢做的事,就是搬一码码的油菜和稻子。打油菜的时节,是在农历三月末,恰好与栽秧相近,也偶遇农忙假。这一时段,往往多雨,而打油菜要选择一个阳光晴好的天气。打油菜的时候,我们搬来一铺铺油菜,丢在粗布制成的垫子上,爹狠狠地甩着连枷,油菜籽嗞嗞作响,感觉像我们学过的美妙乐曲。爹打了一会儿,就会把油菜秆清除出来,堆放在地头,于是,我们就在那堆松软的油菜秆上跳跃、乱疯。

春夏之交的农忙假结束了,我们继续读书。而对于刚过的农忙假,心里却有一种不舍。在这种依恋里,上学期就匆匆过完了。第二学期刚开始一个半月,农忙时节又到了。此时要割稻,打桐籽。对于割稻,我们能干的事是搬稻子给爹,让他在打谷机上脱粒。风吹稻浪,金色翻腾,爹满眼欣喜,那是爹辛劳一年的答卷。嗡嗡嗡的打谷机声响阵阵,爹汗流浃背。我们随着打谷机响起的节奏,跟跄在稻田里,任凭稻穗和狭长的叶子瘙痒我们稚嫩的手。阳光洒在身上,搅拌着汗水、谷灰,打屁虫也不怀好意,不时投放臭气,锻炼我们的意志。偶尔小憩,爹说希望我们读书能像他那样,在期末时能交上一份满意的答卷。我们一边玩弄蚂蚁,一边回答爹说好。

这个时候还有一项任务,就是捡桐籽。我们捡桐籽,不是在自家桐林里捡。自家的桐林已被爹娘捡拾了一次,而是在乡里其他人的桐林里进行二次捡拾。娘一直告诉我们,桐籽打发千路客,你得我也得。我们或背着背篓,或挽着蛇皮口袋,行进在山野的桐林里,以刀翻弄着树叶、杂草、荆棘,获得一枚枚桐果。我们会把累计捡到的桐果,在爹的帮助下剥出桐籽,晒干,然后按照学校规定的数量交给老师。大约那个时候,乡野里的学校,维系艰难,以致勤工俭学一词也就存在了很多年,不过,对这种办法,大部分乡野之民还是能理解。

作为平民子弟,我们并不害怕农忙假,倒是农忙假的到来,让我们的身心一如舒展的树叶,在大地的怀抱里,一切又是那么真实。

玩雪

雪是冬天的女儿,也是我们真挚的朋友。雪一天不来,我们逐日忧心忡忡,渴望一夜北风将雪捎来。

北风一阵比一阵紧,看着漫山遍野的芦花雪,我们唱着"春雨惊春清谷天,夏满芒夏暑相连。秋处露秋寒霜降,冬雪雪冬小大寒"二十四节气歌,以心灵之力召唤雪的莅临。乡民们听着,有些欣喜,毕竟读过书的孩子还是不同,我们都背不全二十四节气歌呢。于是,我们更加得意了。

雪似乎被我们感动了,天阴沉沉的,寒风肆掠,铅色的云重重低垂着。下午就开始下起了雪。开始,风吹着破败的柳絮,不久就纷纷扬扬地下了起来。尽管我们衣衫单薄,但我们还是雀跃欢呼。下雪啦,下雪啦!我们跟着老师读着作家峻青的散文《第一场雪》,声音特别洪亮,声震屋瓦。

一夜大雪,山川、河流、村庄全白了,大地银装素裹。那时的雪,不是小家碧玉,完全是豪放派的作文。眼底的雪,那么纯净,我们的心灵也那么纯净。

早上,我们早早起来,穿着雨鞋上学。手里不时捏着雪团,有时候,还捧着一抔雪不断地吃,小伙伴们互相激励着吃,将父母的忠告置于脑后。小孩子容易善变,一不小心,吃雪就演绎成了打雪仗。恶作剧的小伙伴,将一个雪团喂到其他玩伴的嘴里,他不高兴,就还你一个雪团,于是雪仗就打了起来。小孩子观看,略大的孩子很快就变得疯狂了,一路奔跑,一路掷雪球。小一点儿的孩子,往往深受其害,被纷飞的雪球砸中,嘤嘤哭泣,或者暂时隐忍,到学校向老师告一状。

而事实上,老师也是具有童心的,也是喜欢雪的。他会加入玩雪的过程中来。班上的男女同学被老师分为两伙,女同学负责运雪,准备雪团。男同学就狠狠地打,一时间雪弹齐发,空中划出无数组美丽的弧线。男同学自恃勇猛,被雪团砸中也一声也不吭,继续顽抗。而女同学比较脆弱,一下就梨花带雨,一声接一声地哭了起来。于是,老师出面调停,双方就被迫停火。

打雪仗停止以后,老师还会和我们一起堆雪人。大家又来了兴致。铲雪的负责铲雪,滚雪的负责滚,堆雪的负责堆。一二十分钟的时间,雪人就堆好了。老师还会给雪人画上眉毛,用红墨水染红嘴唇,戴一顶草帽。美丽的雪人形象,让我们喜欢入了髓。

玩了一节课的雪,我们的手都冻成了紫红色。衣袖和裤腿也有些湿了,但我们不必担忧,因为善良的老师,早已为我们预备好了一盆炭火,通红的炭火静静地燃烧着,整个教室暖意浓浓。老师也坚信,乡野的孩子自有坚韧的筋骨,事实上,我们一个也没有感冒。

当然,老师也暗藏着目的,语文课上就布置了写雪的作文。结果,我们写得很顺畅,老师喜欢,我们也高兴。一场场雪,把我们的内心装饰得莹白。

暖爱

放学回家,娘已经预备好了晚饭。饥肠辘辘的我们,立即狼吞虎咽,风卷残云。娘静静地看着我们,连连说不要急,不要急,又没有人赶你。于是节奏慢了下来,简单的饭菜,我们也吃得津津有味。

娘经常嘱咐我们:在学校不要和人争吵,要听从老师的安排。不要一天在地上疯,把衣服弄脏了。娘的后半句话等于白说,只有妹妹听,我和小弟左耳进,右耳朵出,但是娘不厌其烦地说。

　　星期六星期天,跟娘一起劳动,娘一面给我们说她那个时段的往事,一面教育我们要珍惜现在的生活,现在吃的苦,根本不是苦。他们那个时候,没有饭吃,天天要挣工分。我们听得很认真,娘安排的各种任务,也积极完成。跟娘种豆子、种菜、采绿豆、摘豆角、捡野山菌、砍柴,我们稚嫩的心灵里很早就被娘注入了劳动光荣的观念,并持久地发酵着。阳光不仅照射在我们的身体上,还穿透过我们的心灵,让我们很阳光地成长。

　　我们很害怕爹,爹在我们的心目中是一只老虎。他的威严会随时发作。他的法宝是栗子和楠竹片。爹大喝一声,玩性十足的我们立马止住。爹总是声色俱厉地说,你们读书要认真,作业要按时交,不会做的题要询问老师。聆听教诲的我们像一只只尖担形的蝗虫,点头称是。

　　爹的农事很忙,逐日侍弄赖以生存的庄稼,我们也从未想过爹会到学校询问我们的学业情况。直到有一天,我回到家,爹大骂一番之后命令我跪下,让我老实交代最近坏了哪些事,成绩如何,我才知道大事不好。本来我就心虚,于是胡乱编造了一通。谁知他再次厉声呵斥:你还不老实。接着,他疾步走来,一手揪住我的耳朵,一手赏给了我几个栗子。然后继续说,老子今天询问了你覃老师。于是,我就知道再也不能编造了,一面哭泣,一面一五一十地把这次考试和最近做坏事的情况给爹汇报了,并表示在这以后,再也不敢了。

　　之后,我才知道爹即使再忙,他一定会抽出时间,到学校询问我的相关情况,一是学业;二是品行。不仅是对我这样,兄弟和小妹也难逃他的监视。爹的方法有些简单粗暴,好话是不会多说一句的。我受的皮肉之苦最多,是爹树的反面典型,对弟妹起了很大的震慑作用。我们就这样规范在爹的认知范畴内,力求做一个积极向上、品性高尚的人。

　　爹还要我写毛笔字,说将来大有用途。尽管家里的经济状况不好,但是爹还给我买来了毛笔、字帖、纸,让我涂鸦。爹并不是一个只喜欢提要求而不落实的人,他会不定时检查我们的作业,如果态度不端正,或者没有按要求做,我们一定在劫难逃。

　　习惯了爹的统治,我们不再抱怨。唯有按照要求保质保量完成任务。在成长的过程中,我们也取得了不少成绩,也渐渐地觉得爹用心良苦。

爹除了对我们的成绩和品行严苛以外,还是有温和之处。爹会在闲暇的时候,带我们到水库里钓鱼。他不会独自享乐,也会为我和小弟准备好钓竿,让我们也可以和鱼儿进行近距离搏斗。只不过,在钓鱼的过程中,他说的最多的话,就是一切行动听指挥。

村里的小伙伴们喜欢玩水,爹并不阻拦我们。他也不像其他的某些家长放任孩子不管,专门给我和小弟在河里教授游泳。一开始,我和小弟在水里像一只只秤砣,不晓得以手划水,以脚弹水,遇水就沉。此时,爹很有耐心,不像对待我们的学习那般简单粗暴,总是一而再再而三地教、示范,他像拎着一只鸡那样扶着我们划水。那一刻,爹展示了他的仁慈,直到教会为止。我们也相信,爹的仁慈是暗藏的秘语,与严厉同在,他一直伴随着花开,也聆听着花开的声音。

尽管日子贫瘠,毫无璀璨夺目的色调,但在童年时代,我们却感到有父母在身边,就是一种莫大、无与伦比的幸福。父母的爱就宛如植物赖以生存的土壤,我们才得以茁壮成长,信心百倍地走向未来。

(载于 2020 年第 9—10 期《爱你·教师文学》)

武陵源记·苏木绰记

◎石继丽

·石继丽·

中国作协会员，张家界市政协副秘书长。出版有散文集《翻开那一页山水》，文史《庸城简读》，小说《庸城笔迹》，中英文对照旅游读物《在张家界老去》等20本书。

武陵源记

世之奇山异水众矣。论及冠盖者，莫非武陵源。禹甸秘境，虎踞湘西北。三千奇峰拔地天齐，点苍裹赭，冠青盖缛，风烟俱净。溇澧之间，环天子山瑶台棋布，黄龙洞府天成。此乃天道眷顾，神降匠作，俯瞰错落一盆，仰视风云诡变。开辟鸿蒙，鲜有教化。传汉留侯张良归隐水绕四门。明张万聪时任永定守卫，划属张家，故称张家界。呜呼！胜景寂寥，云封雾锁数万载，深闺未识久矣！

新政伊始。刘开林辈三十年躬耕不辍，赢得遍野榛榛。挥毫泼墨者众，幸有吴冠中笔落素纱，仙女真容始显焉。1982年9月，首设国家森林公园。王维诗云："居人共住武陵源，还从物外起田园。"1989年，国家森林公园、天子山、索溪峪三地一统，建武陵源。后幸获首批世界自然遗产、首批世界地质公园、首批国家五A景区、"张家界地貌"命名地、首批"全国文明风景旅游区"诸多美誉。武陵源以"精卫衔微木,将以填沧海"之精神,三十年磨一剑,景区建设如川剧之变脸,大道通衢,万里咫尺。续践"两山论",以其"蓝天、碧水、宁静"之惊鸿艳影而独占一极,世界旅游目的地蓝图渐成近景,时风浩荡,宾朋游宴,懿欤盛哉!

何有奇异焉?一言而难尽也。斯属方圆三百九十七平方公里,奇峰耸峙,危崖叠嶂;石笋竞立,奋奋欲上;色多赫赤,皆生寒树。黄石寨、鹞子寨、袁家界、杨家界四岳鼎立,呼之欲近。溪涧纵横,万绿凝碧。环山鸟瞰,莫得遁隐。其高下之势,岈然之态,攒蹙累积,萦青缭白,外与天际。攀缘而登临,箕踞而迎风,凡足下之烟云,盖胸襟之纤尘。设若晨雾初开,白鹤遍野,或欲盖苍色,或展翅长空,霞烟仙境如是。巍巍乎!众山之魂当属天子山也!明初有大坤者揭竿起义,奈何势孤,向王纵身大化神堂湾,万民恭仰。登天子阁也,苍苍武陵尽收眼底,自有傲视江山,统揽天下之势。更有孤峰亭亭,巍然高耸,乃贺帅戎马之英姿,风骚无韵,是为第三千零一峰也。

登览五山,千姿曼妙,万象森列,休造一椽一瓦,未设一槛一扉,浑然天成。叹山之特立,桀骜不驯,不为凡俗。十万武陵松吮石为土,负石绝出。攀曲径而上,山峦为晴雪所洗,焕然如拭,恍入蓬莱。设若冰雪,入目晶莹剔透,风烟杳然,直如琼台玉宇。四季百态,突兀万变,丹青不足尽其形,诗文不足尽其韵。游目骋怀,返璞归真,足以极视听之娱,信可乐也!

山为脊梁,水为魂灵。引以为流觞曲水,曰金鞭溪。自有大鲵沉浮去来,恰与游者相乐。流连小桥,丰木蔽日,鸣啼清越,尘嚣渐隐。蜿蜒十五里,溪流秦风,泉涌汉韵,潭纳唐诗,瀑泻宋词。犹是中有深趣矣!神鹰护鞭,沉香救母,花果神山,千古颂忠义;千里相会,望郎峰,夫妻岩,万载叹痴情。多有旅人视其为金庸笔下《神雕侠侣》之绝情谷。溯十里画廊,穿壑渡云,水若溶玉,峰似清莲,幽径百转。鱼虾恋石,羡鸳鸯而忆沧海;龟鼋留印,问药王而叹流年。水之殊者当属宝峰湖哉。青山做笔,碧水如笺。瀑布悬流百尺,洪淋淋焉,如大珠小珠溅落玉盘,成世界高山湖泊之胜景也。

噫嘻,凭岚临风,望黄石寨而临"净",朝袁家界而呼"惊",登天子山而生"敬",索金鞭溪而醉"境",趋十里画廊而入"静",逍遥何极!会此时,迎素月,听松风,心凝形释,与万化冥合。飘飘何所似?天地一朵云。悠悠乎天人同游,颓然就醉,忘路之崎岖!三千奇峰、八百秀水汇仙境于一陬;一草一木、一兽一虫施素色在无极。赐山水以绝色,赋万物以性灵。时人盛赞武陵源"扩大之盆景,缩小之仙境"也!

古隐士"使高霞孤映,明月独举,青松落阴,白云谁侣"之超然物外之境实难抵达,然人一世如白驹过隙,旦暮成枯。人唯正心以寡欲,方如峰绝世而独立,胜岁月而立天地;众唯联旌以睦侪,方如山水和谐共生,成绝景而天下独步!今日之世界,天下纷争,此诚胜负危急之秋也!故君子当俭以养德,度白雪以方洁;当穷且益坚,怀天下以亲民;当与子同袍,赴国忧而不受辱;当革缮兴邦,"苟日新,日日新,又日新"。唯国强而民乐,唯众志成城,方天下云集应,无往而不胜矣!

余幸生于斯长于斯,尝镜水之鱼,宿山溪之月,饰花帕就马桑而隐,闻山歌乘炊烟而升,九族既睦,天人合一,岂慕他乡福祉?每于都市雅集,羽衣蹁跹,揖予而言曰:"武陵源大乎?"余笑而不答。呜呼,情不知所起,一往而深,唯愿于斯终老,生醉不觉也!

武陵源创区三十三年,砥砺前行,山水名扬。借此撰文以记之。

苏木绰记

苏木绰者,祖源之地也。攘之以主石堰坪、马头溪二村,凡永定区王家坪、沅古坪、谢家垭等土家群居之野邑也。土率以赤色,膏润质泽。山有马头四十有八,承武陵之脉,阵列沅陵、永定、桃源、慈利,连属百里;例峡谷南向、马头仰北,似仰天长啸。辖太阳山、三台山、马虎等十九座马头山;孕牛车河、飞旗河、马头溪等十九条水,南汇沅水。斯者,余之桑梓也。山川紧凑,林木蓁蓁,花被四野,白鹭翔集。吊脚楼九千六百余,或攀山层叠,或就势溜脊,或居高迎风,或跨沟卧谷也。危峡坠谷,有水破天而来,是为飞潭瀑布;山云岭脊,有牛背岭自生石拱桥;寒水远溪古堡雄伟、飞旗之河悬棺诡秘,凡造化之功委天地之笔倾情描摹,百里画廊何足为奇焉?

《溪州铜柱记》记:"盖闻牂牁接境,盘瓠遗风,因六子以分居,入五溪而聚族。"因属黔中郡。唐宋,斯所以行羁縻之策。元朝以还,行土司制度。

明洪武二年(1369)。将"九姓十派联"数千口退屯苏木绰。明末清初,李自成旧部数千口遁隐苏木绰,屯田营寺,书"壮志未酬尔等焉卸鞍马,宏愿必续吾辈岂低龙头"以壮怀。自清雍正五年"改土归流",委派流官治理,属辰州府。迨1953年4月,旧属治平乡归并大庸,初设大庸县第八区,苏木绰始属之于张家界也。

炊烟相荡,人神相亲。期年有节十二,辄月皆欢。每况喜庆,男女相携,以歌相会。无人不歌,无事不歌,无处不歌。举凡摆手舞、毛古斯、扬叉舞、簸箕舞、撒尔嗬、草龙灯、狮子灯、穿花舞等类数十;举凡阳戏、傩戏、土地戏、高花灯、三棒鼓、打镏子、渔鼓筒、莲花闹、薅草锣鼓等竞相风流。更有魂惊者,源起邻乡沅陵七甲坪之巫傩文化,其傩祭、傩戏、傩技入首批国家非物质文化遗产也。向使幸得睹上刀梯,下火海,滚刺床,定蛇,死鸡还魂,几至悚目惊心!

于斯田少,家多不富庶,然剖心以守情义。"过客不裹粮投宿,无不应者"。宾客始至,铁炮以迎。红糖茶、炒米茶、鸡蛋茶,以次相敬。率以大碗之酒、大块之肉,拜翁者贤者把盏以和。唯相借以邻舍,或闻哭嫁之悲,或闻跳丧之喜,或闻修屋之重,盖因要事,合寨出动,里邑不请自至而事之若己。迨夜,主家置酒缸于堂中,借以通节细竹蹲立会饮,左右置以鸡、鸭、鱼、肉等。率以主妇开坛,长者先饮,左右以次。即举筷就食,彼此不以为嫌弃者也。酒凝深碧,和气漾然席上。但击掌,陶然一笑,忘形天壤。生死由命,何忧?至真至性,不疑!适逢农时,乡亲大会以插秧。"哟嗬嗬——!'糊仓'咯!"即出手如电,竞退倏然,期以"关门惩弱"矣。寻乡亲援手以就,率以作势而不糊者,笑以视之为"客"也。

呜呼,亦盛矣哉!教化莫大于礼乐也!自明末迨至民国,马头溪前清三朝拟旨郎郑国祥,组纂《大清一统志》《明史》《康熙字典》等。有韭菜垭村清咸丰两榜进士李尧,官至昆明知府。光绪年间,其于泰山庙创天香书院,振臂一呼,武陵文人墨客云集。习诵之声不绝于耳,耕读向化蔚然成风。更有享"刘三姐"之誉歌后张桃妹,负"李清照"之名词人秦绍玉,文辞深邃,任意西东,山野风流。时任辰州知府陆豫亲题"九都文化之乡"匾额以示嘉勉。

噫吁嚱!庶民虎性铸骨,母柔浸魂。劲峰陶以韧性,净水注以深情;忠勇赋以铁血,担当磨以铜肩。盖以天下为重,抗击倭寇,太平天国,入征湘军,辛亥革命,北伐战争,精忠报国,前赴后继。

吾心安处是故乡也!向时余者行走各地,辄以乡关为念。何哉?远山翠黛,古树芳草,牛童暮归,炊烟袅袅,柳岸荷塘,小桥流水,可堪唐诗而殊无雕琢之功;稻香泥馨,风雨楼桥,灶台高筑,土酒飘香,福字窗前,年糕雕花,灯笼高挂,盖肉汁美,十八匠人,恍然宋词而工于浓烈;童谣夏虫,古井纺车,水碾灯盏,蓑衣背篓,鞋垫布鞋,打花铺盖,孑然老父,碎语娘亲,历历在目而拳拳服膺。凡点点滴滴、村村寨寨、老老少少皆为魂牵梦萦也!斯之为乐土者,比见世外桃源亦非逊色!结庐人境,不听车马。夜不闭户,路不拾遗。因其斯民以仁、义、礼、智、信五常为本。存善念,行善举;重诺言,守诚信;待人以敦厚,交友因之义。血缘、亲缘、地缘血浓于水。可谓黄金有价,真情无价也!

余者居闹市三十余年矣,多所浮沉。迎面不识,道途不语,漠然相对。见势趋从,失势则去;利丰则聚,利尽则散。营谋斗智,利害相扎。十年面壁,快意恩仇。陈情"树洞",孤独终老。余之乡者不然也,唯裂之枷锁于尘世,填堑靡沟,相邻与伴,相扶缓厄,守望相助。尊尊,亲亲,睦邻,孝友,因礼乐以相辅相成,大乐必易,大礼必简也。

嗟夫!昔我往矣,童谣依依;今我来思,乡愁悠悠。越鸟南栖,狐死首丘。乡思之于余者辄以伤怀、孤寂之端,其以万里疾风瞬至,无分春秋,不关喜悲,声声耳语唤归也。

蔡文姬《胡笳十八拍》曰:"生仍冀得兮归桑梓,死当埋骨兮长已矣。"归去也,归去也,惟得叶根,永安余魂!

是为记。

(选自公众微信号)

一个人和一座城

◎ 覃正波

·覃正波·

湖南张家界人。2015年始创作文学作品，现已在公开发行的省一级期刊以上发表小说、诗歌、散文计80余万字。系湖南省作家协会会员，毛泽东文学院第十七期中青年作家研讨班学员。主编网刊《澧水之水》。

　　我爱上凤凰古城，是因为沈从文先生，我为他的灵魂深陷于此。

　　从他那质朴纯美的文字中感悟到湘西的美，沧桑的美。尤其在他的《边城》中更是感知沈从文的唯美。虽说《边城》中的边城并非凤凰古城，但他所创造的美无不是凤凰古城的化身。可以这么说，凤凰古城的今天，是与沈从文先生分不开的。

　　游古城，是与沈从文对话，是与他有关湘西的文字做一次相遇。卸下生活中沉重的假面具，来到凤凰，触摸古城，感受她淳朴的本色，领悟她是怎样以自然从容的姿态抵挡千百年来岁月的侵蚀而依旧柔情似水。

　　爱上凤凰古城，缘起沈从文先生的文字。是他，让我们回归不受世俗污染的纯纯情愫，在这物欲横流的社会里依旧保持一份最纯真的人性之美。于是，我走出沈从文的《湘行散记》《从文自传》，带着多年的渴望，带着一路风尘，终于在一个繁花似锦的季节走进魂牵梦萦的古城。

凤凰,美如其名,新西兰诗人艾黎在遍游中国之后断言:凤凰是中国两个最美丽的小城之一。

古城的风光,如一幅淡描浓抹总相宜的山水画,那种幽雅、甜美、纯净,令人陶醉。沈从文的文字正是由这种美浸染,方显单纯和质朴。那灵秀的文笔,细腻的描述,又何尝不是缘于古城山水与人文的馈赠?

"江作青罗带,山如碧玉簪。"古城处于沱江河畔,四周群山环抱,关隘雄奇。这里的山不高而秀丽,水不深而澄清。峰岭相摩、河溪萦回、饮云吐雾、漱玉飞花,足可览吟,是诗人展示才华的绝好去处,也是画家获取素材的必经之地。凤凰的美与丽,绝不仅仅是一河一楼,还有山和街,也有洞和庙。如阡陌的巷道纵横交错,走进任意一条,都会令你明白什么是曲折,什么叫幽深,什么叫宁静。脚下光滑的青石板,高高的烽火墙,在两边严实地遮蔽着。古砖古岩,飞檐翘角,布满了弹洞枪眼。石板巷很窄,有的地方只能容一人行走。街巷里有挑扁担的庄稼人,有卖小吃的少年和如织的游人,有零零散散的画架,画家们对着这些古老的建筑忘情地画着。

沿街走到沱江边,那些密密匝匝的临江吊脚楼一个挨着一个,一个遮着一个,古古旧旧地悬挂在高高的河崖之上。河面,人们架着小船在江中泛游。沱江净而静,宛然一个温柔的女人静卧其上,展示她优雅的风姿。凤凰古城依山傍水,是一幅绝妙的山水画。它像一首诗,江中渔舟游船数点,山间暮鼓晨钟兼鸣,翠绿的南华山麓倒映江中,水中景色如梦如幻。

那天细雨霏霏,远山云雾缭绕如坠入仙境。在县招待所的三楼阳台上,我支开画架,尽情挥洒笔墨。也许是天之灵气,画作也传神,虽似与不似之间但得其精粹。陌生的地方才有风景,多年后,细细想来乐在其中。

凤凰的美还在于它孕育着一代又一代富有灵气的凤凰人。苗家土汉人民,勤劳勇敢,善良朴实,他们勤于治事、敢于进取,崇文尚武,人才辈出。这里有抗英名将郑国鸿,有中华民国第一位内阁总理熊希龄,有著名作家沈从文,有著名画家黄永玉……美在自然,美在人景和谐。

在我心中,沈从文故居和沈从文墓地是凤凰古城最值得去的地方。

沈从文故居位于古城南的中营街,木瓦结构,小巧精致,古色古香。他少年当兵,没正式上过学,他的成就世界瞩目,除了勤奋外,应得益于家乡凤凰给予他的灵感和才情。如果没有古城凤凰的滋养,恐怕也就没有沈从文的精美篇章。

自沱江泛舟而下,穿过清澈蜿蜒的江水,来到城外的南华山下,弃舟登岸,可直奔沈从文墓地。这是中国文坛巨星的归宿地,普通、简单、低调,亦如沈老的为人。一块2米多高、3米多宽的天然五彩石下埋着沈老的骨灰。沈从文不在乎人们对他的评价,他对名与利,是那样冷静与淡泊,对荣与毁是那样忍耐与宽容。他的豁达、他海纳百川的胸襟深深地影响着后人。他的精神,与家乡凤凰的古典、浪漫和坚韧不拔的气质融合在一起,使得当年困顿于北京的他矢志不改,克服重重困难,终成一代文学创作和文物研究的大家。

沈从文以他独到的思索去"理解"社会,理解他人。他对他小说中的芸芸众生都寄予了仁者的深切同情与理解,并用文学的语言把自己对人的理解诠释得淋漓尽致。他思索人,思索社会,写出了千古名篇《边城》《萧萧》《长河》等。我们从他的文字中感受到他思索的呼吸声。他以独特的哲学思索深刻剖析着20世纪30年代都市生活的变异与病态,对城市文明进程中的黑暗给予冷嘲热讽;又以一种对故土的偏爱和深情,对湘西山区人们的生活做了真实写照讴歌。

沈从文13岁离开家乡凤凰,及至86岁寿终,魂归故里,岁月沧桑,风尘万里,一生思索,从未停止。我伫立在他的五彩石墓前念着碑文:"照我思索,能理解我;照我思索,可理解人。"沈从文的一生是思索、追求理性的一生,这些耗尽了他的全部精力,也使他积淀了超人的智慧。我想,沈从文先生的碑文不是一个文人的自傲,而是一颗明净的心对生命的真情告白:一个士兵要不战死沙场,便是回到故乡。

沈从文带着对故乡的深深眷念,永远地回来了。

(载于2020年10月22日《张家界日报》)

洞子坊·渡·桥

◎覃儿健

·覃儿健·

张家界人，现为张家界市永定区委宣传部退休干部。

洞子坊

澧水河自五道水发源，流经桑植县城和苦竹河，流着流着流到青安坪。至此，河道忽然如裂开的一道地缝，变得幽深而险仄。河水在地缝间冲闯咆哮一阵，再缓缓流向开阔山外。

这地缝现出两道白生生石壁。白的石壁上残留着一道道暗红抑或灰白流痕，如石壁撕裂开时淌出的血抑或是泪。石壁百孔千疮，也如当初撕裂后留下的创面，令人惨不忍睹。

石壁高二百余丈，而两壁相距却不过百十米。

如此两道石壁构成一块地貌的东西两岸。东岸曰神堂坪，西岸叫青安坪。自新中国成立始，两岸便属一乡，统曰青安坪。全乡十二村，东岸有五，西岸有七。三年前，青安坪整乡与温塘镇合并，合称茅岩河镇。而两岸人则仍称自己为青安坪人；外人至此，当莫不以青安坪呼之。

此处名洞子坊。

洞子坊堪称为青安坪名胜。其石壁高耸,峡谷幽深。谷中乱石嵯岈,滩多浪急。往下行二里,便是凶险之极的茅岩河。谚云:茅岩九十九道滩,滩滩都是鬼门关。元末明初,有土家人覃姓名垕者,聚兵起义,于洞子坊至茅岩河处多留遗迹。遐迩闻名的茅岩河漂流,最初便是自洞子坊起漂,经茅岩河,于温塘上岸。后因茅岩河下游之鱼潭修电站,方改至温塘至撑架岩河段。

洞子坊为青安坪东西两岸峡谷最窄逼处。两岸人可立于岸边彼此喊话,而要见面则需攀岩扶壁,隔河津渡,至少得费上半天时间。

渡

洞子坊,古津渡也。

洞子坊渡口起于何时,史无考。

而据青安人口口相传,那当是很久很久以前,有覃氏三兄弟经茅岗古寨翻越七年寨始迁洞子坊东岸,是为青安坪原住民之始迁祖。后为开辟疆土,其二三兄弟乘澡盆从洞子坊冒死渡河来到西岸,自此筚路蓝缕,以启山林;后有王、汪、杨、伍、胡、李、黎等诸姓人迁入,乃得青安坪两岸一片天地。

早时,青安坪东岸无以为名。元朝末年茅岗覃垕起兵反元,元顺帝派大兵征讨。元军于桑植攻占野鸡关,后进逼茅岗。夜至东岸一处,忽遇滚木乱石袭击,细看却不见人。元军疑为有神助覃垕,乃败回,后称此地为神堂坪。青安坪则初名青乾坪。乾为八卦之首,乾为天,足见青安坪之祖先对这片土地的无限期许。或许是青安坪多生竹木之故,清雍正十三年改土归流(自元至清,青安坪为茅岗土司辖地),土司覃纯一为朝廷献土,其名册中此地已名青竿坪。至于何时更名为青安坪,史无考,料是新中国成立后的事。

由此可以判定,自洞子坊两岸有人居住始,洞子坊应该就有了渡口。覃氏二兄弟澡盆渡河,应是洞子坊津渡的第一次开启。

而青安坪先民何时始迁至此,则史无考。

二十年前有考古学家在青安某地发现有汉墓群。倘若以此作为青安坪先民的始迁年限,如此算来洞子坊渡口至少已存在千年以上了!

至于此渡为何以洞子坊名,史无考。

青安坪与神堂坪，一河两岸，一脉相承，历史同根，文化同源。可以想见，千百年来两岸人为亲为故也为邻，相互间走动是必然的。新中国成立后，两岸同为一乡，两岸人更是生活相依命运相连——孩子读书，大人办事，乡民交往，干部公干，自是往来不断。凡此来来往往，均须于洞子坊渡河。洞子坊渡口一直默默承担着往来渡人的历史使命。

说洞子坊为千年古渡，实不为过。

桥

洞子坊两岸石壁高耸，峡谷幽深。凡往来渡河者，须以手脚和屁股并用，攀爬着石壁间那如鸡肠般弯弯拐拐的石隙小径一下一上，其险其难无不令人腿颤心惊。

我有两位堂嫂是神堂坪人。记得小时候母亲带我到堂嫂娘家走亲戚，那一去一来直爬得我腿杆抽筋；以至半月后夜里还做噩梦，梦见我不慎失脚掉下悬崖，而后伴着一声惊叫惊醒，醒来后胸口还怦怦直跳。

洞子坊给青安坪人带来诸多不便。千百年来洞子坊渡口也不知酿下了多少灾难。远者不说，且说解放时有一次解放军从澧水河运粮于青安坪救灾，至洞子坊遭东岸土匪伏击。西岸青安驻军因渡河受阻增援不及，导致十二名运粮战士全部牺牲（早年东岸石壁下有烈士墓，后被水淹）。据传，西岸青安坪曾有一胡姓男子娶亲，新娘是东岸神堂坪人。是日男子一等不见新娘，二等不见新娘，至傍晚噩耗传来：桑植猝下暴雨，河里涨洪水，新娘及娶亲人等于洞子坊渡河时不幸船翻人亡。男子闻讯，当即晕死。

我于青安坪念小学时曾亲见一难。河东一同学过河时不慎落水，一帮人忙乎数日才将尸体打捞上岸。我等闻讯赶下河看究竟。死者见我等同学倏忽间竟七孔流血。我等甚觉奇。老师说，他这是死有不甘哩。此状此情，我至今记忆犹存。

那时青安坪人心想：隔河渡水，凶险无常，要是能在洞子坊架一座桥梁便好。可那时想要修桥谈何容易。那时国家不富，老百姓连衣食都不得温饱，哪有闲钱修桥呢！

修桥不成，那便修路。如能把路修好，也能免却过河人往来攀爬的一路凶险。

于是，20世纪70年代初，我堂兄及一帮不怕死的青壮民兵组成"敢死队"，冒死修建洞子坊两岸的道路。他们将身子挂在绝壁上打眼放炮，凿石开山。民兵们不舍昼夜，奋战两年，终于在洞子坊两岸绝壁上炸出一条宽约米许的人行道来。如此，两岸人渡河自然安全并轻松了许多。然而那路毕竟是挂在绝壁上的，过河人一下一上，依然免不了要出一身大汗；何况还有山脚下那奔腾的激流！

年年月月，春去秋来。

子子孙孙，东来西往。

青安坪人终觉隔河渡水的不便，于是他们日日憧憬着哪天能有一位神仙站在洞子坊壁巅拂尘一挥——呵呀呀，一桥飞架！

20世纪90年代初修建鱼潭电站。鱼潭电站修成后，洞子坊河谷一带必成淹没区。这时青安坪人又做起了洞子坊架桥的美梦。然而随着鱼潭大坝的截流蓄水，随着洞子坊资源下沉水位抬升，洞子坊建桥的梦终归沉入湖底。

……

时代车轮滚滚向前，乡村建设日新月异。

划时代的精准扶贫，青安坪实现了村村通、组组通、户户通。祖国大地上公路密如蛛网，四通八达。青安坪人开着自家的小汽车可以跑遍全国，可他们却跨不过横亘在家门口这道百余米宽的洞子坊。

好想有座桥。

这是青安坪人的千年梦。

（载于2020年9月18日《张家界日报》）

龙凤秋意浓

◎李三清

听说，张家界市永定区罗水乡龙凤村载誉无数——国家级非物质文化遗产"茅古斯"发源地、"湖南省特色旅游名村""中国美丽田园""中国传统村落"……

又听说，龙凤村很寂寞，大山静默，堰塘干涸，田园将芜，农具生锈，木屋颓然，黛瓦上挂满青苔。

于是，龙凤村，变得神秘，诡异，在我的心里埋下一颗种子。

机缘巧合，那年，我被分配到罗水乡工作。在张家界市中心汽车站，我搭乘去罗水的线路车。中巴车破破烂烂、没有空调。天瓦蓝瓦蓝的，白云胜雪，随意舒卷。车窗开着，风肆意地灌进来。

突然，司机喊了声："快关窗户！"坐在窗户边上的村民默契地用力拉上了玻璃窗。这段正在修路，尘土飞扬。

"等路逮好哒，你么不换张新车？"一个皮肤黝黑的老头打趣司机。

司机咧嘴一笑："干得！"

·李三清·

湖南省作协会员、张家界市作协副秘书长、永定区文艺评论家协会副主席兼秘书长。已出版散文集《漫步紫竹林》。

后来,我才知道,这就是张家界西线旅游开发中重要的教罗温公路。

深秋的龙凤村,色彩斑斓,中岭岗的千年古枫红叶似火,一片片挂在山间,仿佛金线葫芦丝的张家界阳戏那么耀眼夺目。吊脚楼旁的鸡冠花像土家姑娘一样热情,红得稠密而深沉。

龙凤梯田山地连绵,层峦叠嶂,阡陌纵横,层层相间。相传,龙凤梯田始建于春秋战国时期,目前有可供参观拍摄的水田6000余块,近20万亩,上下落差1158米,是目前全国整块最集中、面积最大、最壮观的梯田区之一。

造物主好像抖开了一张黄绿相间的毯,把山和村庄一股脑儿地裹起来。黄澄澄的稻浪线条变幻无穷,有的舒缓流畅,有的蜿蜒曲折,纯粹得令人心醉。风把稻浪时而吹弯,又时而掰直,仿佛在帮它们做有节奏的运动。哗啦啦,哗啦啦,山风卷着松涛,敲着岩板拍着门,像寻找什么似的,不由分说地席卷而过。

我从未见过哪里的人民像龙凤村的老百姓这样珍惜土地。

山坡上种几棵玉米,田坎边撒两颗南瓜子,田埂上撒几兜黄豆,院墙里牵几根丝瓜……

八山一水一分田,因为稀缺,所以珍贵。老百姓把能用上的土地都用上了。这里的庄稼地,你几乎看不到一根杂草。

清早,凉意扑面而来。枯黄的玉米叶子上挂着潮湿的露水。我拿起久违的镰刀,从坡下一直砍到坡上。玉米叶片发出单调乏味的声音,顷刻枯萎,缴械投降。

秋日的阳光在我挥舞的镰刀上欢快地跳跃。光线不如露水剔透,却比露水明媚。拧下来的玉米棒在山坡上闪烁着太阳般的光芒。

我背起一背篓玉米棒,弯腰弓背,在玉带般伸展的小路上缓缓蠕动。农民把一背篓又一背篓的玉米棒倒在院子里,脱粒,晾晒……他们的每一滴汗珠都是欢喜的。

因为有丰收的喜悦,播种、耕耘和收割,便有了意义。付出不一定有收获,但不付出一定颗粒无收。"人哄地一时,地哄人一年",这样朴素的真理,农民体悟得更加深刻。

秋丝瓜布满了院墙,打着嫩绿色的蔓儿,开着灿黄的花儿,想结几根,就结几根,不想结果,也没人管它。黄豆怀着密匝匝、圆溜溜的豆子,眼巴巴地等着收割。

高粱不甘寂寞地高举着火红的头,好像怕被人遗忘。或白或黄或蓝或粉的小野菊花,兀自开着,无人问津,却也怡然自乐。

芋头叶是少有的一抹绿,有三两片意志力薄弱的,抵不住凄风瑟雨,开始衰败。烟叶田黄得层次分明,只有空洞的烟叶花,炫目的白。

收工时,我看到一位鹤发童颜的老者正在田间"板谷"——把一个木制的大斗放在田间,再将割下的稻谷束在斗内壁上击打,稻穗全部落入斗内后,将稻草扎成把,呈锥形竖在田间。

我笑着问老者高寿。他笑眯眯地说:"小妹子,说出来,你可能不信,老汉我今年九十有二了!"

我张大了嘴巴。这么大年纪,还能下田干活!

我说:"爷爷,国家给80岁以上的老人每个月发100块钱的养老金,看病又有农村合作医疗,平时儿女给您点儿零花钱,您不用这么辛苦啊!"

老者摆摆手:"不辛苦,一点儿都不辛苦。小妹子,你才二三十岁吧!你是没吃过旧社会的苦啊,累死累活,还吃不饱饭。现在国家政策好,我们这些老把式只想多活几年啊!"

我心想,下次,应该把那些脱贫意愿不强的懒汉们请到田里,让他们听老爷爷上上课!

午饭后,我倚靠在门框上休息,看老奶奶用竹笊篱晒红辣椒。我脱了鞋,拿脚比了比,红辣椒竟比我的脚还长呢。

村书记神秘地说,村里有棵宝树,想带我去看看。

这是两棵连理树。两棵树相互缠绕,举案齐眉。两棵树相互搭建,栉风沐雨。两棵树相互衬托,盘根错节。

它们的树根委身低处,卑微淳朴,它们的树冠占尽天时,饱食雨露阳光,它们的枝干曲折回环,尝遍风尘凉薄。

这两棵历尽风霜的老树,默默地见证了龙凤村上千年的悲欢离合。

我奔着龙凤村的落日而来,它却害羞地躲起来,寻而不遇。

还好,龙凤村的云没叫人失望。那一抹金黄,那一抹嫣红,那一抹烟蓝,是落幕前的惊鸿,像与我们挥手道别,把下半场交给夜。

炭火红了,嫩苞谷在飘香。

(选自公众微信号)

一丘前世今生的梭子

◎鲁 絮

·鲁 絮·

新土家风首创者，湖南省作家协会会员、诗歌学会理事，张家界市永定区文联党组书记、主席。

    应邀，我又一次来梭子丘。

    "请柬"一如既往，是"梭子"。但却，未滋生一丝丝淡然，未滋生一缕缕索然，未滋生一点点惘然！

    曾经，茶马古道是梭子丘通向外面世界的唯一道路。人行其间，皆感！偶有河畔，多有山峦；晴无尘埃，雨无泥泞；前不见首，后不见尾……可路面青石板到底多少，没有文作记载，没有人能说清。

    于是，我自行地"数"！数出远古的炊烟和童谣；数出远传的狗吠和鸡鸣；数出远方的苍山和洱海；数出远扬的锣鼓和旌旗；数出远行的马帮和骡队；数出远归的羊群和牛铃……

    茶马古道到底多少石板桥，我也未再问，而是同样自行地"数"！数出"桥不长，桥不宽，桥不弯，桥古朴又透亮"之印记；数出"桥头桥尾马桑树"之相伴……

    马桑树儿搭灯台！当年，几多青衣水袖和几

许青丝白发在这茶马古道,钥匙不到锁不开;当年,还有汉族和土家、白、苗等少数民族在这茶马古道"如手足",律动中华民族之心跳……

这也是爱人寻找的梦里马桑树,我又自行地"数"!数出,我用"对对叶,红红杆,结籽像灯笼,捡柴烧不燃"定论马桑树的"妥与否"或"对与错"!

独有的清爽!上午,这茶马古道,我最终把自己也"数"成了"梭子"!

曾经,姜洞因洞口生长许多野姜且主洞分洞的分布之形如生姜而得名,是梭子丘"地心福地"和"洞天福地"。

两公里,将军洞与梭子丘的中心距离!喀斯特,又称岩溶地貌!贺龙元帅"三探"的遗风;宽高均达数十米的圆形天坑;亿万年流水作用形成的梯田;朝着任何方向伸展的卷曲石景观;洞顶垂悬的石钟乳、洞壁向下的石幔、钟乳相连的石帘、地面矗立的石笋……这将军洞内,我皆"看"!

云来云往、云卷云舒、云起云落……这将军洞外,我也"看"!这云一朵朵,擦拭天际;这云一片片,掠过山际;这云一层层,分出边际!这云,还与拂过梭子丘的风时不时地来一盘"风云际会",演绎文武之道的一张一弛!

独有的悠然!下午,这将军洞,我最终把自己也"看"成了"梭子"!

曾经,有人对我说,梭子丘"水灵灵"!人儿"水灵灵";鱼儿"水灵灵";花儿"水灵灵";草儿"水灵灵"……就连稻谷、小麦、玉米、洋芋、红薯、黄豆也"水灵灵"!这"水灵灵",又满风情老街!

我颇有同感,我深以为然!这风情老街的内侧,有一山坡形似神似一女性,山坡有两山泉神似形似两乳房!曾经,我命名为乳泉——梭子丘最美的水!

之所以命名为乳泉,我的触动有四:一是天佑之泉。千百年来,泉双生如母乳,哺育庇佑此地休养生息。二是红色之泉。当年红军过,泉甘冽如母乳,饮之更激励将士精忠报国。三是生态之泉。泉如母乳之醇厚无纤尘,映家园永远大美,也可成张家界八百秀水之缩影。四是感恩之泉。多有原住民和众乡亲,感泉如母乳千般好即感梭子丘精准扶贫之千般好,更感"党之母恩"。

然而此刻,我或静坐、或站立、或行走这风情老街,又一次"听"那飞檐翘角的白族民居,那象征幸福吉祥的描画和扎染,那玉石坊、根雕坊、酒坊、豆浆铺、茶庄、米粉店,那杖鼓舞、九子鞭,乃至那每到夜色降临照亮整条风情老街的灯火……果然,"水灵灵"! 果然,统统"水灵灵"!

独有的烂漫! 夜晚,这风情老街,我最终把自己也"听"成了"梭子"!

相传,因白族原住民可溯源至700多年前的云南大理,梭子丘有着"湖南白族第一风情小镇"之称,有着"大理太远,梭子丘很近"之论!

相传,更因地形如梭子并且遍布山丘,梭子丘故得名! 一日日,一夜夜;一夜夜,一日日……这梭子丘,织茶马古道,织将军洞,织风情老街;这梭子丘,织精准扶贫的"路和热望",织文旅融合的"诗和远方",织乡村振兴的"梦和战略";这梭子丘,织白族民歌,织白族谚语,织白族故事!

一年又一年,一代又一代! 如是,好汉凭志强,好马凭胆壮;如是,路不走不到,事不做不成;如是,宁做蚂蚁腿,不做麻雀嘴;如是,先讲断,后不乱;如是,升学奖谷,多人读书;如是,在生有贡献,死后成本主……前世今生的轮回,可力透纸背,也可"见墙见羹"!

人心定位! 陡然,我想到了"传承和创新"。祖祖辈辈就是子子孙孙的"前世",祖祖辈辈必须"传承";子子孙孙就是祖祖辈辈的"今生",子子孙孙必须"创新"。曾经,我用"一棵树"来形容:传承像根,年年深扎,"越弥越坚";创新像叶,日日青秀,"越破越立"。

请柬是"梭子",我这苏木绰土家族人毫无违和感,我以为天下各族人也毫无违和感! 上午,茶马古道;下午,将军洞;夜晚,风情老街……一方山水一方人,一方人情未缺爱,一日三爱梭子丘! 爱的人,绝不仅仅只有狭义的情人,还有广义的亲人和友人,还有更广义的天下人!

人间的声调有四声,一丘前世今生的梭子织全四声;人间的方向有四方,一丘前世今生的梭子织遍四方;人间的季节有四季,一丘前世今生的梭子织满四季……

(载于2020年6月6日《张家界日报》)

南门口的夏趣

◎宋梅花

·宋梅花·

湖南省作家协会会员,中国微型小说学会会员。作品刊发《小小说月刊》《小说选刊》《微型小说选刊》等报刊,出版小小说集《苗堤乡逸事》《庸城故事》。

南门口的夏天,太阳总是满街跑。或许,是因为街道是太阳的方向。街,叫半边街。这时候,卖冰棒的声音整条街都能听到,有点像满街的太阳,亮亮的。

记忆中最深的,是和我差不多大的那个男孩。他个头不高,嗓门最高,比那些个卖冰棒的声音都大,且冰棒箱也不小,比他人块头还大,以至于他边喊边歪着身子走,说他身段子在河这边,脑壳到河那边是没错的,大家往往喜欢买他的冰棒。见他来了,便叫"哎!冰棒!"他便从街那头横走过来放下冰棒箱,揭开泡沫箱盖子上的小棉被,打开箱子,露出里面两层棉套捂着的冰棒,边开箱边问:"几根?白糖还是绿豆?"常常是冰棒取好,盖子也飞快"啪"地盖好,因为太阳大,怕溶。卖完,又大声喊着撅着冰棒箱往肩上一挂朝河街走去。大家喜欢买他的冰棒,是他喊的有味。别人都是简短地喊两个字"冰棒!冰棒!"他却是喊的"冰棒三分,吃哒遭瘟!冰棒一角,吃哒打药!"人们边买边笑:"你这是卖冰棒呢还是咒别人不要吃冰棒?"他笑笑,卖完便走。听说,十字街下面的"五一"冰棒厂,就他每天取冰棒的次数是最多的,取的多,说明卖的多,卖得快。后来,听大人们说,他一个夏天卖冰棒的钱除了帮穷家里挣些钱,还为自己挣了学费钱,娘是个瘫子。

夏天热,却是洗帐子被褥儿的好天。南门口码头对面,是一片鹅卵石河塔和大草滩,婆娘们总喜欢背着塞满脏衣服的背篓和提着装满被单和鞋子的桶子,拿着一把棒槌,坐船过河。河对门不知咋的,有几个温泉池,冬暖夏凉。那水是从上面的草滩里浸出来的,一股股地往河边流。被有些婆姨发现了,用河里大石头砌了几个天然水池。便成了争着抢着去洗衣服的好地方。夏天去洗床单,铺在鹅卵石上,一会儿就干了。站在南门口码头朝对面河塔里望,那绝对壮观和好看,满河塔的鹅卵石上晒满了花花绿绿的衣服和被单,从上午一直到下午,收了又晒了,晒了又收了。洗衣服的走了一批又来一批,不是同一时间,却好像都是为了一展花颜而去的。其实,那时没有自来水,澧水河边,是婆姨们洗洗晒晒的好地方。

澧水河真是条好河呢,庸城人因为它而生活得有滋有味。如果白天的澧水河,是堂客们洗衣的好时间,那么夏天的晚上,南门口码头和河对面五龙滩那浅水滩处,便是个天然大澡堂。男人们吃过晚饭,都带着孩子们到河里洗澡,也有些女的。男男女女,站在河码头浅水处,笑笑说说,叫叫嚷嚷,胆大的和渡船比赛,游过河去,再游过来。爹爹很会游泳,常常把弟弟背在背上,游过河再游回来。澧水河鱼多,尤其是岩骨鱼。有些人洗澡时往河堤石头缝里摸鱼,伸手进去,半天,手取出来时,一条一尺多长的有胡须的岩骨鱼便捏在手上,能引起一阵惊呼。

洗完澡的孩子,身上会再弄脏的,南门口码头往五龙滩方向,河边田坎多,灌木丛多,树多,小虫小蝉也就多了,孩子们洗着洗着,就爬上岸玩。有一种小甲虫叫凤凰的,抓到后,用线系到脖子上,抓住线的另一头,边走边玩,让它飞,听它一直不停地"嗡嗡嗡"叫,总之飞不出手掌心。还抓知了。天黑时舍不得回去的孩子也有,为啥?捉萤火虫,草丛中萤火虫一闪一闪,总是让孩子们乐此不疲。

弟弟那时也淘气呢,什么虫子都敢捉来玩儿。除了也喜欢在河边玩儿,有时偶尔见家里飞来了一只盐老鼠(蝙蝠),也敢捉。那盐老鼠窜上窜下总找不着出去的门儿。弟便干脆以最快的速度关窗关门儿抓盐老鼠,盐老鼠四处惊飞,最后终于用扫帚打下来,趴在地上一动不动,弟用绳子系着盐老鼠的翅膀,看着它在地上不时扇动翅膀爬,不时飞起来,直到估计盐老鼠玩儿累了,弟才走出门外,把盐老鼠放在郭家塔中间那片空旷地的草丛里。

  南门口的夏天,趣事多得一筐一筐的,永远都讲不完。有人说,回忆是一种药。那就让这种药解我在时光里的乡愁吧。

(载于2020年8月《张家界日报》)

那些年那些事

——兼评影片《黄金时代》

◎石少华

· 石少华 ·

中国金融作家协会、中国诗歌学会、湖南省散文学会会员。现居株洲市。

那年国庆节前夕的一天，我家孩子乘次日凌晨五点多的航班从北京返回长沙，但当晚十二点还在京城电影院观看刚刚上映的一部电影。是什么样的电影能有如此大的魔力让孩子不早睡早起，赶第二天的航班回家？

在家里，我用网络搜索并观看了这部电影——《黄金时代》。跟随着声光我进入电影，渐渐忘记了剧情，但见通过才女佳人萧红特立独行的生平串起的这段波澜不惊却壮阔的时代：里面模糊了敏感，含蓄地处理了萧红的弑婴、萧红与骆宾基的爱情、与左联的关系；里面没有回避历史，大胆描写了萧军与萧红、与丁玲，萧红与萧军、端木蕻良罗生门式的感情。这也就是萧军与端木蕻良自此至新中国成立后一辈子不相往来而结下的梁子；里面出现的除上述以外的人物，还有胡风、梅志、许广平、聂绀弩、白朗、罗烽、舒群等芸芸众生，既是民国时期思想天空的璀璨群星，也是新中国成立后一座座矗立的文化大山。影片看似讲述的是这个才华与爱情纠结的女子,在中国风云激荡的大背景下,像流星闪电那么耀眼而短促、令人唏嘘而又痛彻心扉的一生,看似讲述的是爱情,实际更注重表现的是一群意气风发的热血青年在那个时代里,在放任自流追求梦想的过程中所遭遇的命运,他们对生的坚强和对死的挣扎,他们对自由的向往和对家国未来的企盼。爱情只是全片其中一个元素。好在我熟悉这段历史,熟悉这一个个的文化人,对我观看这部电影和弄清其中的人物关系提供了极大帮助。

让我啧啧称赞的是,这部影片没有像其他的人物传记电影按编年体安排的一般套路,导演用比较先锋的实验性手段,借鉴纪录片口述纪实和戏剧叙事中的间离手法,构建出影片的整体框架。演员常常是演着演着忽然扭过头来对镜口述,或萧红自述,顾影自怜;或他人讲述,谈及对萧红的看法;或模拟回忆,引出一些历史事件,如同一档纪实的《讲述》《人物》类节目,大大挑战了人们的观影习惯。影片在缺乏主线和高潮的剧情里,运用镜头的时空转换、台上台下的交错,将顺叙、倒叙与插叙,对白、旁白与独白杂糅于一体,尽量多面向地呈现出人物的多层次性和主客观的相互交融性。大家从银幕上看到的有作品力争复原的萧红,有我们猜测中的萧红,有很多人心目中的萧红,还有什么都不是的萧红。编导持有的对人物不确定性和不干涉观众对于萧红认知的态度,让影片自始至终在一种迂回的严谨中,客观而更加接近人物的稳定核心。

影片到最后,深沉的感触才缓缓流淌出来——人生的温度是从生活与情感中不经意的小细节里体会的,每个人的一生都隐藏在最日常最平淡的生活中。这是诗化穿透电影予人真正的时代顿悟。令我诧异的是,导演以这种方式从头至尾耗费三个小时,居然没有让观众感到冗长沉闷、没有生硬化、脸谱化和碎片化的感觉。观众在其中有一种熟悉的陌生感,有一种在现实生活中日渐枯萎感觉的复活。我们在此前看到过关锦鹏的《阮玲玉》、贾樟柯的《二十四城记》,还有美国的《纸牌屋》,也用了类似打破第四面墙的手法,但《黄金时代》是我认为做得最极端、最能引起争议的。

这部能够给我的视觉、内心带来冲击和震撼的影片,让我感觉到电影原来还可以这么来拍。这种冲击和震撼在我的观影历史上是第二次。第一次是

20世纪70年代末,那时的我在一个小县城里读中学。我们习惯了《地道战》《地雷战》《南征北战》这样有头有尾、有故事、有情节的电影,突然电影院里的新片《小花》让大家眼前一亮。大量蒙太奇镜头的出现,让大部分观众猝不及防,没有了日常感觉的习以为常,直呼看不懂,而我却为这部电影新颖的艺术手法迷倒,买票或逃票进电影院,连看好几场。后来十八九岁时,我成了这家电影院内刊和宣传窗影评的主笔,看电影也无须买票了。以后发表在全国公开发行的杂志上的一篇成年处女作就是一影评,应该都与这些经历有关系。

如今,不再是黄金时代的我看《黄金时代》,再次有了黄金时代当年对我的那种冲击和震撼。这是一部庞大的温暖的文艺片,以生花的妙笔记载了萧红跌宕起伏的一生,以抒情的笔调构筑了一幅乱云飞渡的民国画,里面有诗的架构、有画的镜头质感。这幅展现一个时代人物群像的电影卷轴,是编导和主创人员向民国的艺术化的致敬。在电影日益追求高票房和商业爆米花大片的当下,尚有一群电影人能以自己对世界的感悟,以值得铭记的安静的异色,孤芳自赏,走一条曲高和寡的路子,唤醒观众内心永无止境的探索内驱力。我们记住了导演许鞍华的名字,我们看到了演员们的努力!

年轻时看萧红的作品不觉得怎么样,只是为她坎坷的情路、拮据和饥饿的生活而悲凄。许多年之后再看萧红,无论是其个人生活还是其作品,都随着我本人时间和阅历的积累而发生了改变。在写这篇随笔前,与身为电影人的孩子讨论《黄金时代》的美学追求、艺术风格,及至争论。最终因为孩子没有我熟悉民国时期的这些文化人物,也没有我两次内心的碰撞和冲击的体验而未再吱声。

(载于2020年第5期《鸭绿江》)

我的吉首

◎罗建辉

·罗建辉·

张家界市作家协会副主席、文艺评论家协会副主席，中国少数民族作家学会会员，中国楹联学会会员，发表作品300万字。

我的吉首是梯田、是吆喝、是炊烟、是吊脚楼……

吉首的梯田是大山密集的肋骨，是历史重叠的脚步，是只能用犁锄签领薪水的表格，是肉里挤出的咸汗才能注释的书页，是世世代代居住在这里的人群谋生的画面。

燕儿划断春天的雨丝，秧苗就映绿了时光，田角有水沿着草叶流成世界上最小的瀑布。而到夏日，稻田浅水处却盖不住跳蛙与鱼背。白鹭飞过夏日的悠长，秋天的金黄里也长出了与梯田相伴的草棚，人踏黄昏而融进草棚，就听见棚内吓野猪的竹绑在月光里把夜敲得静幽幽、绵绵长长。等到渗着稻香春夏孕育的长梦收获成筐中金字谷堆，又看见人们荷犁缓缓吆牛而来，读那不屈于艰辛的经典开始了又一个新的轮回。

吉首的女人必须吆喝，如同艺术须上台表演一般。那吆喝是流传了千年的女声清唱，响亮清脆、委婉动听。当想唤回那因调皮而乱跑的娃儿时,只需对着青绿的高山合嘴一喊,娃儿就能立刻从小溪、从田角或山巅赶回娘的身边,露出他那黑黑的面孔扮个鬼脸,就跑去做娘安排的活儿——给鸡喂食、赶牛喝水……当想叫黄狗回来看家时,只需对着田埂低头一唤:"德轱……德轱……"于是黄狗听到了,摆着"g"字尾巴,忽地从田埂窜到主人身边,与主人亲热一番——"汪汪"几声,还用暖暖的舌头舔主人的手心。

吉首那袅袅升起的炊烟是敲响一天三个时辰的钟楼,是指告对面山坡上挖地的亲人们吃饭的手臂。早晨,它惊醒了带露的长梦。中午,它把一天沉闷的劳作裁成了惬意的上下篇。黄昏,它又成了向导,让鸡鸭、肥猪、黄牛都纷纷回巢,憧憬晚上的美梦。

吉首大山的坡腰上,健壮的山民用锄头和钢钎削出平面,用石头砌成了安稳——吊脚楼就婀娜地立在那儿。于是,吊脚楼四周楼廊不仅挂晒了黄黄的苞谷,红红的干辣椒,花花绿绿的衣裳,也拉长了情人的目光。日子被打扮得不再是日子,而是美丽多彩的画框……

赞美吉首的美文太多、太多,彭学明更是以一部《我的湘西》荣获第十届中国图书奖。我是吉首大学中文系毕业的,初恋即是吉首市丹青乡桐油组苗女陈氏。因了这层情愫,我眼中的吉首是梯田、是吆喝、是炊烟、是吊脚楼……更如一位我永生矢志不渝爱着的恋人!

沈从文不能听楚音,一听就泪流满面。我则听不得纯正的吉首腔,听后,心里会流泪……

(载于2020年第6期《旅游散文》)

当我离开这充满欲望的世界

◎李炳华

一

有一天,当我老了,我将离开这充满欲望的世界。我将轻轻擦拭浮满灵魂的灰尘,悄然地打包那些尚未被惊醒的剩余纯真,沿着故乡的方向,带着我憔悴的诗句飞奔,与春,与那个充满了朝气与希望的季节,与你,与我依然欢跳并热切着的心。

带上那些被风雨淋湿过的往事,带上我踏破铁鞋的脚。穿过夜色,走过枫桥,远离世间种种纷纷扰扰。到遥远的科尔沁大草原,看那青青的草,蓝蓝的天。骑一匹烈马做你的莽汉,带你追风,带你剽悍。与浩渺的天空里,那些悠悠的白云做伴。

或者就到黑龙江一望无际的林海雪原,醉茫茫的雪,味涟涟的川。乘坐敞篷的马拉雪橇,或者更接地气一点儿,坐农家的狗拉爬犁,抑或是去斯大林公园赏冰灯,去太阳岛叹雪雕,与你

·李炳华·

省作协会员,省文艺评论家协会会员、市文艺评论家协会副主席,出版诗文集数部。

品寒,与你忆暖。对你说我就是你的厚土,你就是我的江山。

或者就到五指山,万泉河,抑或三亚,不必化蝶起,不必鹿回头,就算是流浪到了光阴的尽头,哪怕漂泊已至天涯海角皆可谓快意:听轻轻的风,滚滚的涛,驾一叶扁舟漂向孤岛。随你同醉,与你共醒,撕一片白云做早餐,斟一杯月光饮淡蓝。

二

有一天,当我老了,我将离开这充满欲望的世界。与你,与我依然纯净的眼。告别时光中所有的忧伤与欢喜,告别人间所有的荣辱与光环。飘飞至塞北抑或江南,幕天席地淡漠流年。在春天的眸里打坐,问细细的雨,清清的泉。醉卧三月桃花雨,伴你安然,伴你嫣然。无关人情冷暖西江月,无关风花雪月鹧鸪天。

或者到那夏的梦里定居。任凭梦的气息弥漫天际,然后飘零成诗,成曲,成他乡烟雨,成城南旧事……而我只想与你渔樵于江渚之间,侣鱼虾而友麋鹿,三杯清茶润山水,一壶浊酒慰平生,数漫天繁星,醉点点流萤。弹高山流水,沐明月清风;月圆时与你朗照,月缺时陪你朦胧;独携天上小圆月,来试人间第二泉。

或者去秋的诗卷中小憩。品嗈嗈鸣雁,旭日始旦;阅兼葭苍苍,白露未晞。西风瘦马天涯客,君问归期未有期。就任它空山新雨潇潇落,就任它夜黑风高孑孓孤,我自横笔仰天去,直流清朗在人间。那然后呢?乘一片飘叶款款而去:与子同袍,岂曰无衣?斟一杯浓酒绵绵而思:玲珑骰子安红豆,入骨相思知不知?

三

生命其实只是一段并不完美的故事。一面披着时光的衣,一面淋着生活的雨,但从来就没有哪一个生命,自其伊始从生下来骨子里就不想活了。人都是泥土做成的:站起来是山,倒下去就只是一摊烂泥。

爱情其实只是一段急欲完美的事故。一面闪着娇翠的绿，一面醉成憔悴的诗。但从来就没有哪一份爱情，自其伊始至其结束都能完美成一部电视剧。爱都是用心维修的：修复了是爱，修不了就是人生污染物。

生活原就没有什么说明书，真爱也不可能没有保质期。问题就在于真爱难觅，而生活却永远是常态的。所有的经历，都会是一个经典故事，如果你愿意；所有的时光，都会成为生命里最美的诗，如果心愿意。

（载于2020年6月20日《张家界日报》）

细雨梦回 尘恋依依

◎江左融

总以为这样的清晨才是最好的样子：

万物还不曾醒来，唯一的声响，只有窸窣的雨滴声，它敲在房顶的瓦片上、遮阳棚上以及庭院的花草树木间，沙沙声尤如春夜的蚕儿啃食桑叶，一点一点、一寸一寸地，将光阴的雨丝风片慢慢咀嚼、吞咽。这种时刻，适合了轻捻一罩孤灯，在迷离的灯影下，伴着雨声，摊开书本，或摊开心事，将揉乱的心绪一一抚平。

读书是这样细雨清晨中美之又美的事情，多年来，在书中阅读了太多的亲情、友情、爱情的故事，唯爱情，最是引人更多的兴趣和解读的。

合书畅想，私自归纳有三：有种爱情叫哀婉凄切，比如，《诗经》里的采采卷耳，不盈顷筐、两汉时期的"涉江采芙蓉"，兰泽多芳草、《荆棘鸟》中拉尔夫与梅吉锥心泣血的偷爱……因着种种的际遇和缘由，致令他们的爱永无皈依，劳燕分飞成"同心而离居，忧伤以终老"。由此引来了我

·江左融·

作品散见《海外文摘》《中国诗人》《绿风》《散文诗世界》《鸭绿江·华夏诗歌》等。

们几多的扼腕叹息,终究的,是爱而不得,永远骚动的遗憾美了,故而也验证一条真理:生命中所有的馈赠,早已在暗中标好了价格。

第二种爱情叫卑微辜负与不值。比如,《氓》中匪来贸丝,来即我谋的弃妇,《白鹿原》中田小娥与诸多男人的周旋,《德伯家的苔丝》中的苔丝与亚历克、克莱尔的纠结,《巴黎圣母院》中埃斯梅拉达与克洛德、菲比斯及卡西莫多的冤孽。古往今来,无分中外,女性的悲惨命运久已有之,她们弱者形象的呐喊与呻吟,换不来男权世界的一丝丝怜悯和尊重,最终只能以惨烈的毁灭而告终。

第三种爱情叫作苦尽甘来。这也是我们最期许的爱情。长久以来,我一直固执地认为《飘》中的瑞特船长与斯佳丽、《简·爱》中的罗切斯特与简、《霍乱时期的爱情》中的佛诺伦蒂诺与费尔明娜,《红字》中的席丝特与亚瑟……他们的爱,才是爱之本身应该有的样子。是神的指引,初遇、历难、大完满。历尽千辛万苦,演绎了爱情中悲欢离合的所有元素,展示了爱的种种可能性,才以最终大团圆,换来了终极的幸福。唯其这种爱,才最令人心魂向往之,令人不羡了神仙羡鸳鸯。

不知是谁说的这句经典,"爱是心间的一抹痛",如非亲身经历,又怎会如此剔骨透彻!

还记得有一次读完《霍乱时期的爱情》后,我兴起提笔留言:最终,佛诺伦蒂诺一怀半世的坚守如童话般的已实现和补偿了,这一部揪心虐肺的巨著,引发给了我太多太多的共鸣,关乎爱情的、关乎欲望的、关乎道德的,高尚与卑微、执着和善变……这一切,在字里行间纠结、缠绵,却又是那么真切、自然,让人感同身受,可能,这是它在告诉我们活着的理由——因为你在!你在的尘世,才有我们的眷恋依依。

生活就像一条铺满林荫的小道,密密匝匝的枝叶掩映了各自的三寸人间,尘世喧嚣,我们怀中多少的羁縻、隐忍、在其间耐受。斜风细雨下,那一双将扶的手,让自己会有时做些轻微的怀想,记忆会抖落、散开,潜进梦魂深处,只需闭上双眸,慢三慢四的在其间翩翩起舞。而关于它的沉迷,成了我们沉重生命里一抹挥之不去的亮色。

太多的人事在我们的生命中来来往往,走走停停,过客悾惚,记得也罢,雪藏也罢,沦陷也罢、跳出也罢,终似一叶扁舟轻轻划过湖面的水痕波纹,一圈圈、一漾漾,剩却渐行渐远渐还无的目送。更似空山鸟语,逝水淙淙,隐约其声,终归于一道日暮溪云。

我以为,有些美好是被蒙蒙的风花雪雨给淋湿的,恰好是撑着一柄的小花伞,立在早春轻风微飏的田间地头,看着桃花,翕动朱唇轻轻唤上"小桃……",她们便三三两两地探出可爱的脑袋,拂上丝丝细雨,扭动了小腰肢、踮踩着小碎步,张扬的粉脸、娇娇滴滴,而这,不正是爱情最初的样子吗?花褪残红,窜入人眼帘的粒粒青桃在挂,又是别样韵致的美,她们藏身在绿叶间,毛茸茸、青涩涩,这份含羞带怯,又像极了暗地的相思,是美人腮边泪,一番零落还休。

"东风细细花正好,春来拟把闲愁抛。无情最是江畔月,又移花影到小桥。"恰如你遥寄来的诗句,含有几许惆怅与无奈,而我,多么想告诉你的是,放心,我很好,你也好,都好! 我们静静立在同一方春光下,相守相望,淡看那一场场花事的绚烂与荼蘼。

人至中年,半坡爬行,我们背负生活的种种,在十丈烟火里颠沛流离、顾此失彼。多少次午夜惊回,半窗清梦犹在,潸然泪眼,凝望虚空,暗舐伤痕。

我们在时光里修炼、煎熬,时光何尝不亦被我们烹煮成酒、成茶、成诗,唱和之间,无数的烟雨风声归入苍茫大野,归入一帘廊桥遗梦,归入无声无际无涯的消弭……"直道相思了无益,未妨惆怅是轻狂"!

我们每个人都期艾拥守一份长长久久的爱情,也许随着生活的磨砺、辎重的不堪,爱情早已寡淡了滋味,甚或面目全非,也许它关山重重,远逸天边,变成传说,而保有、憧憬这份雪泥鸿爪的美好,才是我们不改的初心。

此际天已大白,有雨点敲窗,有"竹斋卧听雨,梦里长青苔。门寂山相对,身闲鸟不猜"的幽幽情怀,而这好雨,自知它的时节,正如追爱、参爱、迷爱中的我们,都有各自的来路和归处,我信。

(载于 2020 年第 5 期《西部散文选刊》)

也到牧笛溪

◎铁 棒

·铁 棒·

本名黄真龙,湖南省作家协会会员,张家界市作协副主席兼秘书长。已出版个人散文集3部。

闻名已久,总算到来。小满之后的周末,我来到了向往已久的牧笛溪。

牧笛溪,因乡镇合并,玉成于庙岗、醒家峪村。其诗情画意般的名字,脑际不免绘就一幅牧童归来、笛声悠扬、溯溪而上的山水画卷,好一处世外桃源!

牧笛溪很近,去市城区不过百里,绝尘便到;牧笛溪很远,若非淡薄寻山遁入,绝不能至。

牧笛溪很秀,秀在天高风清,云雾妖娆。从村部向东而去,那是更深的山。并不火辣的太阳在碧空万里中,洒遍每一寸湿漉漉的泥土。昨天的雨水,冲刷掉万籁寂寥。初夏的生机,盎然在了麦苗悠悠的乡村。驻足牧笛溪,向北望去,那是秀美的群山,层峦叠嶂未曾有边界。夏风微醺,吹来的是禾苗的青葱、水鸭子的憨厚,以及那未曾遇见的田间"扑通"。秀到极致,那便是青翠生命里最旺盛的姿态。

牧笛溪很醉,醉在流水潺潺,白烟缥缈。顺

溪流而上,是更加静谧的世界。河柳垂髫,光影斑驳,时而奔涌时而平湍的溪面,"哗啦啦"出了乡民赖以生存的水。它们如自家酿作的美酒一般,浸染了沿岸的草木,滋养了一方天地的生灵。清晨的雾,幻化为蒸腾的汽,一颗颗肉眼可见的凝珠一般的它们,欢呼雀跃着,似宿醉醒来,于天地初开间,歌舞生命、吟唱倔强。它们醉了,溪边的人儿,更如此。

牧笛溪很醇,醇在米酒飘香,腊肉汤浑。寻一户人家,从田埂上掠过。木屋的门槛后,那是一桌招待"远方贵客"的饕餮。油乎乎的腊肉,在锅里被翻滚着,金黄的油脂,盈着喜气。喝上一杯农家粮食酒,"我屋自己酿的",酒醅胸胆,穿堂而过的山风,把青草和泥土的芳香带过来。混着酒,在一口"作数"中,淬炼了自然的味道。腊肉,红到暗黑进而透亮,米酒,香到甘醇进而绵柔。这滋味,人间能得几回尝?

牧笛溪很久,久在木楼层层,歌声悠扬。牧笛溪为人所道者,为原生态土家老木房和吊脚楼。它们流淌在历史的洪流里,绿水青山之间的黑色瓦片,褐色木板条和灰色田垄,在大红灯笼的晃悠中述说着不为人知的故事。曾几何时,阿妹的木棒槌与石涧的火花四溅,未曾忘,"噢……咯咯哒……"的信步山林。木屋的每一根柱子后,都有关于爱情的动人传说。它们如歌,在土家族先民的血液中流淌千年。

牧笛溪很美,美在脱贫致富,安居乐业。混沌朦胧的世界里,与世隔绝的牧笛溪,似被上苍遗忘,老去的身影依然记得1935年那个冬天的小红军战士的轮廓,模棱、坚韧,最终成为新中国、新时代最为波澜壮阔的画卷。精准扶贫的号角吹响,帮扶组如亲人般来到村寨里。尔后几年的岁月变迁,胜过百年千年。那是老乡未曾奢望的世界。银白色的哈达在十万大山里劈开了道,产业兴旺之后的玉米、红薯、果蔬,成了紧俏货,土家织染、绣花、梯玛歌有了"审美"的加持,吸引着一拨儿又一拨儿的游客。牧笛溪,山美水美人更美,景美物美文化美,美美与共,便是新时代的天下大同。

这便是牧笛溪,那个我曾想象的,永远在我心中的牧笛溪。

(载于2020年6月1日《张家界日报》)

濯水之依

◎陈桂绒

入住客栈

从黔江出发，坐班车不要一个小时便到了濯水古镇。我翻阅有关古镇的历史。濯水古镇位于重庆市黔江区东南角濯水镇境内，兴起于唐代，兴盛于宋朝，明清以后逐渐衰落，但是濯水古镇街巷依然是一个集土家吊脚楼群落、水运码头、商贸集镇于一体的千年古镇。

眼前，尽是木楼，翘檐雕窗，古香古色。一条悠长悠长的青石板巷子向南北延伸。巷子两侧楼道间衍生出许许多多枝枝权权的小路。恰逢"七夕"，许多穿着汉装的行人，在巷道来来回回穿行，踩碎了古镇的宁静。

借问酒家何处有？我们提着行李箱，在巷道里搜寻。问了许多家，都说人已满。失望处，一热心的大姑娘告诉我们，古镇北巷尽头临江边有一"天涯客栈"，因地势僻远，客人不多，有空位，去不？去！安静又临江，我们满心欢喜。

·陈桂绒·

湖南省散文学会会员、张家界市作家协会会员，曾在《中国校园文学》《张家界日报》《大亚湾文艺》《澧水文学》《旅游散文》等刊物发表文章。

巷道越走越深,人越来越少,两边的木楼越来越落寞。我问,这里为何这么冷清?姑娘说,这里是老街,已上百年,作为濯水古建筑文化艺术,政府已征收,"天涯客栈"是唯一一栈政府还没有征收的百年老客栈。我暗自庆幸,濯水竟有一位百岁老栈在等着我来。我迫切问:"客栈还远不?""快到了。"

"天涯客栈"上下三层,典型的土家吊脚楼格局。百年的风雨,已使木楼呈黑黄色,然而,粗大的木柱和横梁,依然彰显出曾经的光鲜。实际上,许多类似的吊脚楼,组成了庞大而古老的濯水古镇。

栈里很冷清,我们似乎是第一批客人。主人给我们办理好入住手续后,带我们到楼上临江的房间。房子两个人住还算宽敞。里面全是木质的床桌椅凳,甚至连衣架都是木质的。一种浓浓的古式格调,把我带回到从前的旧时光……

从檐廊上眺望,青山逶迤。一条江,从遥远的地方来,又滚滚到远方去。搜寻度娘,这是阿蓬江,从湖北恩施来,流向乌江去,是我国少有的一条自东向西倒流的河流。江面上,一座雄伟的风雨廊桥横跨阿蓬江上,远观就像一只展翅欲飞的雄鹰,这是享有"亚洲第一风雨廊桥"美誉的濯水廊桥吗?江边堤上,好悠闲的几钓翁,他们戴着草笠,盯着浮漂,一动不动,殊不知他们早已成为我眼中最美的风景……

行走老街

简单的洗漱后,我们决定去吃午餐,途经老街。

来时匆忙,来不及细打量。

老街,由青石板铺就。北向入口处,立着一块 1 米多高,宽约 50 厘米的石碑,距今已有 121 年的历史。石碑阴刻着"天理良心"四个大字。石碑旁,塑着一石雕,看似一中年汉子,戴着头巾,赤膊裸腿,右手提秤,双眼正专注地看着秤杆,栩栩如生,我不得不惊叹这些匠师的技艺精湛。实际在这条老街陈放土家人推磨、先生讲学、两人对桌茶饮等许多活灵活现的精美石雕,再现了当年生活的场景,让人再次触摸到历史的温度。街道两旁,全木结构商号、民居、会馆、学堂,有的是吊脚楼,有的是四合院,有的是撮箕口,错落有致,别有风韵。

据了解,濯水古镇的7个院子由"樊、汪、龚、余"四大家族留下,分别为烟房钱庄、汪家作坊、汪本善旧居、濯河坝讲堂、龚家抱厅、光顺号、八贤堂。它们皆坐落于古镇老街之上,既有各自独特的历史故事和个性魅力,又共同展示了濯水古镇的濯商文化、诚信文化、场镇文化和码头文化。还有,古镇民居之间画有精美壁画的封火墙,别致的木雕窗,精艺的石刻磉墩。每一处,都让我们驻足惊叹!

这条老街,应是濯水一条悠长的文化艺术长廊。古吊脚楼建筑群、精美石雕、壁画、道德碑,积淀的濯水厚重历史文化。行走在街上,我仿佛回到了濯水的历史深处……

濯水美食

走过老街,便是一条特色小吃街。满街飘香。

街道干净整齐,所有的吃货都摆放在铺面之内,不难看出政府对濯水古镇的高度治理与管理。每一个铺面上都挂有一块特色招牌。什么"汪氏绿豆粉""马大滚""白氏米豆腐""糯米腊肉饭""狗屎糖"等,琳琅满目,缭乱双眼。

据当地人介绍,濯水"汪氏绿豆粉",多年秉承"天理良心"经营理念,精挑细选本地上好的绿豆精米配成比例,通过"选、浸、磨、烙"四道工序制成,特别劲道好吃,已列为重庆非遗美食传承人。"马打滚"也是当地一大特色小吃,它的做法和包馅儿的汤圆差不多,只是糯米和里面的馅儿、糯米团打滚的材料非常重要,直接决定了"马打滚"的口感。"狗屎糖"咋听十分恶心,但它用纯麦芽熬成糖,搅拌熟花生芝麻,切成块,味道甜香不腻,高血糖患者都能吃,且看广告词"吃狗屎糖,走狗屎运"。还有这里的"黄腊丁鱼",阿蓬江长大的,纯天然,味道好极了……

临近中午,我们决定吃阿蓬江生长的"黄腊丁鱼"。找了临江的一个鱼馆,现场活杀活炖,46元一人。店主很厚道,反复交代,这是地道的土生鱼,包好吃吃好,不够加分量,但浪费会加钱。好的好的,我们积极响应国家号召,保证不浪费一粒粮食。四个女人,满满一大锅鱼,吃完又额外加了八条。平时的淑女呢?呵呵,只因这鲜美的阿蓬江的鱼,我们的形象全丢在锅里了……

沧浪之桥

"沧浪之水清兮,可以濯我缨;沧浪之水浊兮,可以濯我足。"濯水的"沧浪桥",是否名缘于此?

薄暮,我们踩着夕阳的碎光,来到沧浪桥上。

桥,是抱大柱子的木桥,全长 658 米,小步行走需要 10 多分钟,这是中国第一大风雨廊桥。桥面很宽,两辆小轿车可并驾齐驱。然而,地面设置了梯度,车不能跑,行人可步行。桥上有分层纯木塔亭,每一层都摆放有红漆长凳,供行人小憩。站在桥上,古镇已亮起了星星点点的灯光,而桥下游人荡着小船,笑着,不肯归去。薄暮已笼罩青山,莽莽苍苍。山坡上,几处乡里人家,屋顶上冒出袅袅炊烟。桥那端,一田荷园,不胜秋风撩拂,娇羞了脸。荷花谢了。燕子还在濯水上空盘旋。廊檐两侧,高高挂满大红灯笼,灯笼上写有"中国第一鹊桥会"大字。这是专为牛郎织女相会准备的吧?

小时候,一直憎恨王母娘娘棒打鸳鸯,活活拆散牛郎织女。长大后,才知这只是一个幽怨的传说。然而,一年一度的鹊桥相会却在人间千年流传,七夕便成了中国传统的情人节。恰逢七夕,廊桥上的人真多。看到一对对小情侣偎在桥凳上。原来,这鹊桥为他们所建。呵,我来凑什么热闹!纳了一会儿凉,我们便匆匆离开了。回首,那灯火通明处,一条长长的巨龙横亘在阿蓬江上,美丽极了……

"沧浪之水清兮,可以濯我缨;沧浪之水浊兮,可以濯我足。"沧浪之水,可以荡涤尘世的污浊,而濯水,却清洗了我内心的烦忧!

今晚,我枕着濯水,一夜酣眠……

(载于 2020 年 11 月 12 日《张家界日报》)

那个叫作梭子丘老街的地方

◎罗 舜

·罗 舜·

笔名小北,湖南桑植人。《诗歌周刊》2019年度诗人,有诗入选2019年中国好诗榜。出版有长篇小说《向小北向北》,诗集《马桑树的故乡》。

一

重阳节有人提醒我登高望远。我去西界,在西界山顶一片厚朴林里躺下来,发了一条朋友圈:

阳光像金子,天空是一尘不染的蓝,我在树的怀抱里。

老同学勇打电话来,说:看了我的微信朋友圈,何不来马合口!

马合口?

梭子丘白族风情老街晚上有篝火晚会,你不妨前来。

我对马合口没有多少印象,梭子丘是马合口白族乡政府所在地,印象中也是一个极偏僻的地方,几年前有一次从白石经官地坪回县城,经过梭子丘,印象中那里公路坑坑洼洼,路两旁几栋不成规模的砖瓦房,有一家米粉店、一所小学。经过那里总忍不住望上两眼。

望一眼,是灰。

望两眼,几个背着花背篓的大娘从眼前经过。

老同学在电话里说:"我知道你写诗,常去诗情画意的地方,我三言两语怕是不能打动你,不如这样,算帮个忙,把我的老婆孩子从县城带来看看,这些天乡里扶贫工作忙,很久没回家了。"

我许了个诺,离开厚朴树林,回城接老同学的老婆和孩子,在一片白雾中。

二

向北是一条黑色的炒沙路。

沿新拓宽的官瑞公路,40分钟车程,便到了马合口。

时间追溯到700多年前,云南大理的300名白族人,因宋末元初的战乱,告别苍山洱海,跋山涉水,溯长江、渡洞庭、漫津澧、步慈利,在廖坪、芙蓉桥、麦地坪、马合口一带手指为界,结庐归耕,繁衍生息。从此,他们再也没有回过大理,唯一一次离开,是随贺龙元帅远征,为中国革命,抛头颅、洒热血。

我把车停在一处古井旁。仿佛逆着时光,走进梭子丘老街。

三

一个白族姑娘向我走来,带着羞涩的微笑。

你们是记者吧!下来先喝杯茶。她回望了一眼她身后的白族茶楼。

我摇摇头,又点点头。"我们只是来看看,不用麻烦了。"我说。

姑娘笑着,去招呼其他外地客人。她着一身白族服装,头上戴的"风花雪月"的头饰,垂下的穗子代表下关的风,艳丽的花饰是上关的花,帽顶的洁白是苍山雪,弯弯的造型是洱海月。白族人崇尚白色,不论男女服饰,在界上或峪里,都盛行以白色为尊贵,一眼望去便给人以美观大方、色彩分明的感受,极富有地方民族特色。

其实,在桑植,白族人聚集之地,像马合口、走马坪、芙蓉桥、刘家坪、洪家关,也只有在三月街、过大年等一些盛大节日之际才着民族服装,以示隆重。

街道两旁的房屋已焕然一新,恍若一时间置身于大理的街道。白墙黑瓦,飞檐串角,再以木雕为窗、彩画为屏、各色玉器木雕及百货商店错落有致。老同学站在一面高高的白墙前,等着他的老婆和孩子,以及我。在那面白墙的衬托下,宛若一首留白的诗。

房门上有木雕,动植物图案造型运用自如,如"金狮吊绣球",如"麒麟望芭蕉",如"丹凤含珠",如"秋菊太平"。老同学走过来,给我介绍老街。市委组织部结对帮扶村梭子丘,在扶贫的攻坚期,市委组织部驻梭子丘扶贫帮扶人依托梭子丘民族文化优势,果断抉择,精心打造梭子丘白族风情老街,通过思想扶贫,建立文化自信,通过发展民族经济,开市聚流,繁荣一方。他,作为乡政府的一名领导干部,和其他许多领导干部一样,已有几个星期不曾回家了。

"娟在这里吗?"我问。

"你认识她?"

"她是我吉首读书时的同学!"

"她很忙,今晚还在准备篝火晚会的事,有许多的记者需要照应。"

"委呢?"我说。

"他也忙,你不知道,在梭子丘驻村帮扶,他的事可多了。"

"那我一个人走走!"

老同学看了看他的老婆孩子,又看了看我。说:"我要去街上,把明天开市分区的标牌排一下,不能陪你了。你是诗人,最合适一个人走走。"他笑了笑,脸上带着一丝愧疚。

我点点头,向着东面有篝火的地方走去。

四

乡村的夜,不知不觉就来了。

街上穿梭着好奇的记者、摄影爱好者、盛装的白族姑娘小伙、外地商人,我在一堆热闹的人群里驻足,在白族旅馆对面,一大群外地记者正在喝三道茶。

白族三道茶,白族人称它为"绍道兆",这是一种宾主抒发感情,祝愿美好,并富于戏剧色彩的饮茶方式。喝三道茶,当初只是白族用来作为求学、学艺、经商、婚嫁时,长辈对晚辈的一种祝愿,现在应用范围日益扩大,成了白族人民喜庆迎宾时的饮茶习俗。"三道茶"第一道为"苦茶",第二道为"甜茶",第三道茶为"回味茶",寓意人生"一苦,二甜,三回味"的哲理,现已成为白族民间婚庆、节日、待客的茶礼。

待到他们把茶喝完,人散去,同学娟站在街旁,目送客人离去,我叫了一声娟,她回望。

好久不见,别来无恙。

喜悦无法抑制,却也无法言表。娟问我喝了茶没有,我说,心里喝了,修行,心身一样。她说,你别老说修行,红尘多好。我笑了笑。

两人再略寒暄了几句,娟说,我要去备晚会的事了,住的地儿给你联系好,待会儿我们再多聊。

她的背影映入梭子丘老街的夜色中,一个干部忙碌的背影。

同学委在街上遇到我,我俩拥抱了一下。男同学之间的情感表达较为直接。这个年轻的人,是市委组织部结对帮扶驻梭子丘村第一书记。一样,也在忙。他说,小北,给梭子丘写一首诗吧!晚上再陪你,那边篝火晚会开始了。

五

人类文明的开始,从一堆火。

我想远古的祖先,他们对于火的热情远远大于火的热度,他们不穿衣服,只有树皮,在一堆火跟前,手舞足蹈。又或是爱情,那无限向往的灵魂与肉体之交。我需要借一堆火的温暖,烤我成为你寒夜里的恋人。

我看着那火光,火光中浮现出一个一个的人脸,有远古征战的战士,有作法的巫师,有农耕的农民,有此时为一方造富的人民公仆陈部长、李书记,有我的同学勇、委、娟,有我遇见过的许多人,许多许多的人,他们仿佛都来了,围着一堆火,跳着,笑着。

微信朋友圈里的山水情缘在篝火旁唱歌,有人拉上我一起跳杖鼓舞,一二三,三二一,顺拐、屈膝、悠放、下沉。人们的脸上洋溢着幸福的微笑,就连头顶的一弯新月,也带着镰刀般收割的喜悦。

梭子丘民族广场上,正在表演农耕舞。同样,可以在梭子丘老街看见七八岁的小孩在跳九子鞭舞和杖鼓舞,他们动作颇为娴熟。很多失去的东西,在这里慢慢找回,木雕、玉刻、编竹工艺,甚至白族人对美食的追求。传承是一件激动人心的事。

六

晚上,睡得很早,在白族宾馆二楼,一间单间里。房间里有书柜,是我喜欢的,放满许多学生的课本,宾馆主人家孩子的照片,这应是宾馆主人家孩子的房间。床头柜上放了几本关于马合口乡土民情方面的书籍,我来不及翻看。透过木格子窗,银灰的星光落在屋顶,飞檐像鸟儿的翅翼,黑色的瓦片犹如散落人间的羽毛。我心中,要为梭子丘抒写的诗歌已经形成。我在一片飞翔的梦中入眠,早晨,被街上喧闹的叫卖声惊醒,不到七点,梭子丘街上已车水马龙。这一天是梭子丘赶集的日子。

(载于《小北吧》微信公众号)

牧笛村的吊脚楼

◎赵斯华

·赵斯华·

毛泽东文学院第十九期中青年作家培训班学员，散文、诗歌偶有发表。

　　我是一个土家族的姑娘，却也是个没有出生在吊脚楼里的土家族姑娘。小时候见过最多的是红砖瓦房，缺少了对土家族的认知。我不知土家族服装上的铃儿可以响叮当，也不叫爷爷为"爬普"（Papa）、奶奶为"阿妈"（a ma）、爸爸为"化阿巴"（aba）、妈妈为"化阿捏"（a n 诧），也不兴"哭嫁"……我，以及我的爸爸妈妈乃至爷爷奶奶都不曾在土家族的吊脚楼里生活。

　　到牧笛村之前也见过众多吊脚楼。有凤凰沱江边无数个木墩子支撑起来的吊脚楼，水深的时候只见一座座木房子随着五彩缤纷的灯光漂浮在沱江水面上，水位下降的时候，不可近观浮满黄泥巴的木墩子，总感觉残缺了一丝韵味。有千户苗寨依山用厚重石墩子建起来的吊脚楼，远观过去，层层叠叠；近观，是琳琅满目的商业，聒噪且嘈杂。牧笛村的吊脚楼，"养在深闺人未识"，像未出阁的姑娘水灵灵，不夹杂一丝尘埃世俗，天蓝蓝、水清清，艳阳天里待出嫁。

这天是个极好的日子,牧笛村庙岗的风光被展现得淋漓尽致。吊脚楼前的水田里,稻谷苗儿已露尖角,趁着阳光雨露散发着它青春的活力。吊脚楼里的姑娘,早早地梳妆打扮,背上小背篓,去采红通通的五月泡儿。田边的枇杷树上,枇杷开始慢慢泛黄,等着吊脚楼里的姑娘把它们选回家,熬上一碗可口的枇杷膏,送给心中最爱的情郎。

饭点时分,在欣赏已久的吊脚楼里用餐。喝的是农家自制的苦荞茶,轻轻抿一口,有香醇的味道;吃的是陈年老腊肉,肥而不腻;新鲜黄豆磨下的合渣,加上星点儿的葱末,淡而有味;指头大的洋芋坨坨,应该是清晨刚刚从土里刨出,怎一个嫩字了得。农家厨房里,散发着清香的苞谷烧。农家选上两斤上好的玉米,煮熟,摊凉至30℃,加上酒曲,搅拌,装桶密封,静待半月发酵,再蒸馏,入瓶密封,置于阴凉处存放,就成了。

庙岗的吊脚楼是保存较为完整的湘西土家传统民居建筑群,这里传承的不仅仅是仅存的建筑,还有源远流长的土家族文化。土家族文化在这片吊脚楼里生根、发芽并茁壮成长,寄予了对土家族最殷切的希望。出生于20世纪90年代的我们,是新生的一代,也被赋予了时代的使命与责任,传承民族文化,复兴民族希望,我们青年一代义不容辞,成为自己和时代的佼佼者。

(载于2020年6月15日《张家界日报》)

我曾经搭救一只鹤

◎ 蒋献辉

我选择坐在河边一棵小柳树下钓鱼,已然立秋,日头却还热情火辣。虽称其大河,澧水上下有若干大坝截流,因受娃娃鱼生态环境保护之故,现多已退出发电,然而尚有部分拦水坝以防洪等诸般理由得以保存。

河水由原先湍急变得和缓,烈日下容易滋生水草,满河的苲草几乎装点了整个河面,如以水草丰美来形容并不为过。苲草和鸭舌苔下面,隐藏了若干鳜鱼、鲫鱼、鲤鱼、草鱼,更有青鲷、鳑鲏、虾米之类水中生灵。白鹤、野麻鸭也在这片食物丰富的池塘中安家繁衍。放眼望去,这片大池塘波澜不惊,就在我的家乡背后,上游不远是县城,对河为笔架山,下游为有名的官潭湾。

每当无事可做,我便去钓鱼打发时光。隔河近,年少时常在河中摸鱼洗澡,现在早无此雅兴,河中水情状况却又了然于胸。我因此喜欢又迷上钓鱼。不过近年,即便时有中暑也乐此不疲,正可谓玩物丧志。

·蒋献辉·

张家界市作协会员,有作品散见于省市级媒体。

秋蝉正在枝头做最后的季节演出告别。河中间白鹤沉静觅食，稍有响动即亮翅掠起群飞。水凫个头小，一对绿豆小眼与人对视清亮如水，一遇惊吓则伶俐钻进水中，两三丈开外方冒出小小头颅，往河中间水域泛泛游去，身后分开一道浅浅的八字水纹。眼前这方世界一个人可以尽情凝视和享受，即便一无所获，我也常常觉得意兴阑珊。

一个人正凝神屏气空无所虑，就近不远处水面忽然起了一阵小小动静，我立起身才看个仔细，套在岸边的渔船数丈开外，原来一只白鹤陷在苲草里，仿佛被什么敷住，双翅沾了水有气无力，唯剩一个头颅露出水面时而挣扎浮沉。如此不显山露水，应该沉陷有一段时日。我心想这个小畜生是不是不小心被蛇箍住了，夏季水边蛇多，既然可以蛇吞象，白鹤不过一副空壳囊，如果不幸遭难正好可以成为腹中之餐。

鹤子好似灵异之物，平民百姓常以松鹤相伴图当作堂屋里装饰，悬挂在神壁借以延年祈福。我们那里若老了人，出殡时棺盖之上，还要覆上一顶纸糊篾扎的罩子，当中还饰一只摇摇晃荡的白鹤，自然也以竹篾为骨白纸为皮，栩栩如生与活物形似无二。坟堆掩好后便与花圈竹纸一起化掉，据说亡人便得以往生登临天界。

上天有好生之德。我一面狐疑地往神仙鬼怪上想，一面就动了恻隐之心，于是解开船缆。在澧水边吃喝长大，摇船划桨对我也不是难事。待划着小船靠近，这只鹤子见有生人抵近，一面有气无力扑腾，一面伸出尖嘴还要啄人。幸好不是被蛇缠住，我一把抓住它细长脖子，顺手丢在船板上。

上岸后，我才仔细看清楚状况，这只可怜的鹤子遍体鳞伤，遍身敷满了鱼钩，为钓鱼人挂落水里的排钩所伤。或许只为贪吃附在排钩上的小鱼不慎，岂不知犹如鬼针草和苍耳一般，一旦沾人衣裳便很麻烦。麻烦应该附身有一些时日，翅膀骨肉已然毁坏。

拿在手中不过三五两重，第一次和这充满灵异神秘之物如此接近，我心中莫名升起一股狐疑和不安。

鱼钩紧紧嵌进肉翅去。幸好钓鱼人都备有小剪刀之类工具。我在动手清理时，小畜生分外不领情，只伸出尖嘴要啄人。我随即顺手捡起一枝枯枝轻轻压住它的头。排钩有六七口，我连根剪去几支羽毛，如行医者为其做小小的手术。待小心翼翼摘下鱼钩，小畜生受困太久，一旦获得解脱，挣开我的手即想走，扑腾几下，又无力地萎在地上。

我将刚钓上来的小鱼丢下几条，想到应该还有伤口消炎之类诸般手续，但一时哪里郑重其事去寻找？我便不再管它，只一心一意去钓鱼。

到底放心不下，天将黄昏时，我起身收拾回家，忍不住折过去，发现鹤子还待在原地，气力得以些微恢复。看见人靠近，一双翅子亮了亮却不能飞起，跌跌撞撞只往草里钻。我便从渔获里抓出一把小鱼，夏夜虽不漫长，可是危险多，不但有蛇，老鹰也不是吃素物，心中但求它多福而已。

晚上回家特意和家里人说起，我搭救了一只鹤子。父母亲人生阅历广，自然有自己不同的世面见识，但大约于天上的飞鸟所知有限，口中一点儿见解也没有。

睡至半夜，我忽然又想到旧年所读过的唐宋传奇故事《柳毅传书》，书生柳毅过洞庭湖时，为一个放羊女所托捎带书信，谁知道放羊女原来为小龙女化身，经过一段颇为曲折动人的离奇传奇，两个人最后喜结良缘。我的心中总有一股孩子般不切实际的热切想法，以至于整夜辗转反侧，结果什么事情也没有发生。

第二日是周末，我照旧一早去钓鱼。我特地又从现地方经过，过了一夜，鹤子依然待在原地。它依然不认得我，它哪里就熟唤，看到我走近，双翅亮了亮，终究没有飞起，只往草丛深处大步奔去。

中午回头时，鹤子依然离原地不远，它应该吃下我丢下的鱼。送佛送到西，帮忙帮到底，我从鱼篓中又抓出一大把小鱼，扬手使力丢进草丛中。

周一起我还得为自己为家庭生计奔波。下一个周末又从现地方经过，自此我再也未见到那只搭救的鹤子。

（载于 2020 年 4 月 20 日《张家界日报》）

北瓜叶

◎廖诗凤

·廖诗凤·

张家界市作家协会会员，省网络作协会员。有作品散见报刊和网络平台。

一餐北瓜叶让我回味了四十年，这其中的滋味又似乎无法言语。但每每想起，内心深处却依旧痛楚，充满感激。

四十年前，也是这样的秋季，刚刚成为教师的我，独自留守在半山坡那所破旧的学校里。蜗居斗室，常常是看书累了，便去学校下边的仓库走走。

仓库里住着母子二人。母亲的腰佝偻着，原本不高的身体，显得愈加矮小，满脸的皱纹犹如罗中立画笔下的《父亲》。儿子三十多岁，单纯得像个小孩。因为没有房住，便在社屋栖身，一到夜晚，黢黑的仓库门口，就亮起了一盏如豆的油灯，在秋夜的微风里，一闪一闪的，充满了人气。

每到仓库，总能看到这母子俩一边做饭，一边剥着玉米；总能听到那母亲热情地对着我招呼，极像呼唤她自己的孩子；总会一边让出椅子，一边摆出请我吃饭的架势。而我，总是要吃过饭后才去漫步，总会婉言谢绝他们的盛情邀请；总会站着看他们饭锅里的玉米饭，菜锅里的北瓜叶，金黄、翠绿、热气腾腾；总会一边帮着他们剥玉米,一边看他们吃得津津有味。

剥玉米能挣工分。我几乎是带着同情和怜悯,每晚都帮他们家剥上好一阵,有时甚至到了夜深人静,才回到自己的住处,亮起一盏油灯,拥着秋风入睡。

有一次,不知道出于什么原因,内心莫名的焦躁,让我不能安静地独守,竟然过早地走向仓库。

老人有心,默默地做好了饭菜,依旧是金黄的玉米糊,翠绿的北瓜叶。到了开饭的当口,我起身要走,便被老人拉住,说是已经代我准备,无论如何要吃了这餐晚饭。

不知是盛情难却,还是饥饿难忍,我情不自禁地吃起这家原本极度贫困的人的饭来。

玉米饭很香,北瓜叶也很香。我每吃一口,都像体味人生。北瓜叶除了它的翠绿和清香,就只剩下盐和辣椒,因为没有油而倍感粗糙。

回到蜗居,我突然变得安静。我一直以为,只有我的生活不易,只有我内心充满着苦楚。直到这次,才将我的良知唤醒,让我看清,原来生活中还有更多的不如我幸福的人。而这些人并没有怨天尤人,而是努力地活着,把金黄的玉米饭、翠绿的北瓜叶吃出了生活的味道,用积极善良的态度活出了人的味道。我透过老人的精神,看出了母亲的人性,为了那个智障的儿子,燃烧着最后的油灯。那一刻,我透过那样的一双眼神,看见了我自己的母亲,凭借着极韧极柔的母性挑战贫困,挑战疾病,和父亲一起让我们成人。

没有油的北瓜叶我并非是第一次吃。很小的时候,不知吃了多少无油的菜和无米的饭。我一直害怕饥饿,害怕贫穷,用我强大的胃来接纳山里一切能吃的食物,活着成了我第一的追求。没想到工作以后,又一次体味,不禁让我五味杂陈。

这么多年过去了,我依旧对北瓜叶情有独钟,心怀感激。它时刻对我警醒,要做一个积极向上的人,对家庭有担当,对社会有奉献。如今丰衣足食,但只要一提起北瓜叶,我都会油然而生出那种怀念的情愫,就会浮现那金子般的黄、翡翠般的绿,就会看见那一头花白的乱发和树皮般的皱纹,就会想起我的母亲……即便物是人非,似乎都无法阻挡我无尽的回味,直到今天,让我又一次想起。

(载于2020年9月10日《张家界日报》)

黑板上的粉笔梦

◎王译贤

我是一个被贴上00后时代标签的孩子。爷爷辈的苦难和父母辈的困难滋味，我只能在他们唠唠叨叨的话语里品尝得到。可那些对我很遥远，勾不起我对生活的感恩和体贴。"00后"的孩子们是衣食不愁还有烦恼的生命体，为了排除烦恼，我们常常选择一些独特的方式寻求乐趣，于是粉笔成了一个道具。

中学时，讲台上的粉笔头是我们课间最刺激的娱乐活动，老师走后，男孩子们偷偷在讲台上拿一根崭新的粉笔，掰成一小段一小段，瞄准一个同学，用抛物线的方式在天花板下飞来飞去。击中了，全班欢呼雀跃。没击中，被瞄准的同学得意扬扬。那是我印象中有关粉笔特别的记忆。

同学之间心照不宣的淘气项目，让讲台上的粉笔遭了殃，地上的粉笔头却没有人善后。一开始，粉笔消失得小心翼翼，老师们也没有发现异常。但是当我们尝到了刺激的甜头后，便开始

·王译贤·

湖南省作协会员，出版《我和爸爸比梦想》一书。

肆无忌惮起来。白的、绿的、红的粉笔头成了我们课间活动的重头戏。男同学大意,地上的粉笔头被小脚丫们踩得花花绿绿。女同学小意,会把身边的粉笔头捡起来,营造一个没有参与的假象。我呢,会捡起粉笔头,来到休息的黑板面前,用五颜六色的粉笔头画一道美丽的彩虹。这天,我正画着,被班主任老师抓了一个正着。班主任老师平时对我们非常和蔼,下课了,数学好的同学经常会一股脑儿地钻进他的办公室,留下一个求知若渴的好学生形象。老师有一顶光亮的脑袋,鬓边染上微白的头发,让我们觉得他特别亲切。我以为他会像往常一样,跟我们开个小玩笑后继续上课,没想到他却弯下腰捡起地上一个个粉笔头,白的、红的、绿的……捧起这一把短的都抓不住的粉笔头,他严肃地对我们说:"你们知不知道这短短的一截粉笔头能给你们传授多少知识?粉笔和蜡烛一样,燃烧的是自己,奉献的是别人。有谁听到老师在黑板上写字,粉笔牺牲自己的声音。"听着这句话,淘气的我们都沉默了,虽然大家懵懵懂懂,但是这个淘气项目再也没有出现在我们的教室里。而我在黑板上画的那道彩虹格外耀眼、引人注目。班主任老师站在彩虹下,望着黑板上的彩色线条,想擦又舍不得。他望了我一眼,轻轻说道:"一道彩虹挂天边,五指彩绘梦童年。民族复兴需继者,谁握粉笔强家园。"数学班主任老师会吟诗,我惊呆了。

初升高的压力让我们陷入题山题海的战斗中,辛苦之余,我经常看着讲台上那一盒粉笔头发呆。有一天,班主任老师眉头堆满喜悦:"国家针对我们贫困县,有一个免费师范生的招生考试要开始了,你们愿意参加吗?"班主任老师的目光有意无意地望向了我:"喜欢画彩虹的同学考上了,今后可以天天为孩子们在黑板上画彩虹。"班主任老师语音刚落,全班同学捧腹大笑,我知道大家笑的是我。我将这个消息带给家里,家人都建议我考。我不知道,如果成为一名免费师范生意味着什么,要承担什么义务。但看着那一盒粉笔头,我踏入了考场,也踏入了湖南第一师范学院的校园。90岁的奶奶听到我13岁考上大学,把国家发给她的农村养老金取了出来,一万元的毛爷爷大头像让我感到好沉好沉。去大学前,我坐在沙发前把《恰同学少年》电视剧看了一遍又一遍,"爱国心,报国情,强国志"的剧情把我引入一个红色信仰的时代。

湘江环抱,绿树郁郁葱葱地拥住这座学府,革命延留下来的红色气息围绕着整座校园。前两年的学习是在毛爷爷读书的地方进行的,"要做人民的先生,先做人民的学生"是我们每个一师人牢牢记住的一句话。各式各样的课程,五花八门的知识,教师基本功的教学,让我们的大脑每天都在接受新兴的事物。而老师们的课堂基本上都用到了新型课堂、PPT、电子板绘,等等,让我们开阔了视野。在知识的滋润下,我的疑惑也慢慢发芽。为什么已经有这么多更方便的教学方式了,我们每天晚自习还是要练习粉笔字呢?带着这个疑问,我询问了辅导员老师。辅导员老师是刚刚上岗的年轻老师,她先是向我展示了她的一手粉笔字,调皮地对我说:"随着国家的发展,我们的教育环境也越来越好,但是粉笔字依旧是带给学生知识的最好途径。一根粉笔可以写满一黑板的知识,以后的你们,将要走向基层,去到乡村小学,也许有的学校在国家的扶持下发展得很好,这种新型的课堂媒体都有。但是如果没有,一根粉笔却能为一座乡村带来一片乡村教育振兴的天空。"握着粉笔,我没有画彩虹的冲动,却有了练好粉笔字的动力。

五年的学习和成长让我慢慢对"要做人民的先生,先做人民的学生"有了更深刻的理解。我即将踏入国扶县桑植一所学校实习,对这几年的学习十分自信,摩拳擦掌,准备给家乡带来一堂又一堂好课。湖南第一师范的教育方针让我作为一名实习老师,对教学有系统化的知识,而这些知识将在一次次实践中被激活、传授。我很想奶奶看着我走上讲台,可是奶奶在我读大四的那年9月30日去世了,享年94岁。

50后,60后,70后,80后,90后,00后,10后,20后,我掰着指头数着新中国成长下的一代代,我正好轮到"甲子六十年一转"的中国风水计算法一代。我从祖父辈、父亲辈听到了站起来,富起来的彩虹梦,我的身上跳动着强起来的彩虹梦。我的彩虹梦是莘莘学子,琅琅读书声。在实习期间站上讲台的那一刻,台下的一张张渴望知识的面孔让我心潮澎湃,看着讲台上一盒盒崭新的粉笔,我拿起一根未写完的小粉笔头,开始了我第一个课堂。走上讲台,握着手中的粉笔,我坚定地写下:"少年富则国富,少年强则国强,少年智则国智。"

孩子们的琅琅书声,粉笔落在黑板上的沙沙声,两者交织在一起,汇成一曲动人的乡村音乐,我的粉笔早已化成了一道彩虹。

(载于2020年8月24日学习强国湖南学习平台——强国征文)

心灵深处的山水

◎朱伏龙

顺着古老的澧水河道，一头扎进了博大精深的山水王国，感受山城的泱泱和风，吮吸桑植这座古老山城的文化营养。因为我知道：这是一块养育英雄的土地，这是一个堆积沉淀民歌的沃土，古老的传奇故事，将淳朴的民风、民俗和现代文明组合在一起。这么深厚的文化底蕴更因桑植民歌而唱响华夏，唱响世界最高的音乐殿堂——维也纳金色大厅。

也许是因为漂泊游子的回归而感动了苍天。回家的第二天，桑植县城就沐浴了一场秋风细雨，给曾在鹿城因炽热而躁动的我，带来了初秋的凉意。淅沥的秋雨，洗尽了我一身旅途的尘埃；舒心的季风，驱散了我十六个月的疲劳；淡黄的路灯，荡涤去了我五百多个日夜想家的惆怅。

桑植，是一座山水做的城。澧水河水轻轻地流淌，穿越着古老桑植的心脏。水的灵性，滋润着得天独厚的这方红土地，呈祥出一派和谐的

·朱伏龙·

中国诗歌学会会员，湖南省网络作家学会理事，湖南省诗歌学会会员。

人间仙境,使桑植到处充满着绿色的生机。于此时,受压抑的心境顿时开阔起来,诗句滑过了灵空,即兴作诗一首:"古老山城不与同,群山绕水情自浓。踏遍桑植八百水,唱响山歌三千峰。"

桑植的山,桑植的水,桑植的风,桑植的雨,都是有人性的。给游子的我,先是风和日丽,接着是秋雨绵绵,最后是聆听乡人们的声声问候。真是"千山峰头和风翠,万水稽首游子归。澧水含笑今相见,良田依旧翻稻穗。"

啃一口家乡的梨,滋润着心田的那片湖水;吃一块腊肉,吮吸着养育祖辈的营养;喝一口苞谷烧,放飞思绪的翅膀。捧一掬山泉水,有如"泉溪声急晴疑雨,松柏风寒夏亦秋"的感觉。爬上牛角尖俯瞰,悬崖如削,巨石嵯峨;树木繁茂,稻穗如浪;云雾烟霭,楼阁缥缈;红砖灰瓦,朱门绿窗;美丽桑植,惟妙惟肖。远远望去,古老的苍穹色香风韵,让人惊叹着大自然的鬼斧神工。

更令人难忘的是九天洞的深幽,斗篷山的奇珍异宝,南山牧场的牛欢羊叫,淋溪河的山清水秀,九龙山的旷野,柳杨溪的钟灵毓秀。从桑植县城的苏维埃政府旧址出发,踏上红军桥,转道贺龙纪念馆;从恐龙故乡芙蓉桥,到屈身叩拜英雄纪念碑;从罗峪的松涛,到陈家河的万坪大战旧址;从美丽的梅家山公园,到澧水渡口。彰显着桑植精神,讲述着桑植是一块红色的土地。

心儿,从小桥流水的苦竹河古镇出发,走进亚洲第一溶洞,令人眼花缭乱的石幔、石帷幕、石柱、石笋、石莲、石冰、梯田、天女散花……奇特万千。晶莹剔透的、惟妙惟肖的,真是千姿百态,美不胜收。置身于如此万般风情的石乳石王国,仿佛进入了另一个世界的仙境。加上远谷翠峰,洞内的溪流淙淙,仿佛是在给人们演绎着一个古老生命的世界,令人赏心悦目、流连忘返。

倘徉在桑植的每一寸土地,永远都不会有漠然的乏味,这里蕴藏着人类历史的文化文明和古老的传说。这是一片多情的土地,宛若我梦中千年的牵手情人。亲一亲故乡的山,吻一吻桑植的水;喝一口甘甜的山泉,撩动一下澧水河的水;看看八大公山的原始森林,会会棋盘山的仙;数数土家人的村落,跳跳白族的杖鼓舞……倚仗着湖南的屋脊斗篷山,去翻动桑植县志的篇章,高亢、悠扬、淳朴的桑植民歌走出国门,冲向世界。

多想到澧水河畔,去领略浪漫风情;多想伫立在玉泉河,把英雄的洪家关铭刻在胸膛;多想宿在澧水渡口,看那滚滚澧水翻腾的浪花;多想成为史官,讲述着桑植的千古风流人物;多想留步桑植,放飞一只理想的风筝。

时光啊,请停留一刻,不要挪动!让我再次屏息倾听这耳角萦绕的澧水水系;让我的目光停留在流逝的岁月长河里;让我再次亲吻一下桑植的这块红土地。哪怕是一刻的短暂停留,都能体会到桑植文化的寓情于景的深邃,感受着故乡桑植的深情呼唤。

然而,因为生活所迫,因为梦想,不得不暂时与我的故乡,与我的桑植说一声再见。从此,我的心中又多了一份牵挂,一道思念,一份新的乡愁……

(载于2020年第2期《诗文杂志》)

番石榴

◎汪珍玺

·汪珍玺·

毛泽东文学院十九期学员，张家界市作家协会会员，现供职于慈利县市场监督管理局。有散文、诗歌等作品见之于国家、省、市报刊。

前年，我和妻子去了一趟南国广州，方才认识番石榴。

那是在黄埔军校旧址的景区里，游道边坐着一个中年妇女，面前摆着一些我以前从没见过的青果。

中年妇女热情地吆喝着："买鸡屎果，买鸡屎果呢……"

我被中年妇女的吆喝声吸引了，便走到她的摊前。

中年妇女忙说："鸡屎果好吃呢，八元钱一斤，买几斤噢。"

我问："这是什么果子噢？"

"鸡屎果，鸡屎果呢，广东特产。"她说。

我拿起一个果子仔细打量，只见这果比苹果小一点儿，圆圆的，青青的，有些纹路；再看看地下削破的半边果子，里面果肉呈白色，果肉中间散布着几颗切破了的果籽。我有心买几个尝尝。中年妇女忙拿出秤来准备给我称秤。

我将果子下意识地举到鼻子下闻了闻,只觉一股怪怪的味道。"哎哟,这果儿怎么这么臭噢。"

"不臭呢,不臭呢。这果儿闻着臭,吃起来香着呢。"

我放下果儿,歉意地说:"我闻不了这臭味,果儿我不买啦。"

我起身向中年妇女挥了挥手,和妻子向江畔走去。

这时,妻子说:"刚才这青果叫番石榴,因为青果气味难闻,像鸡屎味,所以又叫它鸡屎果。青果气味虽难闻,但好吃,营养也丰富。"

原来是这样。

这次来广州,我和妻子先后游览了沙面大街、小蛮腰、中山大学、黄埔军校旧址、白云山等著名景点,饱赏了南国的历史文化,秀丽风光。

几天后,妻子买好了回家的火车票。我俩提前两小时就赶到了火车站。看时间尚早,便在广场上找个地方坐下来。

一会儿,手机铃声响了。是母亲打来的。母亲说她想吃番石榴,并说在广州妹妹家住时最喜欢吃番石榴,要我带几斤回来。这可是母亲第一次托我买东西。我忙答应了母亲。

看看时间,离乘车还剩一个半小时。

我和妻子穿过熙熙攘攘的人群,疾步来到广场右侧。这里店铺不多,就三四家。我和妻子仔细找了过遍,没发现有番石榴。这让我很是失望。

妻子说:"没有就算了,时间紧,别耽误回家的行程。"我想想也是。

于是,我和妻子赶紧往回走。

没买到番石榴,心里总感觉不是滋味。回想母亲含辛茹苦地把我抚养成人,这点小要求都满足不了母亲,得多让母亲难过。

这时,小时候的一幕又闪现在我的脑海里。那年春节,我和母亲去外婆家拜年。外婆把给我留的二十多个米粑粑送给了我。我用小背篓背着,和母亲高兴地行走在返家的路上。

来到打米机厂要过桥。桥是两根长松树用爪钉爪紧后搭成的,这头高那头低。桥下是湍急的河水,水很深。

我走在前面,母亲走在后面。人在桥上一颤一颤的。上桥前,母亲要背背篓,我不让。母亲要牵着我,我也不让。我说:"我要自己过桥。"就这样,母亲

085

放手让我过桥。

走到桥中间，打米机突然响了起来，一股急流从上游的出水口冲进河里，河水更猛了。我侧目看下滚滚的河水，一不小心，脚绊到了桥上的爪钉。瞬间，连人带背篓掉进了河水里。

我顺着急流往下面的深潭里冲去。母亲来不及细想，"扑通"一声跳进冰冷刺骨的河水里。水中的我吓得大哭，不断呼喊着母亲。母亲拼命游到我面前，一把抓住了我，吃力地将我推向岸边，而背篓和撒出的米粑粑却随着河水漂流而去。

我和母亲艰难地爬上堤岸，寒风里，我们两人冻得瑟瑟发抖。我和母亲又回到了外婆家。母亲换完衣裳，想着我最爱吃的米粑粑还在河水里漂。再说，就近的河道要转好大一个弯，下游还有一个拦水坝，米粑粑一定还可以捞到。母亲来不及暖下身子，找来竹篙笤子背上，便火急火燎地朝米粑粑漂流的方向跑去……

想到此，我停住脚步对妻子说："不行，我还得再去找找。"妻子见我执着，说："时间不多了，那就快去吧。"

我和妻子掉转身一路小跑，又来到先前的店铺边。这里没有番石榴，到哪去找呢？心里正急着，慌乱中我走到了店铺的尽头，此处正好有个小过道，无意中我拐到了店铺的后方。原来又是一块敞地，于是匆匆朝远处的几个门面走去。

恰好有一家水果店，我忙问老板："有番石榴吗？""有呢，就摆在门口货架上。"老板答道。

来不及讲价，我扯来一个大塑料袋，一个一个地将番石榴装进去。"够了吧。"妻子在一旁说道。"多装几个。这番石榴又大又圆，母亲一定很喜欢。"我边说边装，直到装满为止。

结了账，想到母亲终于可以吃上番石榴了，心里美滋滋的。我提上番石榴，拉着妻子，急匆匆地朝候车室奔去……

（载于2020年7月10日《张家界日报》）

那座厚重的山

◎詹 雷

"想想您的背影，我感受了坚韧，抚摸您的双手，我摸到了艰辛，不知不觉您鬓角露了白发，不声不响您眼角上添了皱纹，我的老父亲……"每当听到这首歌间时，就想起西游多年的父亲。多少次敲打键盘，多少次提笔凝思，想写一篇父亲的文章，未能如愿，因为父亲深厚的情怀无法用语言描述。

在人们的思想意识里，习惯强调温柔如水的母爱，忽视了刚毅如山的父爱，父爱的力量同样伟大，就像鸟儿的两只翅膀。父爱如一座山，为全家人遮雨挡风。

父亲已走了二十载，而音容笑貌依然如昨，深深根植于我脑海中，珍藏在记忆的过往，像一幕幕电影时常在脑中播放。

父亲在40岁时才有我这个孩子，姐姐大我15岁。在儿时的记忆里，父亲像厚实的大山一样沉默，与家人交流很少，传统的教育"棍棒底下出孝子"理念在心里根深蒂固。从小顽皮的我经

·詹 雷·

张家界市作协会员，现供职于桑植县四门岩国有林场。

常与伙伴做一些令大人们意想不到的错事,没少"享受"父亲的巴掌和棍棒,打得我鬼哭狼嚎。甚至为一点小事也动手,父亲那时是茶叶分场的记工员,每月底给分场上百号人员算账、发工资,家里经常放着一把老式算盘。一次,我拿着算盘与同伴"比武",不小心把算盘弄坏了,父亲回家看见后"龙颜大怒",拿着算盘直向我奔来,我见状迅速"逃跑"了,不敢回家。夜幕降临时,母亲才找到我。我对母亲说:"我要离开这个家。"母亲温和地摸着我的头说道,你父亲心底里是爱你的,你不是经常坐在父亲的肩上看电影、赶集吗,6岁时的一天,你突患疾病,你父亲抱着你蹚在寒冷的妖河沟溪水里向芭茅溪医院小跑,到医院把你安置好后,你父亲由于过度劳累,昏倒在地,父亲是我们这个家的支柱……听到母亲说的内容,我似懂非懂地点点头。也是因这把算盘,父亲教我学会了珠算技术,也是我后来学财务专业的缘由之一。

　　随着我年龄增大,父亲与我交流时间也多了,责骂声少了,"巴掌与棍棒"也销声匿迹,很多事情我自己做主,父亲只是偶尔提提建议,更多是嘘寒问暖。记得我高中开学时,父亲背着一个旧木箱送我上学,20多里的山路中,我几次要自己背,父亲都不肯。在车站临别上车之际,父亲反复叮嘱:"在学校要认真学习,不能惹事。"车开出了一段距离,我转头望去,父亲还站在原地向挥手。瞬间,我的眼睛湿润了,同时眼前也浮现父亲为我背行李的身影,步履有些蹒跚了。为了能让我好好读书,父亲拼命做事,我高中三年,是父亲最苦的三年。母亲曾这样说:"你父亲这三年好像老了10岁。"

　　参加工作后,我常回家看看,每次回去,父亲的白发又多了,脸上也更加苍老。我的长大,意味着父亲的老去。见到我时常回家,父亲说:"工作为重,不要经常回家看我们,我们很好的。"其实他心里还是很欣慰。我将生活中和工作上的事情讲给父亲听,他只是默默地听,偶尔也回答一句。

　　不管父亲健壮还是苍老,在我心中都是一座山。岁月无情,世事难料,2001年1月22日,父亲的生命停留在他人生中的最后一个驿站,在我的怀中带着无限眷念悄然离去,弥留之时握着我的手吃力地说:"要照顾好自己的家,把家支撑好是男人的责任。"当时感觉一座山倒塌了,在我心中惊天动地,我怎么也不相信父亲就这样离去了,是我有生以来亲身目睹的第一个消失的生命。

父亲,您往日的辛劳的背影犹在眼前,您的声音似在耳畔回荡;父亲,您和母亲在天堂里还好吗?我祝愿你们二老在另一世界里露出夏花般灿烂的微笑,如果有来生,我还做你们的儿子,承欢膝下。

父亲,永远是我心中那座厚重的山。

(载于2021年12月10日《张家界日报》)

老家的翠绿小河

◎黎昌华

·黎昌华·

网名苍柏。中华诗词学会会员、中国楹联家协会会员、省散文学会会员、张家界市作协会员。

  我家乡有一条小河，发源于人潮溪镇的罗柳村杨斯塔反坎，交汇于万人洞吐出的白练、西七垭跟脚蜿蜒伸来的锦缎、石门垭西外飘来的绿绸。全长三十多公里，一路唱着歌儿弹着琴弦，投入溇水的怀抱。

  这条水系，无名无姓。我也不知道叫小河好还是叫小溪好。当地的人没见过大海，也没见过长江，总之比沟、溪大，都叫她"河"了。我退休后闲的没事做，查了字典，小溪是一种在山涧、林中涓涓细流的水。它能穿过碎石、草丛，隐没在丛林、山涧，行走在无人能达之境。溪水大都是山上的泉眼衍生的。河是指陆地表面成线形的自动流动的水体。一般是在高山地方做源头，然后沿地势向下流，从规模上讲，溪流是相对上比河流窄，水流速度变化多端的自然水流。一般来说，窄于5米的水流被称为溪流；宽于5米的被称为河流。通常溪流都是在河流的上游，和山谷一带，湍流和不平坦，涓涓细流为溪，缓浅如盘是河。叫"河"吧！定是没错。这条河没名字好像是名不正言不顺。好比一个新生儿没名字一样,什么"麻包儿""黑包儿"啊,既不正规,又不雅观。这条河所经过的地方有瓦渣峪、黑石峪、潘家峪、叶家峪,朱二垭、白竹垭。峪乃"幽";垭,乃"雅"。就叫"幽雅河"吧!

据说,盘古开天时没有这条小河。西莲乡地处桑植县东北边陲,东南与慈利县接攘,东北与石门县接攘。在很久很久以前,西莲是一个很大的湖。现在的西莲、石丰村、三合园村、罗柳村的大部分土地,都淹没在湖里。当时这个湖两头窄,中间宽,东西长10多公里,南北之间最宽处约5公里,湖底最低处海拔约200多米。湖的周围除有4个海拔都在800多米左右的垭口,其余都是被大山界包围着。整个西莲像一个腰子盆(农村用来杀猪的木盆),装着一盆绿水。盆中开着一株大莲花,莲花所在的位置就是原向氏祠堂(现西莲学校)门口,圆塔之中,故此地名叫西莲。靠西北边的一片荷叶伸向玉京(现今为三合园村),故称为上西莲。湖中之水越西溪垭走百丈峡、曾潭峪,穿柳杨溪,流入溇水中游河段。向王天子举事失败,被敌人追赶到朝天寺外神皇尖上,无处可逃。奋起一脚,亮垭子山脉被踢断,形成一个大缺口,这个口就叫关斗口。湖水从缺口中流出,形成一条小溪。山内就是我说的翠绿小河,山外因是向王天子踢出来的小溪,故名叫向家溪。

翠绿的小河没有黄河波浪滔天、奔腾不息、无坚不摧;也没有淮河波光粼粼、浩浩荡荡、白浪滔天、横无际涯;更没有长江九曲连环、浊流婉转、舟帆蔽江。却有叮叮咚咚得像是弹响了水琴。那充满情韵的流水声,似云雀欢快的鸣唱,似树间窃窃的耳语,似山石深情的低吟。万人洞、法子洞、黄鳝洞、河鹰洞洞洞奇景绝妙。马鞍龙、黑龟龙、双尾龙、土地龙、梨树龙、月亮龙、乱坟龙、庙嘴龙、青松龙,九龙治水活灵活现。巍峨的神皇尖上,峭壁生辉;满山苍翠,掩映着公母(关斗口有公口、母口)两口。"手擎马鞍山,脚踏犀牛滩""仰望一线天,小心脚下猪槽滩""白练悬壁挂,峭崖走猴猿""杨柳河边长,树下情人把手牵""两个黄鹂鸣翠柳,一群鱼儿戏水欢"。这都是这条小河的真实写照。如若把她比作人间仙境毫不夸张,假使把她比作世外桃源也并不为过。

溪水从万人洞口流出,叮咚的旋律也只是那一簇簇纯美浪花在浅吟低唱,它正是大地生命旋律,这些浪花不起眼,很寻常,在春风的呼唤下,对着两岸风光美景,漫语倾诉般赞颂,默默无闻,义无反顾.

河中九曲连环,转个弯儿就是一个小潭,跳下一个岩石又是一个小凼,潭潭白鱼戏水,凶凶河虾成群。我记得当时家里很不富裕,有一次,家里来了一位重要的客人,母亲焦虑没有肉招待客人,十岁的妹妹灵机一动说,"妈,您煮饭,我去找菜"。她拿着沙撮,提着桶子往河边跑去。一会儿工夫就提着半桶子河虾回来了。

河边杨柳成行,夏天树上知了鸣叫,杜鹃高唱,树下黄牛摇头摆尾,姑儿阿姨洗衣涤被,傍晚加冠男女谈情说爱,不知成就了多少对美好鸳鸯。

河水,依然静静地流淌,童年也随之而去,成长来的总是那样漫不经心!每次回家望着东流的河水,如此的淡然,似乎儿时记忆里的肆虐与她无关!晨曦的微风吹拂着河面,泛起粼粼的波光,如夜色里的繁星点点;晚归的夕阳倒映在水中,霞光万道直射!如丝弦跳跃的河水是那样的宁静,载着光阴驶向彼岸的流年!

这条小河,虽然名不见经传,却蕴藏着一个美丽的神话传说和一个惊天动地的剿匪故事。

这母亲河我算是很亲切地了解她,小河下游的流水多少年丰富了我生活的梦幻,浪花曾依托柳影,启迪我走出童心欲求,在家乡的土地上耕耘,劳作,捉鱼,捧虾。和小溪结下了深厚的友谊,也许是我生活平凡和学历浅薄,也会经常受到精彩溪流的洗涤。

我会在你下一次的召唤里,携风花而至、披雪月而至,凭栏与你相望,与你共晨欢、共夕寝,掬一缕闲云,置一畔蛙鸣,沉醉在你悠悠情怀里,做一个悠长的梦,好梦。不由得想起范仲淹的《苏幕遮》:"碧云天,黄叶地,秋色连波,波上寒烟翠。山映斜阳天接水,芳草无情,更在斜阳外。黯乡魂,追旅思。夜夜除非,好梦留人睡。明月楼高休独倚,酒入愁肠,化作相思泪。"好梦,等着我!

小溪流淌潺流声不绝于耳,它还不停地在树梢间跳荡,连地上石径也成了传音板。帘帘垂下如细鼓轻捶,细听又如琴弦由高音转入低音,张扬而恢宏,流壁飞玉,一气呵成。就像蕴藏了无穷的力量,有韵味、有节奏,滚滚直前。流淌到峡谷处在与山崖的撞击下,又形成了打击乐温婉又婀娜风扬轻烟,一咏二赋三吟。正是小溪奏出的一曲曲天籁之音啊!千转百回透着晶莹,卷着浪花叮咚叮咚向溇水、向大海缓缓流去。

(载于2020年5月15日《张家界日报》)

遗落在大山深处的"琼楼玉宇"

◎田 润

·田 润·

网名高山雪莲。湖南省作家协会会员。2012年初开始创作,有诗歌和散文先后在《张家界日报》《诗中国》《恩施晚报》《民族文学》上发表。《苍山作证》获湖南省"圆梦2020"扶贫主题文学征文三等奖。

  经过很长一段弯弯拐拐的山路,才到牧笛溪。
  抬头望去,映入眼帘的是在青山脚下,翠竹掩映中坐卧着的几十幢木房子。飞檐翘角,雕梁画栋。与之标配的瓦片是统一的青灰色。
  用青砖铺就,通往房子的梯级台阶上依稀可见青苔,砖头的缝隙间偶尔有细小的灌木。这样的石板路像一个小巷子,一直延伸到木房子前。沿着这样的道路缓缓前行,就到了各个木房子中间了。它们与屋后的青青翠竹,房前的潺潺流水,紧紧相依着,构成了一个世外桃源。
  进入其中,只见房梁、柱、方、壁都是木质的,木窗雕着花纹,有"万字""花鸟虫鱼"等各种动植物,虽然经过时光长河的洗礼,仍然栩栩如生。
  每家都是吊脚楼,二层结构,下面堆放农具,上面住人,木质的楼梯通往吊脚楼上,栏杆上晾晒着全家人的衣服。木扶手上挂着干菜等。
  屋前的稻场上晒着油菜籽,簸箕中装着煮

熟后的四季豆、小山竹笋、马铃薯片等。

小鸡时不时地窥视着,乘主人不在伺机来这里啄食。主人出来后,拿着竹子做的"响杆""啊呵""啊呵"地吆喝着。鸡娃便惊恐地向山中扑去,寻觅着自己的吃食。

看家狗也在汪汪地叫着。小狗依偎在主人脚下撒娇,美女要求与它合影留念时,它还忸怩着不肯。

厨房的大灶锅中正在炒菜,柴火在灶膛燃得吱吱响,炊烟袅娜着往天空窜,炒菜的大叔不时在肩上搭着的手巾上揩一下汗水,大婶忙着端菜,老木叶茶水烧了几提壶。酒是自家酿的苞谷烧,菜是自家种的无公害菜。腊肉是自家养的吃草猪的肉熏干的。

酒足饭饱后。我们来到门前的小溪中乘凉。只见小路旁的垂柳下,清澈见底的小溪水欢快地流淌着,洗衣的农妇,棒槌捶在岩板上梆梆响,小孩像小鱼儿在水中自由畅游。

这里没有喧嚣的人群,也难见来来往往的大小车辆,有的只是清澈见底的水,满眼的绿树,和煦的微风,给人的感觉宁静和安详。

来到这里,仿佛进入了苏轼笔下那高处不胜寒的"琼楼玉宇",使人不忍离去。

(载于 2020 年 6 月 1 日《张家界日报》)

我的父亲

◎桑 塔

·桑 塔·

原名周爱民,桑植县人。现居广东省惠州市大亚湾。系湖南省作家协会会员、惠州大亚湾区作家协会副主席、《大亚湾文艺》杂志副主编。出版诗集有《进城的树》《时间的弧度》等。

  我一直努力回忆父亲在这个世上留存的一些画面,很多关于他的映像还是在我回忆中慢慢地一一浮现出来。父亲的一生很短暂,但他在我的印象里鲜活生动,像一位明星迎面走进我的心里。

  他有一个谦和的名字,叫周学树。学习像树一样高高大大的人。父亲没有辜负自己的名字,20世纪80年代初,很多家庭揭不开锅,而他努力在县城打工,一天两块工钱的他偶尔在新华书店买一两本杂志带回家。我们常常看见父亲借着弱弱的煤油灯光阅读、学习。父亲说,书中自有颜如玉,很多答案可以在里面寻找。我和哥哥那时还小,听不懂他说的话,但相信他说的话一定很有道理。

  父亲身体硬朗,人长得很精神,发型平头,浓眉大眼,加上他喜欢抽烟,猛一眼看他,活像伟大的文学家鲁迅先生站在眼前。因为名字叫周学树,又接近鲁迅本名周树人。村子里不知什么时候给他叫上了"周树人"这绰号了。时间一久,父亲听习惯了也就认了这个称呼。每每有人叫周树人的时候,总觉得父亲这称呼亲切、好听。

记忆中,父亲很善良,也是很勤劳的一位农民匠人。大概我那时两岁,父亲在一个叫卢家峪的山寨做工,完工时结工资,父亲因带着孩子干活,感觉给老板添了麻烦,回礼退还了两块钱。因这事,伙计们都说父亲人实在、本分。现在想来,明白父亲宁可自己吃亏也不能让别人吃亏。因为人好,父亲有干不完的活儿,腰包一年比一年厚实,父亲成家才几年时间,就分家立户了,在村子七树湾修建了两间新木房,让一家四口过上幸福的生活。

有一年夏天,父亲在县邮电局做工,离该工地不远有一家录像厅准备开业。父亲知道了就在开业那一天带上我去看热闹。录像厅设在县招待所三楼,看录像需购票入场。每一场一人一票,一张票需一块钱。而父亲干一天的工资才两块。父亲为了省钱,他只买一张票塞在我手上,吩咐我进场了先看一会儿,然后就大声叫爸爸,到时我就进来一起看。我答应下来,进场后,录像厅里面一台黑白电视在放映着打打杀杀的剧情,很是好看。而我很快入迷,忘记了父亲在外面。急得父亲在外边大喊我的名字。后来父亲还是补票进场,把我抱在怀里说人还是讲规矩踏实一些好啊。

父亲是慈祥的,特别爱我。小时候,我和哥哥一起玩"飞镖"的游戏,也不是很懂事的哥哥竟然将有绣花针的飞镖从十米远的地方飘过来,十分准确地插入我的背上,钻心的疼痛使我当场大哭起来。就在这时,父亲出现了,拔掉我背上的针头,安慰几句后,径直走到哥哥面前揪住他的耳朵,吼着问,为什么这样伤害弟弟?吓得哥哥不敢作声,任凭责罚。

有一次,父母都上山种地去了,我和哥哥闲着没事,竟无聊地玩起"火炬"的游戏来。我们用秋收的干枯稻草,扎成火把,点燃一头,用手把火炬举得老高,围着房子跑,跟古代攻城的将军差不多,"杀"声一片。很是过瘾。

没想到一场火灾发生了。在房屋旁有一间猪栏,没有瓦面,栏顶尽是干得要着火的茅草。我举手过高,不小心触上猪栏顶上的茅草,一瞬间,小小火苗很快形成了丈多高的火焰,浓烟笼罩整个猪栏。怕死的几头猪仔拼命地朝栏外爬,绝望的尖叫声很是凄惨。当时,我和哥哥突然面临灾祸,早已惊吓得手足无措,眼巴巴见猪栏上的火焰越燃越高。幸好这时附近的乡邻赶过来,及时将火扑灭。要不然,就连两间居住的木房都会保不住。父母亲回来,自然少不了审问。结果可想而知,哥哥遭遇了一顿饱打,我以"不是我干的"逃脱了责任,免了惩罚。其实,这场火灾是我不小心而引起的。而哥哥泪流满面口口喊冤都逃不过皮肉之苦。现在想起来,我内疚万分。父亲确实冤枉了哥哥。但我从内心很感激我的父亲,他没有责怪我,也没有打我,凭这一点,我知道父亲很宠爱我了。

又有一次,我和哥哥斗嘴,相互显耀自己的本领。有道是,话不投机半句多。争着争着便动起手来。哥哥虽然年长,但体质比不上我,几个来回下来,哥哥便被我绊倒在地,好半天爬不起来。父亲见了,很为我高兴。戒酒大半年的他在这天很痛快地畅饮了一斤"苞谷烧"。我高兴地投进父亲的怀抱,给他点上他爱抽的"桑塔"香烟,也给他许愿,说长大了天天给他买"桑塔"香烟。高兴的父亲把我抱得更紧了。

父亲爱我,而我却辜负了他的期望。6岁那年,我发蒙上学,而我死活不肯去读书,原因是哥哥说老师像老虎一样可怕。父亲见我不愿去读书,第一次动手打了我,虽然出手不是很重,但我看出父亲有一种恨铁不成钢的感受。

后来,父亲不再戒酒,再后来,父亲因酒而逝。那年冬天父亲在县城一工地完工,与伙计们一起打牙祭。大家赚钱了都很高兴,一杯一杯地喝酒。父亲不胜酒力,很快倒在桌子上了。大伙把他扶在床上休息,大冬天的,怕他冷,给盖上厚厚的棉被。两个小时后再去看,人已经不行了。

每当祖父提起我父亲,他就很生气,骂我父亲不爱惜自己的身体,不好好活,对下一代很不负责任。而我对父亲没有任何意见,只有深深的怀念。大概是父亲很少打我的缘故。每每在父亲坟前的一块土地上耕种时,偶尔转身看到父亲的坟,我的内心感到特别痛苦,我愧对父亲,没有好好读书,好好成长。

逝者如斯,现如今我已不是曾经那个少年,已步入不惑之年了,也远离故乡桑植多年,而我在广东惠州市区有了一个温馨的家庭,也成了儿女的父亲。每每儿女叫我爸爸的时候,我倍感幸福。为了兑现当年我对父亲的承诺,我将自己的笔名定为桑塔,来缅怀我的父亲,感恩我的父亲。

(载于2020年11月1日《宝安日报》)

乡戏

◎钟慧梅

人至中年,越发怀旧,时常熏一炉香,品一杯茶,静坐阳台一隅,怀念起儿时某种热闹时光,特别是故乡的乡戏。

在我的故乡——革命老区桑植县芙蓉桥白族乡,乡戏大多是由一帮好事的民间艺人自发组织而成的。年一过,他们就背着行头,挑起锣鼓,热热闹闹地沿着村子,入户开演了。所得报酬并不多,几十个打糍粑粑或几升糯米苞谷,仅此而已。遇上家底殷实的人家,放几挂迎来送往的鞭炮就是最好的待遇。不过,他们不在乎钱财,只是坚定梦想,用一腔热忱尽情演绎人生的悲欢离合和喜怒哀乐。

乡戏种类繁杂,花灯、三盆鼓、打渔鼓筒是较为常见的传统节目。

花灯一来,整个小山村就沸腾了。

"喊咪喊咪喊咪锵……"。锣鼓一响,打牌的、纳鞋底儿的、打毛衣的、炸粑粑的、做酸菜的……所有的人,纷纷放下手头的活儿,三三两两

·钟慧梅·

湖南桑植人,抬头摄影,低头写诗。作品常见于《张家界日报》等。

地会聚过来,看戏听戏品戏论戏……无不欢喜。

看花灯的人,形态各异。姑娘们个个打扮得都很漂亮,穿了新衣裳,抹了胭脂粉,刘海儿剪得整整齐齐,辫子梳的一丝不乱。在辫角扎一根红色或蓝色的绸缎,那是极好的装扮。因为过年,衣裳自然也是五彩缤纷的。有穿青色的,有穿红色的,也有穿银灰色的,最差有时穿母亲出嫁的新娘装,洗干净的老红色。结了婚的妇女和男人则粗鲁一些,刚刚放下手中的活计,衣服并不干净整齐,颜色和样式也很单一。条件好一些的、利索能干的妇女们会戴个耳钉或手镯之类的物件,表达爱美之情。老太太是比较休闲的,她们虽然不穿什么颜色的衣服,但个个整齐,人人利落,手里拿着长烟袋,头上围着大方巾,慈祥,温婉。小孩们反应更灵敏。他们穿着新衣裳,戴着狗皮帽子,泥鳅一般,快速丢掉滚珠车,放下弹弓沙包飞棒,停止嬉戏,齐刷刷地卯起身子,仰着脑袋,从四面八方的旮旮旯旯里钻出来,如一只只蜂,迈开步子,甩开膀子,追着赶着挤进人群凑热闹。土狗们也开始结集,它们耷拉着脑袋,夹着尾巴,在人流里钻来钻去。偶有不小心撞上人,被飞上一脚也是在所难免,只好"汪"地叫上一声,然后灰溜溜地快速躲开。

花灯打到这家,所有的人围着看;花灯打到那家,所有的人,依然热热闹闹地围着看,似乎百看不厌。花灯随处游走,看花灯的人也跟着一起随处游走,且队伍越来越大。这是故乡乡戏最热闹的流动景观。

"小呀妹子开店坐在大路边,一卖烧酒二卖面,那一个来喝酒啊,那一个来吃面,小小的生意要现钱,小三妹呀,小的生意要现钱!"《瓜子红》和《放风筝》是花灯的经典曲目,唱词和曲调优美婉转,清丽脱俗。明快喜庆的锣鼓和表演者们精湛的表演足够让人们流连忘返。

花灯表演,不受场地制约。随便找户人家的岩塔,在一阵锣鼓喧天之后就可粉黛登场。表演者也不多,两个年轻女孩儿,一人扮旦角儿,一人演小丑。旦角儿的装扮自然是极美的。高高挽起的发髻,插满了金花银簪,粉衫罗裙,清风拂柳,灼灼其华,别有一番风韵。小丑则以丑为奇,但演技功力却十足。一美一丑,一颦一笑,一高一低,一调一戏,对手联袂,忽左忽右,忽上忽下,刀光剑影,动感十足,热闹非凡。故,花灯又称:打花灯。

蚌壳戏是花灯的一种,只不过,它没有唱词和曲调,只有锣鼓和动作。小丑在外形装扮上没多大出入,旦角儿手里的道具由扇子换成巨大蚌壳,背在背上,和小丑对手,一个关闭蚌壳,躲躲藏藏;一个神情俏皮,放肆挑逗。夸张的表情有趣至极,惹得观众欢笑连连。

我最喜欢看花灯是因为旦角儿,她的装扮开启了我对美与着装的认知,很长一段时间,我都奢望能拥有这样一套仙气十足、美轮美奂的裙装,点缀我灿烂如花的童年。

和花灯旦角儿一样让我迷恋的还有踩龙船的船家姑娘。长须飘飘的渔夫扭着头,皱着眉,咧开嘴,晃动臂膀摇着桨,俏皮滑稽;盛装的船家姑娘低眉含笑,温润如玉,摇摇摆摆着彩船,在莺歌燕舞间把一段流传千古的打鱼故事演绎得入木三分,淋漓尽致。

三盘鼓则是男人们的天下。堂屋前,一挂鞭炮之后,表演就正式开场了。男人不慌不忙地支起鼓架子,搁置好鼓身,然后,抬头,举手,苍劲有力地敲出"咚咚锵咚咚锵"的调子,手收,唇起,一段《薛刚反唐》或《穆桂英挂帅》的故事就脱口而出了,抑扬顿挫的声音在鼓声里将正月慵懒的人们瞬间带入同室操戈、群英荟萃的历史现场。掌声自然是此起彼伏,连绵不绝的。不过,最精彩的莫过于节目结束时的唱词,表演者临场发挥,用精湛的口才和文采对堂屋主人家进行赞颂和祝福。有艺高胆大者,还会配合唱词和鼓声加入"飞三皮"表演。三把尾部飘着红绸的飞刀在表演者手里进进出出,上飞下蹿,左右翻滚。观众们鼓着眼睛,屏住呼吸,生怕一喘气,飞刀就掉下来,扎到自己身上似的,直到最后一枚飞刀稳稳落入表演者手中,人们才回过神儿来,大声叫好,鼓掌欢呼。

打渔鼓筒最简单。一人,一渔鼓,随地一站,开唱即可。《霸王别姬》《杨家将》《精忠报国》时常都是打渔鼓筒的必唱选段。

在我的记忆里,打渔鼓筒的是个中年男人。他似乎并没刻意装扮,身穿一套得体对襟衫儿,脚蹬黑布鞋,头发梳成中分,打理得干净利索。五大三粗的土家汉子掐个兰花指,用清丽婉转的女声莺莺燕燕唱着平常百姓家的故事,时常受到年轻男人们的嘲弄但却备受太爷爷太奶奶辈的人们以及跟风凑热闹的孩童们的喜欢。

我不喜欢看打渔鼓筒,因为唱渔鼓的是玉儿的舅外公。每年正月,玉儿都会成为小伙伴们吹捧的对象,我却被冷落在一旁。这让我很没面子。于是,我把气全撒在母亲身上,和母亲吵架,责问为什么我的舅外公那么无能,连渔鼓筒都不会唱。

母亲尽力和我解释。

我终究没能理解母亲的解释,童年就过去了。

如今,故乡的乡戏已列入世界非物质文化遗产予以保护和传承,很多曲目也搬上了大舞台、大银幕,但我最怀念的,还是小山村里锣鼓喧天、鞭炮齐鸣、人声鼎沸、原汁原味的路演。在我的心里,故乡的乡戏是一缕淡淡的乡愁,它用一抹诱人的色彩,拨动心悸萌芽的弦,装扮枯燥乏味的童年,成为儿时最丰厚的难忘记忆,热热闹闹地充盈我平淡无奇却又桀骜不驯的人生。

木油潭行吟

带心灵去旅行,在木油潭驻足。

秋风清浅,漫天碧透,木油潭宛若养在深闺人未识的处子,横卧四都乡野,和沅溪相交,与牧笛溪彼邻。

其潭,是从奇形怪状的石缝里蹦出来的。乍一见,明明眼前尽是巨石,可拐个弯儿,抹个角儿,就有了水,有了潭,且华华丽丽入了眼,神奇得不像话。

潭水,深浅不一,或急或缓,清澈透亮,一如玉浆。深潭,幽暗沼泽,深不见底。静坐潭边,与其对视,眼眸中便开出一朵花,长出一片草,吹来一阵清凉的风……渐渐地,潭便随着心境有了变化。哦,这碧绿的潭水,已勾走了心,让人感到缥缈灵动。这当儿,你想着它是美好的,它就是美好的。你想着它的神秘,似乎水里会立刻钻出一条美人鱼来。睁着眼睛,屏住呼吸,就这样与深潭对视,挑战着大自然的高深莫测与魅幻魔力。

一个人的深潭,精彩哩。

浅潭,静如处子,温婉可人,在阳光的照耀下,能一眼望透潭底。不大不小,不规不矩的鹅卵石光滑圆润,如憨态可掬的玩偶,在水里清晰可见;青苔吐着绿意,在水影里肆意舒展身姿,鱼儿们在鹅卵石和青苔间东躲西藏,一副与世无争的样子,是那么悠然自得。急流处,水花打着滚儿,翻着身儿,轻盈灵动,如调皮的孩童,亲吻你的脚踝,又嘻嘻哈哈、叽叽喳喳地跑开。

光着脚丫,蹚着溪水,踩着鹅卵石,来回走动,脚板又疼又痒,麻酥酥的,走完之后却是无比舒坦。这样的态势,勾得人们又来来回回走了好几圈,让脚板和鹅卵石紧紧地彻底融合在一起方才罢休。

在急流潺潺的声响里,孩童们光着屁股,一头扎进清亮亮的浅潭里,或来几组"百里浪",跃入潭中,激起千层浪;或摔几回"水上漂",泐在水面,展示高超泳技;或扎几个"猛子",潜入水底,捉鱼摸虾……

河柳,把根深深扎进河滩,把枝叶放肆地伸向天空,然后,抬头挺胸,矗立在天地间。站立树下,昂首凝视,似乎都能感觉到一股强大的自然界能量强力逼近,让人们不得不正视自己,昂扬向上,向阳生长。不远处,几棵河柳树兜,斜卧河滩,沧桑厚重,它成了人们眼中绝佳的艺术品,摄影发烧友快速举起相机,转动镜头,按下快门,定格它的美妙。

阳光透过河柳的枝丫,将斑驳陆离的光影投射河面,捉鱼摸虾的孩童们,许是一不小心发现了阳光的秘密,不经意间,孩童们齐刷刷地泐出水面,和着这迷人的光影尽情地玩耍嬉戏。

木油潭沸腾了,乡野也沸腾了。

远山如黛,啾啾鸟鸣。田野在微风里翻开波浪,成为大自然笔下浓墨重彩的油画。红的灿烂,黄的精彩,绿的极致,白的雪白……随着日子的游历,在田间地头一层层铺垫又一层层叠加,丰收的节奏被秋风拉紧,稻子躬着背,弯着腰,在稻田里挨挨挤挤。辣椒在地头一夜爆红,黄的南瓜、白的冬瓜如同胖娃娃一般,在园子里酣睡……整个田原斑斓多姿,流光溢彩。

黄昏,阳光透过青黛的山岚散发出耀眼的七彩光晕,一环又一环的照耀着木油潭,那光,在山石间飘逸,在潭水里缭绕,在田野里娇媚,在吊脚楼里多姿,在人们心里温婉。人们彻底沉醉!

入夜,木油潭退却一天的热闹,安静下来。月亮从河对面的山岚爬了上来,银盆般的悬挂在山顶。山野被初秋清新的风轻抚、慰藉,斑驳的烙印被秋阳整理、洗涤。裹一块西兰卡普斜躺在天地之间,听潺潺流水,看云卷云舒。眼睛越过久违的岁月梦境和时光脉络,与山对视,与水眺望,与星回眸,与月对饮,与天空私语,与木油潭低吟……此刻,人是如此渺小,如尘埃。耳鼓,有啾啾虫鸣,有潺潺流水,有夜风婆娑,人们枕在木油潭强劲而柔和的臂弯里,香甜入梦……

(载于 2020 年 10 月 29 日《张家界日报》)

春归六耳口

◎邱德帅

寒冬一过就是春。趁着天气晴好,笔者来到桑植县沙塔坪乡六耳口村,欣赏一番春归六耳口的景象。

六耳口村是个"网红村",网络上颇有些印记。这里的山与水,这里的柳与桥,都能找出歌咏的文章。带着忐忑,笔者也想捕捉些六耳口的春归画面。

六耳口村山环水绕,一座水库蓄起了一座绵延数公里的天池,春风拂过,碧波叠浪,绿茵茵的如一条蜿蜒的玉带。"云海近苍茫,层岚拥深翠",这是宋人朱熹的诗句,其意境像极了六耳口的天池。

河道两岸,柳树已发新枝。一簇簇嫩嫩的柳叶,试探着伸展出娇小的身子,写满了初春的缱绻。再过些时日,就该吸引来许多热恋的人儿执手伫立在柳树下,目之所及,是万条垂柳的倒影铺满的六耳口整条河道。

春日暖,河鱼肥。泊在岸前的扁舟,船舷歇

·邱德帅·

湖南省作家协会会员,桑植县官地坪镇政府二级主任科员,已出版散文集三部。

了几只鸬鹚。渔夫提了满满一桶鱼去了早市,这会儿怕是早已售罄了吧?听同行的人说,六耳口活水鱼远近闻名,要想尝鲜,要么赶早市,要么托关系,不然即便出高价钱也不一定买得到。

  坝下是丘陵地貌。满山满坡的地头,全是这几年新植下的油茶。树龄虽不长,长势却喜人。惊蛰前后,油茶种植户刚补了春肥。油茶徜徉在暖阳下和煦的春风里,枝头繁多的花苞还很羞涩,紧紧地闭合着。再过些时日就该开出一朵朵白色的油茶花,结成秋日里一粒粒饱满的油茶果。这片原生态的油茶林,出产的油茶品质上等,线上线下十分畅销,已经富裕了一大批油茶种植户。

  花生也是六耳口的主打农产品。眼看着花生种要下地,那些花生种植大户纷纷忙碌起来,有些在剥壳备种,有些在翻耕备地。春种秋收,六耳口的花生,也成了当地人的致富果。

  春归六耳口,到处都呈现着春天的气息。

(载于2020年3月22日《张家界日报》)

生命

◎张佳利

生命是渺小的,像大海里的一粒沙尘,生命是伟大的,像一颗璀璨的夜明珠。

拥有生命才能拥有一切。若将生命跟其他利益相比,生命是"1",名誉、金钱、爱情、地位、房子等用数字"0"来表示,有了生命"1",后面的"0"才有价值,并且这个数可以是十、百、千、万乃至无穷大;若没有生命"1",后面名誉、金钱等再多也是"0"。

如果说人生是一首优美的乐曲,那么痛苦则是其中一个不可缺少的音符;如果说人生是一望无际的大海,那么挫折则是其中一朵骤然翻起的浪花……美国著名女作家海伦·凯勒一岁半时,一场重病夺去了她的视力和听力,随后她又失去了说话的能力,然而她没有消沉,她凭着顽强的毅力,靠学习盲文,以优异的成绩从哈佛大学毕业,并掌握了5种文字,出版了14部著作。海伦·凯勒的故事告诉我们"苦难是人生的老师",要正确看待挫折。

·张佳利·

在校学生。市作协会员。经常在《张家界日报》发表作品,描写学生生活和家乡美景。

人生如同调味瓶,酸甜苦辣伴你行。每个人的生命都是有价值的,为了更好地实现人生意义,展示人生,我们应该从现在做起,从小事做起。

(载于2020年2月19日《张家界日报》)

把失败放在心底

◎朱仙娥

期望越大,失望越大。这次朗读事件我对自己真的失望至极。

课间操时,语文老师跟我和一位同学说,学校有个朗读比赛,问我和那位同学谁想参加。开始我们都互相推辞。但后来我还是答应了,并开始准备稿子。我的稿子是在凌晨两点写完的。老师给我和另一个班的学生修改好稿子,就让我们开始背。

我背了很久,但稿子的内容还是没完全记熟。到了比赛的前一个小时,我听说他们都有音乐,于是我也想弄音乐,浪费了一个中午的时间,劳而无功。

上台前我的心里很恐慌,我从来没有这么紧张过,我最担心的就是我的稿子的问题。到了我上台,我站在国旗台上双腿不停地颤抖,手也抖个不停。我硬着头皮开始了,刚刚说完一句,大脑就一片空白,到了第一段的最后一句时,果然我最担心的事情还是发生了,我忘词了。我有

·朱仙娥·

在校学生。市作协会员。经常在《张家界日报》发表作品,描写学生生活和家乡美景。

点不知所措,那一刻我感到内心十分无助。我们初三的同学都在给我鼓掌加油,我努力回想稿子内容,但由于过于紧张,我什么都记不起来……

断断续续地,总算坚持读完了,我松了口气,低着头从国旗台上下去,眼泪不听话地流了出来。我默默地用手抹去眼角的眼泪,越想越觉得好失败。我想逃避,但逃避解决不了任何问题。我在心里告诉自己,每个人的每条路都不是一帆风顺,总会遇见一些挫折,就把今天的事情作为一个经历,放在心底吧。

这次失误可能是我初中三年中最让人失望的一次。这也告诉我做什么事都要专心致志,尽我所能,不能总是三分钟的热度。

下次比赛,我要"欲上青天揽明月"。

(载于2020年11月10日《张家界日报》)

小说

开脸

◎宋梅花

·宋梅花·

湖南省作家协会会员,中国微型小说学会会员。作品刊发《小小说月刊》《小说选刊》《微型小说选刊》等报刊,出版小小说集《苗堤乡逸事》《庸城故事》。

庸城人家嫁女是在婚礼前一天摆酒,请族上和亲戚吃"戴花酒"。

可是,金苗寨的梅幺公有些犯愁,因为这天他要嫁女,众亲戚都来吃戴花酒。梅幺公脸上在笑,心里在想:"晚上怎么办?"晚上,得请族上德高望重的伯娘婶婶给女儿扯眉毛,用五彩丝线把眉毛弹绞得弯弯细细的,像一匹嫩叶一弯新月芽,还用煮得烫手的鸡蛋滚头,用喷香的胭脂香粉抹脸,弹汗毛,扎红头绳,像做戏子上台前的化装一般,名曰:开脸。可是,可是……梅幺公思来想去寨子里只有一个人可以给女儿开脸。这个人就是阳雀婶。可谁去帮着开口呢?天快擦麻黑时,梅幺公神色越显焦急。

阳雀婶是寨子里最会给女儿家开脸的人,只要有女儿家的,谁会少得了她?谁家敢得罪她?可是三年前,梅幺公却硬生生把阳雀婶得罪了,因为那丘水田的水哦。阳雀婶当时气得发抖:"你你你……你就是这样欺负我这个寡妈子的？你把水全赶进你田里,这么热的天,你是想把人饿死的哦!到时收不了几粒谷子我到你家里去挑!"梅幺公当时望望站在田埂上的阳雀婶,又瞅瞅板着个脸默不作声的婆娘,再望望那进了水的自家谷田,再看看自家田下面那两块阳雀婶家的谷田。心里悄悄叹口气:"怪只怪这水太小了哦,怪只怪自己屋里那恶婆娘一直看不得阳雀婶那风摆杨柳的神态哦,怪只怪自己经常喜欢偷偷望着阳雀婶的背影发呆哦,怪只怪年轻时胆子小哦……唉。"

阳雀婶年轻时是山寨的一只阳雀,歌声像阳雀一样好听。阳雀是山寨人的吉祥鸟,可是,阳雀婶却福浅,那个爱她的男人在一次去山上砍柴时掉下了悬崖。阳雀婶从此没有了歌声,却把山寨人信仰的阳雀般的吉祥带进了山寨人的家——她把婆婆那门给女儿家开脸的手艺学到了,在婆婆蹬腿时。

"梅幺公,天快黑了,你还不叫人来给妹儿梳头开脸?"梅幺公放下手里正数着的鸡蛋,心神不定地笑笑:"就去喊,就去喊,哪个还没来哦?早就讲好了哦,除了阳雀婶,还有谁哦?"梅幺公心里明白,前两天托人去对阳雀婶说了,阳雀婶也早知道梅幺公要嫁女儿哦,像把蒲扇大的寨子,有个风,哪儿都吹去了哦。可是,人家阳雀婶回话了:"叫他梅幺公亲自来我家给我说,我还要想一想呢。"梅幺公叹叹气:"唉,这阳雀婶,咋就和做姑娘时一样傲气呢?那时要是不傲气,那时要不是梅幺公家里穷,梅幺公会娶回一个蛮横不讲理的恶婆娘吗?如果嫁了梅幺公,阳雀婶还会守寡吗?"这些,都不知道,唯一知道的是,梅幺公的恶婆娘两年前死了,死的那天,还跳天跳地地把梅幺公骂得韭菜不发蔸,骂完,背着背篓还未迈过屋门口那道水沟,便一下栽到水沟边的秧田里。后来知道,是血压过高,冲了脑门心。

想到这些,梅幺公心里不舒服,他站起身,到女儿房里望望,又走回塔院里,对亲朋好友们望望,笑笑,转身朝屋后那片山岗上的草路上走去,他去请阳雀婶,从那小路穿过去,能快一些走到阳雀婶家。梅幺公走得飞快,他知道天已黑下来,他得把阳雀婶请来,给他唯一的女儿开脸。山上这小道,他年轻时经常走,因为,走过那条长长的山道,他就可以望见那时阳雀婶在她那山湾湾家门口的身影。阳雀婶从男人走后,就一直回了娘家居住。有风,风吹着,很凉快,梅幺公却很热,浑身出汗。这山路真长,梅幺公第一次感觉这条小路太长。他埋头疾走,他看到被风吹动的树,那树在动,在朝他吹来,他定定神,眨眨眼,是的,有棵树在动,在朝他的方向动。梅幺公眼花了,他知道,山上树太多了,路两旁都是树,是风,风在拂动。梅幺公吸了口气,还没等他回过神来,那个树般的人影和他碰了个对头对脸!那人影低头走得很快,碰到梅幺公身上,发出"啊!"的惊叫,身子便欲往山路旁的树丛边倒去……梅幺公手疾眼快,反手抓住那人衣角,再一使力,那人便被梅幺公抱住了:"别摔着!"梅幺公紧张地叫着。那人又发出"啊!"的一声,便没声息了。

　　黑幽的山林只有些许光亮,梅幺公借着微光低头仔细对那人一看,赶紧松开手:"阳雀婶!"原来是阳雀婶。阳雀婶惊魂未定:"原来是你,你……我正要去你家,我带好了鸡蛋和红头绳儿呢,吓死我了。"梅幺公听了这话,定定地望着阳雀婶,天很黑,看不清,梅幺公轻轻伸出手去,牵住了阳雀婶的手……

　　(载于2020年第11期《金山》)

盖碗肉

◎胡家胜

·胡家胜·

中国少数民族作家学会会员，湖南省作家协会会员。出版小说集《汉子·女人·河》，散文集《流浪的云》，长篇报告文学《社区一盏灯》等多部，曾获湖南省第十三届"五个一工程"奖，2018年"潇湘好歌"金奖。

金银湾人请帮工要做盖碗肉。

金银湾人讲规矩，盖碗肉做得方方正正，巴掌块大，亮晶晶，油汪汪，严严实实地盖在一大碗炒肉上。起屋，上梁，插秧，割谷……大凡需要请人帮忙的工夫，田湾人都要认真做盖碗肉。盖碗肉的大小，是主人家的体面。

吃盖碗肉也有规矩，起屋得扛檩条，抬柱头磉礅；上梁得脚踏云梯，站梁头上唱上梁歌；插秧得打头阵，别让人家关猪笼；割谷得踩打谷机送谷担……总之，吃盖碗肉要一定的实力。光能吃不行，田湾人叫轱辘吃。

在金银湾，敢吃盖碗肉的没几个。田开庆，挑一百五十斤的重担，走起路来打飞脚，那时人家年轻。铁婶，一把八磅铁锤能舞起花，人家年轻时可是铁姑娘队的队长。秀嫂，插起秧来像鸡啄米，没人能追得上。这些都是老皇历，不能翻。没人吃盖碗肉，其他人就不能动碗里的肉。

稻子黄了，风一来，吹得飒飒响。田开金站

在田埂上听到了金属碰撞的声音。田开金想,该收割了。

晚上,田开金搂着婆娘,稻子该割了。婆娘说,是该割了。两人想到了一块儿。婆娘说,春天插秧的时候,我俩插了半个多月,累得腰酸背痛的,还让人家说了闲话,收割可不比插秧,收割如抢红包,动作一定要快,不然秋风秋雨一来,到手的庄稼就要泡汤了。

"啥闲话呢?"田开金问。

"开庆和有余的婆娘说我俩舍不得盖碗肉。"

"啥舍不得呢?村子里的人老的老,小的小,不是没几个人插得秧吗?"田开金说。

"嗯,这回割谷得请人。"婆娘说。

"请人割谷,还得吃盖碗肉。"田开金说。

两人达成了共识,就分头行动,田开金去请人割谷,婆娘在家做盖碗肉。婆娘取了一整块腊腰条肉和一只腊肘子,忙着去烧和洗。

第二天下午,田开金垂头丧气地回来,正在做盖碗肉的婆娘问:"请到了人吗?"田开金说:"鬼的人。"婆娘说:"拿钱也请不到人吗?"田开金说:"拿钱也请不到人。"

"人都去哪儿了?"

"去城里打工了。"

"上年纪的也没有吗?"

"有,可人家一听要吃盖碗肉就不来了。"

夫妻俩有些发愁,相互埋怨起来。婆娘说,听人哄,钻屎孔,当初叫你莫种那么多优质稻,你听信人家李干部的话,承包了十几亩。田开金说,当农民种庄稼,有什么错?婆娘说,什么庄稼不能种?苞谷,花生,黄豆,这些旱粮不能种么?你偏要种什么优质稻。田开金不作声,婆娘说得没错,年轻人不在家,田土撂荒,自己带头种优质稻,让婆娘跟着受委屈……田开金默默地去收拾打谷机和箩筐,又弯腰去磨镰刀。嚯嚯嚯。他在磨刀石上把镰刀磨得银光闪闪,用手指舔了舔,又割了一綹头发,风快。田开金站起来伸了个腰。腰有些隐隐作痛。

一早,婆娘摆出一桌精心准备好的饭菜。婆娘说,你喝点儿酒,腰就不痛了。田开金酌了酒,两人都没去夹桌子上的两碗堆尖肉。望着盖在碗上面的盖碗肉,婆娘说,你吃盖碗肉啊。田开金说,你吃。婆娘说,我可从没吃过盖碗肉。田开金笑笑,我吃过的。婆娘也就笑了,你是吃过,在我家吃过,那次洋相可出大了,插秧被人家关了猪笼,人家说你笨手笨脚的。那你怎不跟人家去呢?田开金喝酒像是喝了醋。婆娘说:"我看上的是你。"田开金这才嘿嘿笑了,喝口酒,然后说:"哪我把盖碗肉吃了?"婆娘说:"你莫逞能。"

两人一个吃饭,一个喝酒,说着话,谁都不去吃盖碗肉。婆娘说,今天还割不割谷呢?田开金一瞪眼:"割,怎不割呢?就是一把一把地捋,也要捋回家。"

正说着话,门外进来了七八个人,领头的竟然是李干部。李干部说:"盖碗肉没人吃吗?我可是来吃的。"

田开金一看是李干部,可开心了:"来来来,吃饭,喝酒。"

李干部他们也不客气,一个个围着桌子坐了下来。田开金的婆娘赶紧取碗筷:"李干部,这块盖碗肉你得吃啊。"李干部连忙说:"吃吃吃。"田开金忙把盖碗肉挑进了李干部的碗里。李干部望着碗里的盖碗肉:"真的让我吃啊?"田开金说:"你不吃谁吃呢?"其他的人跟着起哄:"吃了,吃了。"

李干部咬了一口盖碗肉,满口油香:"乡里为了推广优质稻,组织了一支收割队,昨天看到老田到处请帮工,我这才临时把他们拉了出来。"又说,"本来是要用收割机的,可田湾种得不多,就你家有十多亩,这才一早赶过来。"

田开金听了,非常感动,忙说:"可把你们操心了。"

李干部说:"还得感谢你,你在田湾开了个好头,明年的工作就好做了。"

"明年,呵呵,明年我可要大干了,把儿子叫回来,叫他在家里打工。"田开金高兴地喝了一口酒,趁人不注意把另外一块盖碗肉挑进了另外一个人的碗里。那人是年轻的收割队队长。

(载于2020年第10期《金山》,2020年第22期《微型小说选刊》转载)

"天空颜色"专卖店

◎钟 锐

·钟 锐·

湖南省作家协会会员,儿童文学作家。发表儿童文学作品1000多篇,出版童书20多种。

　　放学了,左小旗背着书包,慢慢地走在回家的路上,两只眼睛像探路仪一样,逡巡着四周。"绿源果业""暖心蛋糕""丁香奶茶""四季火锅"……一块块招牌映入眼帘,一股股香气扑向鼻端,左小旗猛吞口水,馋涎欲滴。

　　突然,左小旗眼睛瞪得溜圆,嘴巴张得大大的,触电般地怔住了——"天空颜色"专卖店,一家装饰得十分简单的小店门口赫然挂着这样一块招牌。

　　迟疑了一下,左小旗踅身进了这家小店。

　　"小朋友,您好,欢迎您来到本店。"一位留着八字胡、中年大叔模样的人出现在了左小旗面前。他打量左小旗两眼,笑着说道:"请问有什么我可以帮到你的吗?"

　　"大叔,你们这里为什么叫'天空颜色'专卖店呀?"左小旗好奇地问道,"难道这里真的在售卖天空的颜色吗?不会是你们产品的商标名称叫'天空颜色'吧?"

胡子大叔用赞赏的目光看了左小旗几眼,呵呵地笑道:"小朋友,我们这里是卖墙纸和墙布的,'天空颜色'是我们的商标名称。来我们这里的人,也都是来买'天空颜色'牌墙纸、墙布的。而你,是唯一一个进来问我们卖不卖天空的颜色的。呵呵,所以嘛,我可以告诉你,我们这里不光卖墙纸和墙布,也卖天空的颜色。"

"啊?"左小旗听了不禁一怔。

"小朋友,你跟我来。"这位胡子大叔说着,将左小旗带到里面的一个房间。只见东面的墙上摆放着五颜六色的墙纸和墙布。

"小朋友,你想买哪种'天空颜色'呀?"他指着最上面的一排墙纸,说道,"我这里一共有三种'天空颜色':蓝色、灰色和彩色。"

"大叔,原来你们这里真的卖天空颜色呀?"左小旗吃惊地说道,"可是这几种'天空颜色'怎么用呀?难道我买回去之后,能利用它们改变天空的颜色吗?"

"呵呵,真的改变天空颜色当然不可能。不过嘛,可以改变你头顶上天空的颜色。不信你可以试试。"说着,胡子大叔从墙上取下一块课本大小的彩色墙纸,然后和左小旗一起走了出去。

现在是傍晚,天灰茫茫的,阴沉沉的,给人一种沉闷、压抑的感觉。胡子大叔笑笑,将手中的这块彩色墙纸轻轻地放在左小旗的头顶上。

神奇的一幕出现了——这块彩色墙纸刚放到左小旗的头顶上,便立即缓缓升上天空,并开始散发出一缕缕五彩缤纷的烟雾;很快,肉眼便看不见这块墙纸了,只看见头顶的天空中有一团五彩缤纷的烟雾,并且这团烟雾以惊人的速度扩散、变大……

"啊,天啦!"左小旗突然惊叫起来,因为他看见头顶天空中的那团五色烟雾忽然消失不见了,取而代之的是一块布满灿烂彩霞、五彩缤纷的天空,面积足有半间教室大。

"天啊,这真是太不可思议啦!"左小旗仰头看着头顶的彩霞,吃惊地叫道,"大叔,你们这种墙纸运用的是什么高科技呀?"

"呵呵,这可是秘密,无可奉告。你喜欢的话,我可以送你一些。"胡子大叔很爽快,立即送了十几张"天空颜色"给左小旗,并给他讲了使用方法和注意事项。

左小旗拿着这些"天空颜色",喜滋滋地回家去了。而他头顶的那片彩霞天空,竟然晃晃悠悠地跟着他一起走,就好像它是左小旗倒映在天空中的影子一样。

可惜的是,街上的行人步履匆匆,没人注意到这一幕;而左小旗刚回到他家楼下,这片彩霞天空便消失不见了。看来,这种制造出来的"天空颜色"只能持续十几分钟。

第二天早上,左小旗带着"天空颜色"来到学校。

"待会儿我把'天空颜色'拿出来,一定吓他们一跳。"左小旗兴奋地想道。

可是,今天上午好忙啊!大家忙着上课、写作业,连说一句闲话的时间也没有。好不容易等到上午最后一节体育课,却没想到班主任欧阳老师走了进来。

"同学们,今天天气不好,体育课就不上了。上语文课。"欧阳老师的话刚落音,同学们立即像霜打的茄子一样蔫了。

"怎么又不上体育课呀?"也不知道是谁,小声嘟哝了一句。

"现在外面在下雨,"欧阳老师指着窗外说,"虽然不大,但也会把衣服和头发打湿的……"

"欧阳老师,是不是外面天气变好了,不下雨啦,咱们就能上体育课。"左小旗忽然站起来说道。

"这是当然,不过……"欧阳老师的话还没说完,左小旗便咚咚地跑了出去。

很快,欧阳老师和同学们便无比震惊地看到:在教室外面的天空中,出现了一片像蓝石石一样湛蓝纯净、足有一间教室大小的蓝色天空!

龙雯雯首先跑出教室,跟着是文广博、熊可、曹飞飞……最后欧阳老师也跑出教室。大家都又激动又惊异地看着头顶上的蓝色天空。

"喂,左小旗,这究竟是怎么回事?"龙雯雯激动地叫道。

"这是昨天一位胡子大叔送给我的'天空颜色',说是一种最新的高科技……"左小旗把事情的经过简略说了,看着天空,也不禁啧啧赞道,"想不到这种蓝色的'天空颜色'效果更好,不仅面积更大,持续的时间看来也更久一些。"

说到这儿,左小旗转头看了欧阳老师几眼,可没想到欧阳老师此刻比同学们还激动,正眼冒小星星地看着头顶漂亮的蓝色天空呢,就像一个单纯可爱的小女孩一样。不过,这也怪不得她,谁让现在污染越来越严重呢。不光左小旗所在的城市,现在世界各地也很难看到这样湛蓝纯净的天空了。

这时,其他班的同学、老师也从教室里跑了出来,一起抬头看着头顶上的蓝色天空。由于人太多了,许多同学和老师只能站在旁边的雨地里,但这丝毫不影响大家观看头顶上的蓝色天空。

只可惜随着时间的慢慢流逝,头顶的这片蓝色天空慢慢地越变越小,颜色也越来越淡,眼看就要消失不见了。

耳边听到大家失望的叫声,左小旗立即拿出一块蓝色的"天空颜色"。一团蓝色烟雾升向天空,一片崭新的蓝色天空又出现在大家的视线里。

美好的风景总容易消逝!左小旗使用了一块又一块"天空颜色",很快他手里已经没有蓝色的"天空颜色"了。

左小旗嘿嘿一笑,又拿出几张灰色、彩色的"天空颜色"。

真不赖!天空中出现的灰色天空竟然像画出来的一样,给人一种生机勃勃的感觉,一点儿也不像现实中的灰色天空那样让人感到压抑、郁闷。而跟着出现的彩色天空,更是将现场的气氛带到了最高潮……

"喂,左小旗,你还有没有这种'天空颜色'?"龙雯雯忽然凑过来说道,"有的话,送我一张。"

"还有我,还有我,也送我一张。"文广博、熊可等人也凑了过来。

"没有啦。"左小旗说,"不过没关系。等放学了,我们可以一起去找那位胡子大叔。"

"不用等放学,我们现在就去。"欧阳老师走过来,急急地说道。

于是,左小旗带着大家立即去找胡子大叔。

可是,那家"天空颜色"专卖店早已经关门了,门上的招牌也不见了。大家敲了半天门,也不见有人来开门。

"欧阳老师,我们再找找吧?我可能是找错地方了。"左小旗郁闷地说道。

"不用找啦!"欧阳老师苦笑着说道,"就算找到了又能如何。一直以来,我

119

们人类都不知道好好地保护环境、爱护地球,所以污染才会越来越严重,连看一眼蔚蓝色的天空也成了一种奢侈。现在,这种人为制造出来的美丽天空不过是我们自欺欺人罢了……"

　　欧阳老师的话比上课的铃声还刺耳。一时间,大家都呆呆地说不出话来!

(载于2020年第6期《快乐作文与阅读》)

纪实

新诗写作要体现时代性和人民性

◎刘晓平

·刘晓平·

中国作家协会会员，湖南省散文学会副会长，张家界国际旅游诗歌协会主席，张家界市文联一级调研员、名誉主席。

这些年来，诗歌活动非常活跃，诗歌文本也是蜂拥出现。但不可否认，诗歌的读者并没有因此变得更多。这当然与我们这个时代的文艺产品多样化、传播媒介多元化的背景有关。但是，我们也要反思诗歌创作本身存在的问题。诗人和学者们在谈论诗歌的时候，大多是从诗歌的结构、技巧、语言等微观视角进行探讨。诗歌的时代性和人民性，强调得不大够。

我认为，自20世纪90年代以来，阻碍诗歌艺术发展、造成诗歌艺术受众面窄的最根本问题，就是诗人在诗歌创作过程中，大多没有处理好诗歌写作的个性与共性的问题，也就是没有更多地关注诗歌的社会性、人民性问题。一些诗人在写作中多局限于自我的个性体验，割断了诗歌与社会现实之间的联系。有些诗人只考虑怎么写的问题，较少去考虑写什么的问题，甚至有的诗人把诗歌写作当成一种词语的游戏。试想，这样写出来的诗歌作品，有什么实在的意义,广大读者还有什么阅读的必要呢?

诗歌创作既要表现诗人独有的情怀,也要走出个体的小世界,表现更为广阔的社会人生。诗人应当有社会良知,有一颗对故乡、祖国、人民的炽热的爱心,保持对时代、社会、人类的关注。当然,我们不能只注意社会生活化的表象,我们要多注意社会精神与民众道德,避免诗歌写作的社会性被庸俗化、浅显化。

每一个诗人都应该不断探索怎样才能写好诗,让诗歌成为照亮社会、照亮人们心灵的神灯。在创作中,要把"写什么"和"怎么写"结合起来进行考虑。当前的一些诗歌,强调个人的体验,忽视社会大生活。其实,这个问题的解决之道,在杜甫、白居易等古代诗人和艾青、穆旦等现代诗人的诗歌实践中,早就为我们提供了范例。诗人们既要在个性化的语言和个性化的体验上下功夫,更要努力使自己的诗歌写作保持介入社会生活的深度和广度,使之产生更加广泛的社会影响。倘若诗人懂得把锚抛在人的心坎上,便永远不会与人性脱离,诗歌就能像迅捷的向导一样,毫不费力地穿越人类所有的边界。

诗歌写作的个性与共性问题,是一个问题的两个方面。个性强调的是独有的个性体验,共性强调的是诗歌的社会性、人民性。优秀的诗歌作品,总是能够用个性化的体验和语言,去表现具有社会性的对象与内涵。诗人在创作实践中应时刻保持自省,在自己的矢志追求中不断改正自己的不足。当前的一些诗人要么缺钙,写出来的东西总是轻飘飘的,远离生活的本质;要么玩"捉迷藏",把神圣的诗歌艺术当作玩弄语言文字的游戏,故意让人读不懂,孤芳自赏。这样的诗人缺乏一种责任感和使命感,只是在一种自己酿造的怪圈里玩弄所谓的诗歌艺术,诗人们照亮的只是自己,其结果便是人们把他们遗忘。诗歌艺术的本质是反映生活、提炼生活,同时又高于生活。违背了这一本质,就是违背了诗歌艺术规律。

回顾新诗发展的历程,我们清晰地看到,优秀的诗歌作品总是与时代同频共振的,与人民同呼吸、共命运的。无论是五四时期的呼唤自由之诗,还是抗战时期的反映抗争之诗,抑或是新时期的歌颂理想之作,都深刻地反映了时代的气象。近40年来,不少诗人还坚持着对现实生活的抒写和反映,体现了很好的责任感。他们的作品对时代进行了深刻的记录,成为时代和社会的心灵信史。但我们也要看到,一些诗歌作品虽然反映了现实,但只是表现了生活的表象,是简单的事项罗列,还上升不到诗歌的层面。因此,我们应该注意到,关注诗歌的时代性、社会性、人民性,与注重诗歌的艺术性,是合二为一的事情,不能顾此失彼。

总之,诗人有以诗歌照亮社会、照亮人生的责任。诗人要在创作中反映火热的新时代生活,用诗歌艺术的光芒去照亮时代和人民。也就是说,诗人们要以充满独特个性体验的诗作,去反映具有共性的时代精神和社会生活,在社会公共空间中彰显诗性的光芒。

(载于 2021 年 1 月 18 日《文艺报》)

文学，我是如此爱你

◎汪久艺

从小，我在大人眼中是一个粗心的孩子。在数学考试中，经常会因为写错一个符号，丢掉好几分。我还是一个好动的孩子，几乎不会规规矩矩地久坐。我还是一个很爱看热闹的孩子，哪儿热闹我就去哪儿。可是，这都是别人眼中的我。那时候，我经常想，为什么我不能用自己的语言告诉大家我是谁呢？

朱自清先生说过："我爱热闹，也爱冷静；爱群居，也爱独处。"或许，是因为这一句话，我就疯狂地爱上了写作吧。下面，我就来分享我的故事吧。

从初中开始，我还是粗心。但是，我开始纠结我写的每一句话里成语用得是否恰当。我还是好动，却会因为一本好书静坐一下午，甚至是一天。我还是爱看热闹，但是会因为偶然想写一些文字把自己关在房间里。

我发表的第一篇文章是初中时的《一鸣人》校报。这一篇日记能印成铅字在我意料之外。写

·汪久艺·

笔名初九。山西传媒学院文艺编导方向学生。热爱文学、摄影以及各种 DIY。大学生诗歌学会新媒体运营部部长。

这一篇日记完全是因为那天狂风大作,教室的玻璃碎了。我的立意是玻璃被窗框禁锢太久,羡慕鸟儿。终于,风给了它机会,给了它飞的机会。尽管后来同学们看着一地的碎玻璃,都在叹息,我还是佩服玻璃的勇气。记得那时候,我的同学喜欢看《斗罗大陆》,喜欢听许嵩、林俊杰或者是周杰伦的歌,我却迷上了杨红樱和郑渊洁的童话。在童话的世界里,猫也有自己的喜怒哀乐,有魔法的人可以成为我的闺密,我可以认识很多有趣的人……

也是在初中,我来到了《小溪流》这个大家庭。大概是初三的时候,我在《小溪流》发表了第一篇文章《父爱一直都在》。我心里乐开了花。于是,我开始相信,我的坚持是有意义的。当我看到语文课本里的注释:杜甫,字子美……于是,我觉得我也应该给自己起一个名字,想着用这个名字创造一个新的世界。

那段时间,我经常坐在床上思考,翻看着《周易》中的乾卦。我从那么多字里看到了"初九,潜龙,勿用。"然后,我就兴奋地告诉妈妈:"妈妈,你看这句话!我的生日是初九,刚好也属龙!我要是能叫'初九'该多好!"

妈妈笑着说:"好,你就叫初九。你看,杜甫他不是也有第二个名字'子美'吗?"

后来,我才弄明白,"子美"并不是杜甫的第二个名字,而是他的字。而字呢,和名字一样,都应该由长辈起。那时候,真是没大没小到极点了。话说回来,我的性子,真的对不起"初九"这俩字儿!哈哈!

从此,我就希望大家叫我初九。

同时,我也在《小溪流》的读者交流群里认识了我的笔友欣欣。在初中和高中阶段,我们一直靠着平信交流。每次收到来信,我都兴奋得不得了。

到了高中,我慕名加入了春笋文学社,意外成了诗歌创作小组的负责人。在这个负责人的位置上,一坐就是三年。凭着对文字的热爱,我高一的时候就开始担任学生编委。第一次校对,我认真看着每一个字。我拿着铅笔,认真修改着——发现看完一篇文章,也没改几个地方……于是,我更努力地读课外书,不断积累。高二的时候,我再次担任学生编委,比高一的时候更熟练了。也是从高二开始,我写的东西陆陆续续在《春笋》上发表。

正是凭着对文学,对写作的热爱,我选择了艺考。没错,我是艺考生,学传媒的。我的主专业是广播电视编导,副专业是播音主持。编导的必考内容是即兴评述、才艺展示、叙事散文、编讲故事、影评和自我介绍。这些都以阅读和写作为基础。虽然春笋文学社给了我自信,但是我同样面对了艺考培训时天天被老师批评、省联考成绩不理想、差三分进浙江传媒学院三试,以及参加了十几个学校的校考最终只拿到了一张合格证……

艺考期间,我无数次地失眠,无数次担心今天交给老师的影评或者是故事没写好,第二天被老师批评……那个时候,我不爱说话,半夜经常从网上搜一些所谓的抑郁症测试题。等所谓的测试结果出来了,我吓了一跳:每一天都会找不同的测试题,但是测试结果都是同样的——重度抑郁症。于是,我就买了一个密码本,在这里写上艺考时的一点一滴。有时,甚至还能写出几句诗来。

今天,我写下这些,非常平静。因为我是一个作者,所以我不抱怨,感谢我所有的际遇。我不喜欢用"遭遇"来概括这一段光阴。因为我不喜欢刻意放大我的不愉快。我为什么会选择学传媒?因为我想让更多的人快乐。

高三时,《小溪流》再次向我伸出了橄榄枝。我写的《我和我的外教老师》有幸被刊登。我一直珍藏着样刊,就像珍藏着我的高中三年一样。

没错,我幸运地被当初唯一得到合格证的学校——山西传媒学院录取了。当我跨进大学校门,我带着这本《小溪流》和几本《春笋》加入校报文学社和学校的字林文学社。我记得那天晚上,很多人和我一起走进了文学部的笔试教室,却没有几个人和我一起走进面试教室。说实话,我没有想过我能顺利通过笔试,因为觉得笔试时写的文章不是很好。可是当我收到面试通知时,高兴坏了。在校报,我同样也参与过文本校对的工作。我羡慕那些文章能够登报的作者,暗暗自卑。但是,我仍然坚持阅读和写作。直到我获得学校的征文比赛一等奖,我才相信,我的坚持还是没错的。

大一下学期,我面临分方向的选择困难。在我们学校,广播电视编导分为三个方向:广播电视编导、文艺编导和导演。我清楚,我是不会选导演方向的。但是前两个方向让我纠结了很久很久。我开始跟很多人抱怨:"唉,我当时校考如果考戏剧影视文学就好了。我就喜欢写,对摄影也不反感,但是真心不喜欢剪辑……"但是,我知道,我没有再次参加高考的勇气,抱怨是没有用的。当我知道文艺编导有导播课,也会学栏目策划时,我最终选了文艺编导。我不再抱怨,毕竟学一点儿自己不那么感兴趣的知识,本身就是一种成长。

现在，我大二了。过去的小确幸、小痛苦都已经过去。我依然喜欢朱自清先生说过的："我爱热闹，也爱冷静；爱群居，也爱独处。"

我是如此爱你，文学。

（载于2020年第11期《小溪流》成长校园版）

任舫，
从金牌导游到留美博士

◎流 云

> 你像那一只凤凰飞出大山亮出你的精彩，你又像那一只大雁从大洋彼岸飞回了美丽的故乡！

2016年9月中旬的一天，我微信中蹿出这样一段话："流云老师好！我现在张家界，晚上可有时间一聚？"留言人为任舫。真是"天上掉下个任妹妹呀！"我知道任舫去美国了，她怎么会出现在张家界呢？惊喜中，我的眼前有一个"青涩小妹"的影子便浮现出来。

那是2001年，我作为市旅游局旅游从业人员培训中心负责人，策划了旨在提高广大导游员综合素质的"导游大赛"活动，且由黄石寨客运索道公司资助并冠名。任舫以姣好的形象和悦耳动听的嗓音担任首届导游大赛主持人，她与我也算是结缘了。到2004年，我又组织举行第二届"黄石寨索道杯"导游风采大奖赛活动，而任舫从主持人变成了参赛选手。由于我办正经事儿便有些"一板正经"，许多人说我是不怒

·流 云·

本名刘云，因命运坎坷又矢志不渝自学成才，卖书、读书、写书成为张家界本土作家。

自威,身上似乎带有几分"匪气"。任舫参赛并非一帆风顺,她在预赛时由于紧张还真出了小差错;就在她信心受挫而见到我有些愧疚时,我便对她轻轻说了一句:"不到最终时刻,你又何必惊慌?"她听了我的话便振作起来,而在复赛、决赛中表现突出,她以一名大学教师与社会兼职导游的底气一举夺冠,并成为"张家界旅游形象大使",从此她一发而不可收地直至参加全国导游地质知识大奖赛获奖后,她又被北京一所大学录取为硕士研究生;2008年,任舫又顺利取得美国圣路易斯大学的全额奖学金,到大洋彼岸去攻读博士学位。

"梅花香自苦寒来!"任舫从2004年获取金牌导游桂冠到2014年美国博士毕业;她经历了许多人难以承受的痛苦!一个女人,尤其是一个漂亮女人要追求事业,她不得不经受情感的挫折,婚姻与亲情的考验;她还要忍受一些风言风语的冲击。多少次,她手捧书本而心底却在暗自流泪;她曾把心中的凄苦说给我听,她口称我为师,而从情感上又把我当作她的兄长啊!

"英雄不问出处,富贵当问缘由"。任舫在美国学习深造期间,我们几乎断了联系。不过,她会在网上搜寻有关我的信息,也偶尔在博客上留言给我,以表达她对张家界作为她第二故乡的思念。后来,她根据我的要求将有关情况向我做了汇报:"我在美国一边学习,一边参与中国丹霞地貌申报遗产地的工作,该项目于2011年被联合国教科文组织批准,而我也因此被江西龙虎山和福建泰宁授予荣誉市民称号。在科研上,我在美国继续做中国地质公园的项目,同时也考察了美国、澳大利亚、欧洲的国家公园;根据收集的基础资料与研究,我在10多个国际学术会议上发表论文和演讲,以推介中国地质公园研究课题……"

人在异国他乡,心却与张家界连在一起。任舫将张家界视为她事业的发祥地和第二故乡,她利用多种机会努力推介张家界。2012年,美国电影《阿凡达》上映,她欢天喜地地到处告诉美国的教授与同学们,影片中的潘多拉星球和悬浮山原型地就在中国张家界!2015年,任舫从美国回到祖国而受聘到中国地质科学院力学研究所工作,该所由中国第一任国家地质部部长李四光创立。此前,任舫在美国一家科研机构工作了一年半时间,她主要从事遥感和地理信息系统在地质地貌中的应用与研究,并获得美国高级遥感地理系统技术应用资格证书。2016年,任舫获得力学研究所与联合国资助科研项目:以中国世界地质公园为例,建立世界地质公园风险管理能力建设。刚立项,任舫便想到了张家界,她决定将张家界作为一个研究案例。对于任舫的想法,我与国土部门的几位管理人员表示认同;当任舫回到张家界再与大家相聚时,我们希望她继续把张家界类型的石英砂岩地貌进一步研究,并向世界推广!于是,我们建立了"张家界地貌"推广微信群以沟通信息,整合力量,让张家界不断走向世界!

"张家界人是张家界的魂!风景有了灵魂,才是美丽的风景!"任舫这样说。她不忘来路,不忘初心!一位有美貌,也有才情,更懂得感恩的女人,她的美也是永恒的!

(载于2020年11月21日"微张家界")

澧水笔谈

◎戴楚洲

·戴楚洲·

湖南省慈利县人，中共党员，现任湖南省张家界市委党史研究室二级调研员，湖南省民间文艺家协会理事。

兔年中秋，我出生在湘西北溇、澧两水相汇的地方观嘉渚。孩童时代，我挤在澧水河岸，光着脚丫走，看那赛龙舟；秋高气爽、菊花烂漫之时，我静静地坐在碧绿的澧水河畔，观看百舸争流的点点白帆和向下漂流的木排，倾听豪放的土家汉子唱那悠扬悦耳的九澧船夫曲和放排号子。人到中年以后，澧水流域成为我深入钻研、诗意栖居之地。于是乎，我多次查阅地方史志文献，并且实地考察文物古迹，终于得出理性认识：澧水滋养了历代祖先，是湘西北土家人的母亲河；澧水积淀了流域文化，是一条底蕴深厚的文化沉积带。人类社会文明起源于"河流文化"，人类社会发展积淀河流文化，河流文化推动社会发展。河流文化是人类文明的发祥地和源泉，与人类文明息息相关。澧水属于长江流域洞庭湖水系，为湖南省四大河流之一。澧水流域位于武陵山脉北端东侧向洞庭湖平原过渡地带，因其上游"绿水六十里、水成靛澧色"而得"澧水"芳名,又因战国时期著名诗人屈原诗句"沅有芷兮澧有兰"而曰兰江。据《汉书·地理志》关于澧水起源地栗山坡的记载为:"充县历(栗)山,澧水所出。"汉代《桑钦水经》亦载:"澧(水)出武陵(郡)充县西历山,东过其(充)县南,又东过零阳县之北。"北魏郦道元《水经注》又载:"澧水出武陵充县西历山,东过其县南。"澧水现有北源、中源、南源三源,国家水利普查办于2013年认定中源为澧水主源。澧水"中源"绿水河起源于龙山县大安乡翻身村。"北源"发源于桑植县五道水镇杉木界。"南源"杉木河发源于永顺县万笏山北麓。位于湘西北、鄂西南的澧水干流跨越10个县(市),在津市市小渡口镇注入洞庭湖,全长407公里。澧水流域中的"九澧"是指澧水干流及其八大支流。

澧水流域历史悠久,名胜古迹众多,民族文化奇特,属于老少边穷地区。早在20万年前,澧水流域就有远古人类繁衍生息。石门县燕儿洞旧石器文化遗址出土湖南省唯一的古人类化石,被考古界称之为"石门人"。澧阳平原是湖南省史前文化最为发达地区。澧水下游的澧县彭头山遗址发现距今约有8000年的百多粒炭化稻谷,为世界上现存最早的稻作农业遗迹。澧县车溪乡城头山古城邑筑于6000年前,是中国发现的年代最早、文物丰富的古城遗址,在这里还发现世界最早且保存完整的水稻田遗址,距今约6500年。澧阳平原已有最早的八十垱环壕聚落新石器时代遗址等13处全国重点文物保护单位,这些标志农耕文化和城市文明的考古发现,意味着中华文化曙光从澧阳平原辉映乾坤,澧阳平原是中华文化发祥地之一。上古时代,澧水就是中华大地著名河流,历代文献曾经涉澧。《尚书·禹贡》中最早记载:大禹导江,"东至于澧。"商周时期,澧水流域为濮人、巴人、楚人等古代民族繁衍生息之地。自秦朝统一中国以来,历代封建朝廷在澧水流域设置郡、府、州、县和土司、卫所机构,统治各族先民。清代光绪十五年(1889年),广东省客商卢次伦在石门县宜市(又名泥市,在今石门县壶瓶山镇)创建"泰和合茶号"红茶厂。"泰和合茶号"在鹤峰、石门、慈利、桑植等产红茶县设数十家茶庄,办理收购、运输事务。各个茶庄制作的红茶运到宜市"泰和合茶号"打包装箱,再转运销给汉口英商"怡和洋行",最后出口英国、俄国、德国和美国等欧美国家。如,土家学者吴恭亨于清代光绪二十三年(1897年)在《慈利县图志》中说:"西莲有作红茶者,贩之辄获倍值。于是,人稍稍知种茶之利。""泰和合茶号"在鼎盛时期年产"宜红茶"30多万斤,共有水运茶船300多条、旱运骡马1000多匹。卢次伦聘请民工以宜市为中心,把向北至杨柳坪及鹤峰、向东到澧县及津市的700多里山间小道改为能过骡马的青石板大路,疏通溇水200多里险滩礁石,成为湘西北的"茶船古道"。此外,还修通各茶区山间驮路500余里。慈利县三合口茶农使用骡马驮着红茶从牧羊冲出发,经过庄塔和国太桥,运到所街乡水南渡村码头、宜市交货。澧水流域是革命老区,是湘鄂边、湘鄂西、湘鄂川黔革命根据地发源地,任弼时、贺龙、关向应、萧克、王震等老一辈无产阶级革命家曾经在此浴血奋战。张家界市及桑植县被编入全国红色旅游精品线路,贺龙故居和贺龙纪念馆被列入"全国红色旅游经典景区"。湘鄂川黔革命根据地纪念馆被列入全国爱国主义教育基地和全国重点文物保护单位。

澧水流域旅游资源十分丰富,古今闻名。澧水流域山清水秀,灰岩发育形态多姿,溶洞、漏斗、地下暗河、岩溶泉水等自然景观随处可见。唐代文学家柳宗元游览澧水之后发出感慨,"南州之美莫如澧"。张家界市是中国著名旅游城市,拥有国内外十多块著名的金字招牌。1992年,联合国教科文组织世界遗产委员会将武陵源风景名胜区列入《世界遗产名录》。2004年,张家界砂岩峰林地质公园被联合国教科文组织认可为首批世界地质公园。

澧水流域文风卓盛,人才辈出。既有潇洒不羁的文人雅士,也有叱咤风云的军事名将。先秦时期,"荆楚文化"先驱屈原、宋玉在此行吟,留下旅游文学经典作品。战国时期,楚国三闾大夫屈原被楚顷襄王"怒迁"以后,乘船游于澧水,写下名诗,如《湘君》有:"望涔阳(在今澧县涔阳浦)兮极浦,横大江兮扬灵……捐余玦兮江中,遗余佩兮澧浦"。屈原游览沅、澧流域所赋名诗对旅游文学产生深远影响。《民国慈利县志》还载:"屈原遁楚澧浦、涔阳,擅名骚雅,搴兰写怨。厥体芬芳,顾承学撰述千年。"楚顷襄王文学侍从宋玉晚年步师屈原后辙,前来澧水登山看花,临河垂钓,在黄洲湖泛舟采莲、赏荷消遣,最后流寓、终老在道水河畔临澧县。清代《湖南通志》记载:"宋玉城在安福县东二里,相传有战国楚大夫宋玉墓于此,故名。"今临澧县望城乡仍然保留有宋玉城、宋玉墓、宋玉庙、宋玉亭、浴溪河等有关宋玉的文物古迹。由于屈原、宋玉游览澧水,对后人发展文化起了奠基作用。清代道光年间,永定知县赵亨铃肯定屈原、宋玉对区域文化的作用:"楚南夙号多材,澧浦代生哲士。永邑虽属边陲,而屈骚宋赋,不辍披吟。"秦汉时期以来,从相单程、覃儿健、车胤、刘禹锡、李群玉、吴恭亨,到郭宏升、刘明灯、孙开华、贺龙、廖汉生、袁任远,可谓"江山代有才人出、各领风骚数百年"。许多杰出的历史人物在澧水流域留下闪光的人生足迹,成为学者研究的对象。

澧水流域绿水长流、水质良好。新中国成立以来,各级人民政府及其水利部门、长江流域规划办公室对澧水流域治理进行多次勘测规划。加强了水土流失治理和水资源保护,改善了水利基础条件,建立了以航运、防洪、水库、灌区、城乡供水、水电开发、水土保持为基础的开发体系,灌溉设施不断完善,生态保护不断加强。但是由于多种原因,澧水也面临被污染的严重问题。所以,不仅要实施源头保护,还要创新河湖管护。武陵山片区政协主席联席会成立了澧水流域生态保护课题组秘书处,促进了澧水流域生态文明建设。

(载于2020年8月20日《张家界日报》)

打三棋，情难了

◎朱常胜

打三棋，颠覆了我对父亲的印象！

我家世代文盲，可我读书，成绩出奇的好，拔尖到慈利三中读初中，又以优异的成绩考上桃源师范。群居四百人的上矛岗，人人都说我随母亲，沾了于家的脉气。长期以来，我也深信不疑，因为石罗坪的舅舅个个都有文化，据说母亲特别有文化，我又长得像她。而父亲大字不识一个，身材高大，只有一身蛮力。并且，在上矛岗，我是第一个走出去的文脉人。都说因为我得了母亲的遗传。

小时候，从上矛岗，到沈家，到寺岗头，到两叉溪，到石罗坪，甚至到后来我读书的溪口镇，到处都有人下打三棋。打三棋，顾名思义，就是讲究"打三"的棋，打三棋盘，由里外三个大小不同的四边形组成，将三个四边形的四个角点连成线，再将四边的中点连成线，就成了。整个棋盘共有二十四个点，每条连线都有三个点。棋子随意，只要双方能区别就行。下棋双方依次在这

·朱常胜·

慈利县金岩土家族乡人，慈利作协会员。

些点上摆放棋子,倘若哪一方三个棋子摆成一条直线(横线竖线斜线都行)就叫打了一"三",打三后,就可灭掉对方的一子,用自己的一个棋子压住对方某一关键棋子,棋子占满了棋盘,就叫摆棋完毕,这时,拿去压与被压的棋子,空出一些点位,开始走棋,但是,是后手先走。移动棋子,三子若成一线,就叫"打三",打一"三",就拿去对方一子,然后对方走棋,对方打一"三",也拿去其对方一子。你来我往,直到一方无法打三,那一方就输了。有时候,刚摆完棋,一方就认输,因为无"三"可打,而对方可能"连三"格局已成,即每走一步都是打三;有时候,摆棋完毕,后手动弹不得,双方无法打三,那就双方各自拿走对方一子,然后走棋,这叫"提子";有时候,从摆棋到走棋,某一方一"三"也打不了,这叫"尝新三也没打一个",那是对方棋力太厉害。

下打三棋,每一步既要考虑自己打三,又要阻止对方打三;既要考虑摆棋时打三,又要考虑走棋时有三可打;打三后选拿对方棋子时,既要考虑对方不便打三,又要考虑自己容易三子走成一线,最好是有连三可打;摆棋时既想摆成"十包",选拿对方一子,就绝对有三可打,又想摆成"九字",其实是三叉形状,任对方怎么拿子,也不断气,可以打三……想一想,就觉得太烧脑!

少年时候的我,脑瓜灵光,与周边的大小伙伴下棋,赢多输少,常常沾沾自喜,心里感谢自己的母亲遗传给我一个聪明的头脑。有人说,我父亲下棋厉害,但我曾与他下过,互有输赢,也厉害不到哪里去。我后来忙于读书和教书,很快与打三棋疏远。

但零零星星回到上矛岗与乡亲父老谈起下打三棋时,总有人说,我父亲那是绝对第一,远近闻名。我总是将信将疑,他一个文盲,能有多厉害?!

但他们说,父亲是独子,祖父母看得娇,小时候特别贪玩,家的东边是一小片竹林,竹林东边有一棵古老的柏树,树干粗大,十几个人才可围抱,树冠大,树荫面积宽,树下有一圈围石,围石内培土护树,围石不高,但宽而长,可坐许多人,这是上矛岗人休息活动的场所。父亲常常在那里下打三棋,每次吃晚饭时,祖母站在自家门前,总是向着这边长声呼唤:"狗子——狗子——"祖母肺活量大,声音响亮绵长,全岗人都听得分明,唯独父亲听不到。他看别人下棋,他跟各辈人对弈,总是沉迷其中,流连忘食,半天喊不动他,祖母便拄着拐杖,歪着小脚,一步一歪的边走边骂将过去,待到父亲身边做举棍欲打状,父亲才一溜烟跑离大柏树。

他们还说,上矛岗下打三棋就两只狗子厉害,大狗子就是我父亲,小狗子就是柏树苑边的法楚叔叔。

就因为如此,七年前父亲因感情伤害而患老年痴呆,不会说话,不会洗脸,不会煮饭炒菜,生活难以自理,溪口敬老院同情我而收留他时,我灵感一闪:打三棋可否能救他?立即请广告公司用泡沫板和金属线条制作了一个很体面的打三棋盘,买了两副五子棋,做打三棋子,兴冲冲地拿到敬老院欲与父亲对弈,但父亲只能用手拍打棋盘了。

兰霸天说,一次在落丰做瓦工,与一老者下打三棋,下十盘,赢十盘,那老者悻悻地说,他在他那一块还可以的啊,怎么在兰霸天面前就这么不堪一击呢!兰霸天又说,到我父亲面前,讲不得很,有时候"尝新三"都打不到。接近80岁的法楚叔说:"那时是真的,上矛岗除了你爹外,就只有我了!"

我开始佩服父亲起来:父亲不仅力大,而且很聪明!我智商若算上等的话,有一半是父亲的遗传!

有许多人念我父亲的好。父亲力大,一担可挑三百斤,抬四个人抬的大树,他一个人抬一头;父亲腕力超人,扁担劲远近无敌。但他不欺负弱小,爱讲直话,好打不平。

父亲最大的功劳,是培养了上矛岗第一个秀才!我在6岁时,他死了老婆,我在9岁时,他死了母亲。生产队时,我们队的工分是3分钱一分,全公社最穷!他弄饭,洗衣,帮我用化肥袋子缝制书包。冬天了,他往我套鞋里垫干稻草,每年给我缝制一套板子厚实黑色而暖和的套装。我考上师范,村里把我的责任田收了回去。他少了一块田,少了收入,反而万分高兴,儿子是国家的人了!

父亲很乐观,少见他面露忧愁,他有两段事实婚姻,一段在敏家山,一段在上矛岗,两段婚姻里,他都卖体力,替对方养子女,但都以一场重病而告终,每次重病都不见照料他的人。我愤愤不平,他却只字不提。

我想,他一生没读过书,只受过打三棋的熏陶。只怕是他深悟的打三棋理,才让他的人生上升到一个超越常人的高度!

下打三棋攻防兼备,他得以瞻前顾后;要想最终取胜,往后必须多想几步。"文化大革命"期间,狠斗地主,未成年的孩子必是无辜,父亲施与援手,福及后人。

下打三棋毕竟是娱乐,父亲与人下棋,含笑平和,竞争棋艺,不伤自尊,与人下棋,锋芒内敛,互有输赢,一般不会让人不打"尝新三";跟我下棋,不做教训,几十年不知他棋艺的浅深。除非有人狂妄伤人,他才略施教训。

下打三棋,明面竞争,光明磊落,坦荡明净,父亲一生,酸甜苦辣,五味杂陈,但父亲一一纳于腹中,无声无息地将其消化。

妻子继承翻修了父亲的房子,二楼我的书房里,书柜上立着父亲的遗像;房子的对面,有一块空地,我想在那片空地上修建一座亭子,其名为"打三棋亭"。

(载于 2020 年 1 月 13 日《张家界日报》)

人间仙境张家界，
悟空三打白骨精

——王崇秋摄像追忆 1982 版《西游记》拍摄趣事

◎徐 鑫

2020 年 11 月 9 日，我来到王崇秋老师家拜访。我们从《西游记》之《三打白骨精》拍摄的趣事，聊到了张家界的点点滴滴。

奇闻趣事，记忆犹新

"我有亲戚当年住在张家界森林公园，那时候还没搬迁，《西游记》两次在景区拍摄他们都有去现场看，听亲戚讲得最多的两个事情，一个是说杨洁导演虽然是女导演，但是真的好凶哦，现场的人都怕她！第二个就说演白骨精的演员功夫了得，就算几个男人围着她跟她打架，也根本打不赢她。这些说法后来流传得越来越广，几乎张家界的老一辈人都知道，在这里也跟王崇秋老师分享下。"我坐在王崇秋老师的边上娓娓道来。

王崇秋老师听得特别认真，听我说完思索了几秒钟才说："徐鑫，我先解答下你的第一个疑问，这个剧组啊，人多也杂，导演要是没有一点脾气和性格，怎么镇得住他们哪？剧组这么个庞大

·徐 鑫·

张家界市永定区人，在北京从事演艺娱乐工作，写作和摄影爱好者。

的组织怎么运转啊?第二点呢,这个杨洁导演啊,是一个对艺术特别有要求的人,艺术的要求没达到,她就会有脾气,不只是在张家界,她在台里(央视)都是一样的,哪里都是一样。"王崇秋老师看着我,解答了我的第一个疑问。"另外,第二个事情可能有些误传了,演白骨精的演员杨春霞没到过张家界,当年白骨洞的戏是在冷水江波月洞拍的。但是,这个白骨精化成的村姑的扮演者叫杨俊,她确实是会功夫的,我们那个时候拍摄的条件艰苦,没有武替,更没有威亚这一说,所以一些很高难度的动作都必须得自己在没有任何防护措施的情况下完成,当时有一场戏是她从一块很高的大石头上跳下来,都是她亲自完成的,打戏啊,都是真打,说白骨精化成的村姑会功夫没错。"王崇秋老师严谨地回答着我的每一个问题。

鼎力扶持,铭记于心

王崇秋老师的语言让我听得如痴如醉,我忍不住问他当年在张家界拍摄还有哪些难忘的回忆?"在张家界的故事多着呢,当时当地还是叫大庸,大庸那个宣传部啊,特意组织了一个班子协助剧组解决一些生活上的问题,县里还给我们特批了100斤鸡蛋。那时候张家界没开通旅游,道路塌方,也没什么好吃的,有鸡蛋啊咸菜啊,就特别好了。当时拍妖精变老头的那场戏需要盖一个草房,盖房子的木头也是当地一个建筑工地的施工队借给我们的。另外,我们进山的时候设备比较多,又遇上了道路塌方,往山里搬设备的时候多亏了当地民工的帮助。"

艰苦拍摄,动魄惊心

"当时整个景区里面就这么一个招待所,叫作金鞭岩饭店,我们是第一批入住的,去的时候油漆都还没干,印象中供电也不稳定,充电充得'惊心动魄'的,每充完一个设备都会高兴一下,'嘿!终于充满了!',在张家界拍摄的日子就是在这种条件下进行的。后来拍续集《真假美猴王》的时候,条件就好多了!现在的张家界,可真的是好地方!"

烟雨朦胧,沉醉人心

"对了,张家界春天的时候应该是最美的吧?我们去拍《三打白骨精》的时候就是春天,下完雨之后有一层层薄薄的雾在山与山之间穿梭,特别的仙,特别的美。"王崇秋老师聊到张家界的景色连连称赞。"那您是怎样用摄像机表达张家界的仙和美的?"我忍不住又提了一个问题。"简单地说,就是用摄像机的镜头,通过各种拍摄角度去表现。比方说,用仰角拍摄的山峰,有高耸入云的感觉;在黄石寨往下面俯拍的山林,有林木如海的感觉。这镜头的表现,详细说起来可就复杂了。我们去的时候正是细雨绵绵的时节,正好需要这个气氛,有时候我就趴在地上,躺在地上往上面拍。还有镜头的景别的变化,推呀拉呀,这个在《三打白骨精》这集当中都表现出来了,这一集大家看了以后就会对张家界的印象特别深。其实我们拍《西游记》用了很多张家界的景,不光用在《三打白骨精》,第一集也用了张家界的一些镜头。有一天,我在招待所看着外面要打雷下雨了,就跑到屋顶上去,正好把闪电给拍下来了,用在第一集石猴爆炸之前。"

故人故地,难忘于心

聊到最后,我说我有一个小小的请求,想请王崇秋老师录个视频跟张家界的市民打个招呼问个好,王崇秋老师满口答应,没打任何草稿的情况下就让我拿起手机录起来。"张家界的父老乡亲们,我是82版《西游记》的摄像师王崇秋,张家界是杨洁导演拍摄《西游记》时非常喜欢的一个景点,所以我们去了两次张家界,一次是在金鞭岩拍摄,一次是在索溪峪拍摄,真的非常好。这里的景给我们的戏增添了很多的色彩,而且可以说,我们是宣传张家界的第一批人。张家界啊,真的是非常的棒,现在真的非常想念那个拍摄的时候,想念当年和我们合作的张家界人民,我们在那儿非常愉快!再次感谢老乡们对《西游记》的支持!谢谢你们!"视频录完,王崇秋老师用手轻轻拍了一下大腿:"咳!刚刚忘记说了,有时间了我还想去张家界走走!""王崇秋老师,咱还录一遍不?""哈哈,不录了,不录了。"这时候的王崇秋老师,笑起来像个孩子。说起张家界,王崇秋老师的一颦一笑都是饱含深情,欢迎王崇秋老师常来张家界走一走。

据悉,1982版《西游记》在国内电视台的播放次数已经高达4000多次,观众更是不计其数,在电视剧史上暂时没有一部能够出其右,给张家界对外的宣传起到了不可磨灭的作用……

(载于2020年11月27日《张家界日报》)

西安四天

◎滕军钊

·滕军钊·

张家界市作协会员，发表文学作品35万字，出版散文集、长篇小说各一部。

认识一座城市，是从认识出租车司机开始

第一天。

天空星光点点，地上灯火点点，高高低低的楼房、远远近近的树木、青黑色的山脊、错落的电线杆，哎，这些宁静又不加雕琢的美，纷至沓来又转瞬离去，让你实实在在地感受到时光在流逝。广播里说快到了，要我们做好下车的准备。我从想象中回到现实。为了不惊动周围的旅客，我和妻子用手机照明收集行李。拉杆箱在轻微颠簸中，往复运动着，它们也是跃跃欲试地想下车吧。

下车的人真多啊。

窗外的灯火越来越多，越来越明亮。灯火映出兵马俑博物馆的字样。我的心里涌起一股莫名的期待。

到达西安火车站是凌晨两点。到旅馆只有

一个选项,就是乘出租车。出租车入口,旅客们正在排队候车。几把大风扇猛烈地运转着,驱散着我们身上的热浪。宣传标语提示旅客,这里没有黑车,只有正规的出租车。出租车一辆接一辆井然有序地驶进通道。终于轮到我和妻子了,保安人员要求我们前进几米,在拐角处乘车。摄像头闪了一下,出租车开入的状态被摄入镜头。我和妻子到达车尾,我拉后备厢,没有反应,师傅赶忙跑过来抱歉地说,后备厢坏了,拉不动了。他用钥匙打开,将我们的行李放了进去。车子发动后,我看见摄像头又闪了一下,出租车离开的场景也定格在镜头里了。师傅笑了笑说,我们是正规的,放心,不正规的,进不了通道呢。

有人说认识一座城市,是从认识出租车司机开始的。此话不假。一路上,这名师傅向着远方来客说着体己的话,介绍十三朝古都的风土人情。我问他是本地人吗?他说不是,是咸阳的。问我知不知道咸阳。我说知道,阿房宫不是在咸阳吗?他笑了笑。我灵机一动问,阿房宫是你烧的吧?他憨憨地笑了。我透过车窗,好奇地打量古城的模样。马路整洁,古朴幽静,横跨的路桥都由火砖砌成,更添古意。灯光不耀眼,但足以看清路牌。路人稀少,偶尔可见驴友在路边骑行。

咸宁路上,我试探地问师傅,快到了吧?师傅笑着说,快到了,我走的路是最近的路呢,相信我吧。虽然因为修路,绕了一点儿弯,但的确是最近的路。我说相信——已经很相信了。

到达旅馆下了车,师傅帮我们搬出箱子,问我们是不是送孩子上学的。我说是的。他问,孩子呢?我说孩子去旅游了,明天到。又问一路很辛苦吧。我说还好,谢谢关心。

他走到前门,向我们挥了一下手说,再见,祝你们在西安玩得愉快!

我对他挥挥手说,好的,谢谢师傅!

睡梦中被《南无阿弥陀佛》惊醒

第二天。

睡梦中被《南无阿弥陀佛》唤醒,再睡已无睡意。我将窗帘拉开一条缝,循声望去,见公路对面是一个公园,门是宫殿样式。佛歌就是从那里飘出来的。据说常念南无阿弥陀佛,能六根清净呢。

起床后的第一件事就是品尝特色小吃。妻子提议往学校方向走。不到50米,在翠庭大厦,我发现一家小吃店。我点了关中臊子面,12元;妻子左顾右盼,斟酌再三点了一个套餐,肉夹馍和馄饨,14元。关中之地,指的是东潼关、西散关、南武关和北萧关的广大地区。臊子即肉丁之意。肉夹馍,我认为说法有误,应是馍夹肉。后来搞清楚是"肉夹于馍","肉"字放在前面起强调作用。面端上来了,一大碗。这碗就像一个小脸盆。初来乍到,看到这样大的碗确实有些惊骇。我慢慢地吃面,慢慢地喝汤,竟然喝得只剩碗底那点汤了。妻子对肉夹馍也是赞不绝口,要我也尝尝。我撕了一块放进嘴里,馍香肉酥,风味独特。

从学校北门进去,问保安南洋书院怎么走?回答说,沿着左手边的林荫小道走到东南角就到了。学校绿树成荫,而且呈条块分布,纵横成行,像一个个巨大的棋盘,很是壮观。房屋不高,六七层多见,应验了一句话,"大学,非大楼之谓也,大师之谓也"。图书馆居中,有磅礴的气势。往前走,可见一个巨大的北斗七星形状的司南,立在广场中间的台座上。据说它的发明,对于人类的科学技术和文明的发展,起了无法估量的作用。

在一片梧桐树林的深处,找到了南洋书院。书院者,学生宿舍也。近距离观察一番后,又去了宪梓堂。这里是新生报到处。工作人员在做各种准备工作,一片忙碌景象。

回到旅馆后,妻子说走累了,不去兵马俑了。休息一会儿后,相约去北客站接孩子,孩子要晚上才抵西安。在百度地图上看好路线,很顺利地来到北客站。这里很少有坐的地方,只好在站内站外反反复复地走,累得走不动了,就席地而坐,看落日、房屋和来来往往的人流,眼里有风景,心里有遐思。孩子准点出站,看到我们很惊讶,说,不用接呀,西安城内的路线,我已搞清楚了呀。我回答说,不用接,但还是接,这是仪式感。人生的仪式感,有一回,就要体验一回。

我们西安人就是实在

第三天。

"我们西安人就是实在!"

"是送孩子上学的呀?"

"家长们都买过我的肉饼吃,味道不错呢。"

"现在人不多,多的时候你没有看到哟。"

这声音来自大学围墙外一个小铺面的胖胖的老板娘。她看起来很有亲和力。她边递出纸包边寒暄。铺面外挤满孩子和家长。

买了肉饼、煎饼和豆浆。环顾四周,没有桌子板凳。老板娘看出我的心思,笑着说:"台阶下的穿堂有凳子,但你们这么多行李,搬上搬下很不方便喽。"

我问:"就放这里,安全吗?"我有意去穿堂里吃。

"安全倒是安全,"她说,递给一位顾客肉饼,"不过走下去太麻烦了,就坐在水泥牙子上吃吧。"

她指着房子侧面,又笑容灿烂地补充说:"坐在水泥牙子上吃,省事——我们西安人很实在。"

吃完早餐,妻子在南洋书院外照看行李,我和孩子去报名、体检、安排宿舍、注册,花了好几个小时。然后,妻子帮孩子整理床铺、柜子、桌子,我则用扫码付款洗衣机洗衣服,还不时陪孩子去超市购物,脸盆、桶、凉席、晾衣竿、农夫山泉,总之是买买买,买齐孩子的必需品。

不知不觉就到了中午。我对孩子说,中餐就到学生餐厅去吃,不去外面吃了。孩子说好。餐厅叫梧桐苑,高端大气上档次,菜肴丰富,水陆毕陈。我点了一碗饸饹面。据说这种面条是用饸饹床子的圆眼压出来的。端上来看时,面条很粗,一个煎鸡蛋和几块牛肉覆于其上,爽眼、香气逸鼻,美味可口。

下午,孩子领了军训服。穿在身上,英姿飒爽。

西北有高楼,高楼重交通

第四天。

妻子记满了给孩子带的或买的东西:风扇、台灯、插板、香皂盒、拖鞋,等等,生怕落下一样需要的物品。退房时还在想,是否有什么东西忘买了。

孩子早早起了床,在校门口等我们。在康桥苑吃早餐,煎饺蒸饺轮番上,吃得津津有味。吃完早餐,又说了一会儿话。我知道此刻,这个怀柔致远的城市就在我眼前,几个钟头后,这个历史与时代交织、梦想与现实激荡的城市,就只能萦绕在我的脑际了。

孩子走出校门口送我们,妻子帮我拍了我和孩子的合影。合完影,离别的时刻到了,我想让孩子进去了我们再走,就嘱咐他走进校门。他走几步回头看我们一下,渐渐地,孩子走出了我们的视线,融进了这座象牙塔的人群之中。有一句流行语叫作"孩子走出了视线,但走不出思念",用在这里真是太贴切了。

我对妻子说,以前,这座城市,在我心里只是个地理名词,遥不可及,现在似乎近在咫尺。妻子意味深长地说,孩子长大了,世界就变小了嘛。我说还有,受一首歌《我家就在黄土高坡》的影响,以为西北地区都是满眼黄土,草木不长,风一吹飞沙走石。实地一看,跟我们那里没有太大区别,照样是绿水青山云淡风轻。

一位名人说,这所城市的这所大学,就是西北的高楼。至于何以名为交通,那就是,天地交而万物通也,上下交而其志同也。在这个魅力无限的城市,在这座光华普照的高楼,孩子开始追求自己的梦想了。唯愿孩子含英咀华,吸萃扬芬,不畏浮云遮望眼,不听穿林打叶声,坚守自己的诗和远方。

(载于 2020 年 7 月 13 日《张家界日报》)

张四季的微笑

◎ 胡少丛

·胡少丛·

湖南省作家协会会员,著有《铭记武陵源》《诗意旅程》《梦萦三千峰》等。

　　张四季是我联系的一个建档立卡贫困户。6年前,我就与他家结下不解之缘。他家住在武陵源区中湖乡檀木岗村屈家岗组,距离中湖乡集镇不到10分钟车程。他家屋后有一棵高大的古树,生长在公路边的悬崖之上,几里之外就能远远望见,可以说是他家的天然地标。那是一棵南酸枣树,树龄超过两百年。它像一把巨伞,荫蔽着张四季这个贫困的家庭;它又像一位历史老人,见证着张四季一家的变迁。

　　2015年初,武陵源区启动精准扶贫工作。我们区政协机关作为牵头单位,被安排到中湖乡檀木岗村开展精准扶贫,还先后安排区国税局和区卫健局来协助。这个村共有100多个建档立卡贫困户,我们区政协机关干部每人分配了6个建档立卡贫困户。我联系的6个建档立卡贫困户,其中就有张四季。

　　从那棵古老的南酸枣树下经过,第一次走进张四季家,我就感到精准扶贫工作"压力山大"。张四季当时还不到60岁，瘦高个，瘸着腿，佝偻着，拄着一根拐杖，恰似土家农人的旧犁辕。他头发稀疏，一张瘦削的脸上挂满愁容，看起来比他实际年龄大了10多岁，就像一个糟老头。从张四季的外表，我就能感受到他生活的压力。之前，我就听村干部对张四季家做了介绍，这是一个残疾人家庭。张四季是听力三级残疾，下肢四级残疾。他的妻子是听力二级残疾。他的女儿已经出嫁；他的儿子23岁，在广东打工。我无法与张四季正常交流，只能把要问的问题写在纸上。张四季和他的妻子虽然耳聋，但都是初中文化，能读能写，真是天无绝人之路。

我在纸上写道："你家生产情况如何？生活上有哪些困难？"张四季看了我写在纸上的文字，然后就滔滔不绝地说了一大通。他的意思是说，他家有三亩多田地，平时种些玉米、红薯、黄豆之类；此外，还养一些鸡，有时一年养一头猪。他的主要困难是房子漏雨，客厅有一面墙开裂了。我专门查看了他家的房屋，是砖混结构，上下两层，大约200平方米。那面开裂的墙，有一条两厘米左右的裂缝，从一楼一直开裂到二楼，大约五六米长。

回到檀木岗村部，我向村干部说起了张四季家房屋墙体开裂的事。村干部说，张四季家现在的房子是几年前村里帮他家修的，他家以前的房子在一个狂风暴雨的夜晚垮掉了。那天晚上，他家就张四季一人在家，他幸好睡在一个谷仓的旁边，否则就有可能被垮塌的房屋砸死。他家客厅的一面墙裂缝的原因是墙的基脚稍有点下沉，但是已经好几年没有什么变化了，应该稳固了，不会继续开裂。

贫穷总是有原因的。张四季家的贫穷，主要是因为张四季夫妻俩都是残疾人，儿子还没有成家，再加上家底薄。据说，张四季的父辈也是很贫穷的。张四季一共有六兄弟，他排行第四，因此他父亲给他起名张四季。

人生如四季，总有丰收的季节。

通过兜底扶贫、产业扶贫、教育扶贫、健康扶贫、生态扶贫等一系列措施，仅两年时间，武陵源区就在全省率先宣告脱贫。张四季一家享受到了低保、困难残疾人补贴、重度残疾人护理补贴、区级产业分红、乡级产业分红、家庭产业补贴、生态公益林补贴等一系列精准扶贫政策，这些扶贫政策带来的收益，加上他儿子外出务工收入，2016年底，他们家庭总收入达到4万多元，人均收入有1万多元，远远超过脱贫标准。张四季终于迎来他人生的第一次最大收获。

2017年以后，中湖乡檀木岗村仍有70多户脱贫巩固户和跟踪服务户。张四季属于脱贫巩固户，我继续联系张四季家。

按照精准扶贫政策标准，张四季家已经脱贫了，但是他们一家人在心理上依然没有"脱贫"。张四季多次对我说："胡主任，你要是帮助我们家把房子翻修好了，我们就真正脱贫了。"

按照武陵源区住建部门的鉴定，张四季家的房屋属于B级危房，不属于翻修重建的范畴。但是，由于张四季家的房屋是用水泥砖修建的，内外都没有刷白，屋顶盖的是小青瓦，容易松动漏雨，年长日久，整个房子黑魆魆的，给人的感觉很陈旧，再加上他家客厅的一面墙又有一道长长的裂缝，总是给人以破败之感。这无疑与张四季一家心中渴望的体面而美好的生活还是有很遥远的距离。

我将张四季家的房屋陈旧、有安全隐患的情况，以及张四季一家人心理上未脱贫的问题多次向村干部反映，希望得到他们的帮助。我担心的既不是张四季家生活保障问题，也不是以后迎"国检"问题，而是担心张四季儿子因为房子陈旧且有安全隐患，如果自己无力整修，就有可能影响到他成家。如果村里不帮助解决这个问题，以张四季一家目前的收入水平来看，仅能维持温饱生活，却无法解决整修或重建房子的问题。这样，张四季的儿子就很难把媳妇娶进门。张四季的儿子已经28岁了，如果再不抓紧时间，一旦成了大龄青年，就很难找对象。如果他儿子不能"脱单"，那么贫困就会在张四季家造成"代际传递"。听了我的这些分析，村干部觉得有道理，也体谅张四季一家的难处和苦恼，但是又总觉得心有余而力不足。

今年初，我跟单位领导汇报，要求给张四季家的房屋进行加固和整修。单位领导表示同意，说先跟村干部协商一下，共同向区住建部门争取提高扶贫政策标准，并要我给张四季一家做思想工作，要他们家同意这个方案。最后，村里争取到3万元经费，准备对张四季家的房屋进行加固处理和内外墙粉刷。我给张四季一家也做通了思想工作，他们同意按村里的方案施工。

张四季家房屋的加固和整修工程于5月初动工。6月初，当我照例走访张四季家的时候,那栋陈旧的房屋已经整修一新。房屋屋顶已经做了防漏处理,小青瓦换成了大琉璃瓦,房屋基脚也做了加固处理,墙体裂缝修补好了,内外墙全刷成了白色,屋里还吊了顶,整座房屋内外仿佛新建的一样。我走进屋里时,张四季已经是满脸微笑。这是我第一次见到张四季露出这般幸福的笑容,好像见到铁树开花一般稀罕。微笑是需要力量的。我坚信,张四季已经从精准扶贫政策中获得了生活的力量。张四季微笑着说:"感谢党!感谢政府!感谢胡主任!"我也笑着说:"不要感谢我。要感谢党的精准扶贫政策!"当然,我说了也白说,他根本听不见我在说什么。我只是听见他还在不停地重复着先前说的那几句话。

张四季一家终于实现了物质和精神的"双脱贫",再加上他儿子"脱单"也有希望了。想到这些,我心里着实很高兴。我不禁给张四季的儿子打了一个电话,告诉他家房屋已经整修一新。他很高兴,我听出了他的欣喜之情。我说,你好好工作吧,下次一定要找个女朋友带回家。

我离开时,张四季一瘸一拐地赶到门外对我说:"胡主任,我家房子整修好了,我们全家都很高兴。我想赈个酒,您看行不行?我想请您和其他扶贫干部、村干部和亲戚朋友,一起喝杯喜酒。"我赶紧说:"不行!绝对不行!现在城区和农村都禁止随便赈酒。"我边说边斩钉截铁地摆手,做着否定的手势。他看懂了,然后悻悻地说:"不准赈酒啊!那就算了。"我理解张四季的一片好意,但我只能在心里默默祝愿,他们一家能把对党的精准扶贫政策的感恩化为对创造未来美好生活的强大动力。

站在张四季家屋后,我回望张四季整修一新的房屋,又仰望眼前那棵百年南酸枣树。古老的南酸枣树伟岸而挺拔,绿荫如盖。张四季家的房屋掩映在一片树丛中,旧貌新颜。6年来,我经常在此驻足,而只有此时才第一次发现眼前竟呈现一道美丽的风景。

(载于2020年9月2日《张家界日报》)

躲抢犯

◎甄钰源

　　湘西大山深处的王家田村，是父亲的出生地。70年前的1948年，父亲5岁。
　　1948年的那个夏天，5岁的父亲经历了他这辈子最难忘的事——躲抢犯。恐惧和饥饿已深深地刻在他童年的记忆里。
　　在湘西这块充满野性的土地上，活跃着大大小小数百支土匪队伍。由于这些土匪经常进村抢劫财物，人们便习惯把他们叫作抢犯。小时候在火炕边听奶奶讲得最多、最惊悚的故事，便是她带着父亲躲抢犯的经历，只要提起这段往事，奶奶可以连讲三天三夜不歇气。
　　奶奶是邻村大户人家的姑娘，不仅心灵手巧还会唱山歌，说媒的人把她家的门槛都快踏平了。少女时的奶奶身材苗条，一双长辫子黑油油地垂在胸前，笑起来脸上有两个小酒窝。16岁时被八抬大轿风风光光地抬进了爷爷家的吊脚楼。自此，村里最气派的吊脚楼、数百亩的水田和山林就有了新的女主人。奶奶嫁给爷爷后，不

·甄钰源·

中国散文学会会员，湖南省作家协会会员，湖南省诗歌学会会员。

但孝敬长辈、和睦亲邻,家务事也打理得井井有条,在村里口碑极好。农闲的时候,爷爷就会出山做点儿小生意。别看爷爷个子瘦弱,长得又白净斯文,身上还一股书生气,做起生意来,却头头是道。他将山里的麻布、腊肉、笋干、棕叶等带去常德,再换上布匹、铁器和日用品回村里来。夫妻俩把小家经营得红红火火,家境也日渐富裕。

湘西山高林密、巫风兴盛。每个村寨的祭祀、驱鬼、许愿、还愿、治病、占卜、丧葬等活动都由土老司掌管。如家里一帆风顺,便会请土老司在特定的日子里隆重祭神;但凡家里出了点什么不顺心的事,必定会去找土老司用巫术驱鬼,打整打整才安心。

父亲是家里的长子,又是家族里的长孙。整个家族对父亲的出生都非常重视。刚过"洗三"就请了土老司来家里排八字。

土老司往堂屋的八仙桌旁一坐,拿出长烟杆装了一袋草烟。先猛吸一口,再慢悠悠地吐出一缕烟来,问道:"你家儿子什么时候出生的?"爷爷赶紧报上父亲出生的时辰。土老司伸出五根瘦骨嶙峋的手指,嘴里子丑寅卯地念叨着,排算了一炷香的工夫,一时脸色严峻,竟不再出声。

"怎么样?这命好不好?"

"你这儿子八字恶呢。"

"是不是命不好啊?"

"有点不好养。"

"有办法打整没?"

"打整的办法倒是有,但是不容易。"

然后这样那样地指点了一番。于是爷爷便请了锣鼓开道,抱着父亲着人用轿子抬了挨家挨户地去乞讨。原来,土老司要爷爷用从一百户人家中乞讨来的碎银打一把"百家锁",再把父亲的生辰八字写在红纸上,和七粒米、七片茶叶一起放进锁里面锁起来。便可消灾免祸,保佑父亲长命百岁。

1949年的6月,秧苗刚刚栽下田,就传来了土匪张月风四处抢掠要打簸箕界的消息。这簸箕界地处官地坪,与湖北走马交界,地势险要,是个三不管的地方,各路抢犯们脑壳磨尖都想霸住这座山。当时人们听到张月风的名字就像见了鬼似的,晚上小孩子哭闹,只要当娘的一句:"再哭,再哭就喊张月风把你捉去！"小孩子便躲到娘的怀里大气也不敢出了。

抢犯们最喜欢"抓壮猪"。"抓壮猪"就是绑票。他们专拣大户人家下手,绑一票的收入最少也是100块光洋起底,上不封顶。5年前,我爷爷的母亲就曾经被张月风的人抓过壮猪,当时花了150个光洋才赎回来。由于惊吓过度,我太奶奶被赎回后不到半个月就去世了。这件事之后,爷爷就恨死了那些抢犯,心里一直想着要报仇,终因势单力薄而不了了之,只好寄希望于当时的国民党政府。

张月风是洪家关海龙坪人氏。他要打官地坪,王家田是必经之路。村子里的其他人听说抢犯要来了,都拖家带口、牵猪赶牛地躲到二垭山上去了。种苞谷的人说,二垭山上有好多天坑,躲在里面不易被发现。

爷爷知道抢犯要来的话,我家绝对又要遭殃。他最担心的不仅是家人的安危,还担心抢犯们丧心病狂地放火烧屋。人可以躲起来,房子却搬不走。他让长工二佬和三宝把所有的粮食用坛子装好,分别埋在地下面。什么水缸下、灶台前、床下、晒谷场的树下,就连猪栏边也埋了几袋子腊肉。最后剩下鸡、鸭、猪羊没有办法带走。奶奶心想,与其便宜了那些抢犯,还不如放它们上山,让它们自生自灭或许还能有一条活路。于是,把家里的鸡、鸭、猪羊全都赶进了屋后的大青树丛中。

藏好东西,带着一双年幼的儿女躲到哪里去,又成了个更伤脑筋的大问题。

当时父亲正和我姑姑在晒谷场旁边开开心心地摘李子吃,年幼的父亲并不知道他马上就要过上逃亡的生活了。

爷爷和奶奶商量良久,最终决定到慈利县城躲一阵子。毕竟那里驻有团防,再说去慈利的那条路爷爷做生意时经常走,熟得很。那张月风一心要打官地坪,只有离开官地坪才可能逃脱一劫。他胆子再大也不敢抢到县城里去吧。

于是,把一些吃穿用品用几个背笼装了,一行六人在爷爷的带领下急急忙忙往慈利出发了。按照事先定好的路线,第一天晚上赶到水田坪住。再经过向家坪、走马坪、竹叶坪、江垭,大概6天的时间便可以到慈利。

一伙人从甄家峪取道自生桥,上麻垭。只要翻过麻垭就到水田坪了。在路上碰到几个行色慌张躲抢犯的人,问及张月风的动向,都说已经抢到了芙蓉桥。抢犯们见东西就抢,碰到稍有反抗的,就烧他们的屋、霸他们的妻。

麻垭在当时也算是个热闹的地方。烟馆、赌馆、伙铺(饭馆)、妓院样样都有,是湘西北进鄂入湘必经之地。直到近两年我才知道,麻垭有十多里的茶马古道,为来往的商家提供了无限的便利。抢犯要来的消息丝毫没有影响到抽烟、赌博的人们。二佬背着父亲走到半山腰的赌馆前看到有人到"搬十三"(一种用五颗铜钱玩的赌博游戏),心里痒痒的,就一个劲儿地喊腰痛:"我实在是走不动了,你们先走,我歇会儿了赶你们来。"

谁知这一别竟是四十几年。大家都以为二佬被抢犯杀了。哪晓得这二佬和爷爷他们走散以后被国民党抓去当兵了,后来又辗转去了台湾地区。直到1991年回王家田给我奶奶送了好大一个金戒指才晓得他还活着。这都是后话。

一伙人赶到水田坪时,天已经完全黑下来了。村子里黑灯瞎火的,家家门户紧闭,连狗叫的声音都没有。看样子,水田坪的人也不晓得到哪里躲抢犯去了。这年月,匪患遍地!大家只好在村外的牛栏里过夜,父亲当时太小不懂事,只喊肚子饿,嚷着要吃糯米饭。奶奶心疼不已:"乖宝儿,莫闹,把张月风闹来就糟了!跟你泡炒米吃,比糯米饭好吃得多。"有道是,在家百日好,出门时时难。大伙儿也顾不上太多,就着牛栏里的稻草和牛粪用小耳锅烧了点儿开水,一人泡了碗炒米充饥。

天刚刚麻麻亮,众人就上路了。今天的路较之昨天的路要难多了。从黄山峪到麦地坪,要翻一座叫九十九尖的大山。山高林密,常有五步蛇、野猪、狗熊等出没。大家提心吊胆地走着,前怕猛兽,后怕抢犯。爷爷家的两个长工走掉了个二佬,只剩下三宝。三宝和其他大人都要背东西,父亲没有人背,只好自己走。刚开始还挺新鲜的,和妹妹俩采花摘果玩得特欢,竟然把鞋子也跑掉了一只,脚上磨起了好几个大血泡。父亲赖在九十九尖的半山腰上一边打滚一边哭,无论大人怎么哄,再也不肯走半步。直到奶奶从衣服上撕了块布帮他把脚缠上了,这才苦着脸勉强和大人们一起赶路。一伙人赶到向家坪的时候,太阳已下山。

一个个筋疲力尽、衣衫不整。手上、脸上都被芭茅划了好多血口子。向家坪也是人去楼空,村里死一样地寂静,偶尔能听到几声乌鸦的叫声,让人身上一阵阵发冷。看着这情景,几个大人不禁对后面的路担忧起来。爷爷找了户前对大路背依山的人家,让大家靠着板壁过夜。父亲缩在奶奶的怀里再也不敢闹了,什么都没吃就睡着了。

半夜,只见远处火光冲天,并伴随着阵阵马蹄声,爷爷忽然反应过来,赶紧叫道:"肯定是抢犯来哒,咱们快往山上跑!"爷爷拉了奶奶的手低声道:"咱一屋人不要跑散了,都跟着我。"爷爷一手抱着父亲,一手拉着奶奶,奶奶又牵了我姑姑,一家四口跌跌撞撞地往山上的林子里跑着。三宝背着一背笼吃的东西跟在后面。火光越来越近了。奶奶踮着一双小脚实在是跑不动了,她哭着对爷爷说:"汝宣,你跟娃儿几个先跑,莫管我,我实在是跑不动哒。"爷爷不容置疑地说:"莫啰唆,咱一屋人要死要活都要到一起!"又对三宝说:"你带着他们姐弟俩先往上爬,我马上就跟来。"爷爷跑向奶奶正准备去拉她,脚下一滑,"哎哟"一声滚下去了。奶奶大惊:"汝宣,你要不要紧啊?莫吓我啊!"父亲一听爷爷掉到沟里去了,"哇"的一声就哭了起来。奶奶赶忙爬过去用手捂住父亲的嘴焦急地问:"汝宣、汝宣,你怎么样了?"

"哎哟!我的左腿动不了了,可能摔断了。"

"汝宣,我这就下来,你莫急。"

"莫来!我不要紧,都趴下,让抢犯发现就糟了!"

"三宝,你下去看看。"

奶奶又连喊了几声,依然没听到三宝的回答。由于天黑,爷爷他们并没有跑多远,离大路也不过一两百米的样子,抢犯们说话的声音都听得到。奶奶吓得身子发抖,用手紧紧捂住父亲的嘴,生怕父亲哭闹。抢犯们在村子里闹了一阵,翻出了一些村民们藏的东西,放火烧了几间房子,骑上马吹着口哨走了。

好不容易挨到天亮。这才发现爷爷掉下去的地方,有现在的三层楼那么高。奶奶赶紧在山上寻了一些蒿子,用石块捣烂,又和了些口水,敷在爷爷的伤腿上,然后,从衣襟上撕了几块布条包了。

奶奶扶着爷爷慢慢地挪下山。村子里一片狼藉,空气中弥漫着一股烧焦的味道,有些地方还冒着黑烟。一家人茫然地在村子中移动着脚步,奶奶寻了一根"Y"字形的茶树棍让爷爷拄着。爷爷拄了拐杖,四下张望着,希望看到三宝背着背笼从山上下来的身影。所有吃的东西都在他的背笼里呢。可等了一杯烟的工夫连个影子也没见着,爷爷估摸着他应该是朝前走了,说不定在走马坪等他们。于是决定还是按照原计划继续到走马坪去。

由于受到了昨晚的惊吓,爷爷他们再也不敢走大路了,专拣那山上的小路走。父亲似乎也一下子长大了许多,脚上的泡磨破了,走一步就钻心地痛,他也不敢哭闹,只惶恐地随在父母的身后机械地往前走着,生怕自己的哭闹招来凶恶的抢犯。

六月的烈日无情地炙烤着大地,仿佛一心要热死这一家四口。一家人渴了就喝点山沟里的水,饿了继续喝点山沟里的水。从向家坪到走马坪本来也就大半天的路程,可爷爷伤了腿,一瘸一拐地整整走了一天。

走马坪也早被洗劫一空。空气中充满了浓浓的血腥味,闻到就让人想吐。曾经繁华的街道,静悄悄的,没有一个人影,只有受惊的鸟扑腾着翅膀。浓浓的夜色像墨汁一样泼在走马坪的上空,压得让人喘不过气来。爷爷那只受伤的腿已经肿得发亮,父亲的一双小脚也满是血迹和泥巴,强烈的恐惧让他不敢掉一滴眼泪。一家人呆呆地站在走马坪的街道上,不知何去何从。

爷爷试着叫了几声三宝,却没听到任何回应。奶奶说:"别叫了,肯定早跑了。"爷爷沉吟半晌:"咱们今天只好在走马坪唱一出'空城计'了。"于是,他领着家人找到了以前经常投宿的来福客栈。客栈的大门并没关,在夜幕下就像一张巨人的嘴,仿佛要吞噬掉一切……一家人摸黑进了屋,才到天井边,一股刺鼻的血腥味就扑面而来。父亲摸着板壁小心地朝里走着,一不小心被什么东西绊了一下,整个身子猛地往前一扑,摔了下去。伸手一摸,竟然是一个人,浑身冷冰冰的,已死去多时。父亲恐惧到了极点,不管不顾地哭了起来。一向乖巧懂事的姑姑也随着哭起来。奶奶只好把他们两个抱进怀里,轻声地安慰着。爷爷寻了一间靠街边的房子,房间里也有一股怪怪的味道,又累又饿的一家子已经顾不上那么多,摸索着上了床。奶奶低声骂道:"背万年时、砍脑壳死的张月风,我恨不得抽他的筋、剥他的皮!"父亲还在不断地哭着,爷爷也不管他,只要他不大声哭喊就行了。父亲忽然觉得手上黏黏的,闻起来腥腥的,爬到窗边就着微弱的星光一看,"哇"的一声又大哭了起来。父亲手上沾满了污血。看样子那棉被中吸了不少血,奶奶赶紧扯了把床铺下面的稻草把父亲手上的血迹给擦了,连哄带骗地把父亲骗到另一张床上睡了。

爷爷和奶奶商量着明天该怎么走才不会碰到抢犯。奶奶嫁给爷爷前,从未出过远门。嫁人之后,最远也只到过官地坪、马合口。要不是这次躲抢犯,估计她一辈子都不会离开王家田。这次躲抢犯的经历,不但跑了码头,也是她一生中最富传奇色彩的"旅行"。

两人合计了半天,还是觉得按原计划去竹叶坪比较好。于是不再讲话,倒头睡了。天气炎热,爷爷那只伤腿已经发炎,痛得根本睡不着,干脆脱了身上的衣服给我姑姑和父亲赶了一夜的"长脚蚊"。

　　夏天亮得早,才五点多,天就亮明了。爷爷猛地看到对面床铺下伸出来一只脚,不禁吓了一跳,屏住气息又观察了几分钟,见那条腿一动也不动,于是壮着胆子揭开了床单,"哇"的一口就吐出来了,由于这两天没吃什么东西,爷爷也只是吐出来几口黄黄的胃液而已。爷爷不断地干呕着,发出阵阵痛苦的声音。这声音把奶奶给惊醒了:"怎么了?"奶奶着急地问,爷爷半天说不出话来,用手指着床下面。"妈呀!吓死我了!"奶奶哆嗦着:"汝宣,我们赶紧跑吧,我的魂都吓掉了。""莫吵醒两个娃了,等我到外头看看再说。"爷爷终于冷静下来,扯了那床上的床单盖在那人的尸体上,看那人的衣着打扮像是做生意的外地人,圆睁着双眼已死去多时了。而此时的父亲,又哪里知道他竟和一个死人睡了一晚。

　　爷爷瘸着腿出去了,奶奶待在房间里站也不是坐也不是,不知如何是好,在浓浓的恐惧中都快虚脱了。每当奶奶讲起当年那一幕时,她的身体还在轻轻地颤抖。

　　爷爷在外面转了一圈什么也没发现,只好又折了回来。看到客栈的厨房里还有些盐巴,就叫奶奶烧了点水,兑上盐巴清洗红肿溃烂的伤腿,顺便也给父亲清洗了一下被磨破的双脚。用盐水洗伤口,大人都受不了,何况年幼的父亲。父亲被奶奶横抱着,又让姑姑帮忙抓住他的双手。奶奶用一块从床单上撕下来的布条蘸了水轻轻地擦拭着他的脚,一边柔柔地吹着气,一边哽咽道:"乖宝儿,莫哭,就是这挨千刀的抢犯把你害成这样的,你要快点长大,长大拿枪了,抢犯就不敢欺侮咱了。"父亲依然哭得声嘶力竭。客栈里什么吃的都没有。一家人喝了碗盐水,准备出发。天井边,一群苍蝇围着尸体"嗡嗡"地飞着,奶奶不忍心,叫爷爷去房里扯了张床单盖在那人身上,叹息着:"这些人哪个又不是爹妈生的啊?死了都不能入土为安,造天孽啊!"

　　还没走到叶家桥,天下起了暴雨。一家人只得蹲在路边的树林子里躲雨。雨实在太大了,人就像是从水里捞出来似的,浑身上下没一丁点儿干的。爷爷看这样淋着也不是办法,心一横,带头冲出了树林,还幽默地说:"我们一家人反正个个是青皮(穷光蛋),还怕什么雨!到雨中走路还凉快些!"父亲只好随着奶奶在风雨中歪歪斜斜地走着,好不容易走到分水岭,才找到个躲雨的地方。下午两点,大雨终于停了下来,一轮彩虹耀眼地挂在空中。爷爷高兴地说:"你们看,彩虹都出来了,大吉祥!看样子,天不亡我家啊!"

一家人继续踏上去竹叶坪的路程。由于刚刚下过暴雨,地上的积水还没退,有些地方的泥土被雨水一泡,又湿又滑。几天没吃饭的他们根本走不了多远。当一家人深一脚浅一脚地赶到碾子堡的时候,个个都变成了泥人。爷爷的伤势也越来越严重,一家人再也走不动了。靠在一户人家的板壁上你看我、我看你谁也不说话。远处的天空出现了一抹血红的晚霞,整个天空突然像着了火一样,那些恣意变幻的云彩尽情地燃烧着、绽放着……整个碾子堡也仿佛被镀上了一层金光,显得肃穆而神秘。我爷爷他们沉浸在这肃穆的氛围中痴痴地各自想着心事,半晌也没回过神来,父亲忽然说了一句:"阿妈真好看,像菩萨呢!"奶奶披散着满是泥水的头发使劲地扯着身上破破烂烂的衣服不好意思地笑了,爷爷也笑了。姑姑说父亲像只在泥巴水中打过滚的小猪,一家人的笑声划破了碾子堡的宁静,也惊飞了几只屋檐下的麻雀。

由于抢犯的无情肆虐,桑植整个外半县在抢犯的洗劫中伤痕累累,所有的村民都背井离乡躲抢犯去了,偌大一个碾子堡也是家家门户紧闭,幸运的是并没有走马坪的那种血腥场面。眼看暮色越来越重,再要赶到竹叶坪只有摸夜路了。父亲小声说:"爹,我好饿!"爷爷看了看空荡荡的村子说道:"这里的人都不晓得躲到哪里去了,吃的东西也不晓得藏到哪里,我们只有自己想办法了。"爷爷四处看了看,对奶奶下了命令:"你去对门山上的苞谷地里看有长米的苞谷砣没?对门山上好像是种的早苞谷。"又叫我姑去人家的菜园子里看还能不能捡几个洋芋来,再叫我父亲去路边扯了把蒿子,用石头捣了,敷在他快要流脓的伤口上。爷爷找了一家单门独户的小院,叫父亲从"气门"里翻进去打开后门。找到打火石,在火炕里烧了一把稻草,算是去去屋里的霉味。一缕白烟一下子就从屋顶远远地飘了出去,我姑用衣襟兜着几个洋芋兴奋地跑来了,奶奶也大有收获,掰到半背笼嫩苞谷砣,都是一些刚刚长出来的苞米,颗粒还不饱满,一掐就能流出甜甜的浆汁。父亲不管生熟抢过一根苞谷砣就猛啃一气,只到现在,父亲认为世界上最美味的东西就是刚刚出米的嫩苞谷砣。每每回味起来,父亲便咂巴着嘴,一副意犹未尽的样子。

奶奶用这家人的锅把洋芋和苞谷砣都煮了，一家人美美地吃了个饱，吃完这几天最好的一顿晚餐后，奶奶又烧了一锅热水，一家人终于洗了个澡。这户人家看上去过得也不是很宽裕，屋里除了一张床、一个对子柜和一张八仙桌外再没什么家具，床是用木板搭的，床上铺着稻草，并没有看到铺盖，不知是主人藏起来了还是本来就没有。幸好是六月的天气，有没有被子都无所谓，就是有点怕喂"长脚蚊"。不过这也难不倒爷爷，他叫奶奶去屋后折了几段松柏枝放在火炕里用火点了来熏蚊子，一会儿的工夫，不大的房间里就弥漫着阵阵的松香味儿。一家人就在这淡淡的松香味中进入了甜蜜的梦乡，就连爷爷也暂时忘记了伤痛躺在对子柜上睡着了。

这一觉睡得好香啊！直到太阳都出来了，一家人才陆续醒来。父亲伸了个懒腰："爹，我们今天还去竹叶坪吗？"爷爷摸了摸自己那只已经肿得发亮的伤腿道："看样子我今天是走不了啦！再说我们这拖儿伴女的也不是个路，我看我们一屋人不如就躲在这里算了，好歹也有个躲雨、睡觉的地方，顺便也好帮这家人守守屋，你们娘儿仨看要得不？"父亲和姑一听不用再走很远的路去躲抢犯了，一下子就跳了起来，奶奶更是举双手赞成："怪不得，我觉得就像睡在自家床铺上一样的，原来这屋子和我们有缘啊，以后一定要好好报答这户人家。"后来果然因果相报，结了一段奇缘，这些后面再叙。

一家人就着凉开水、头天晚上吃剩的苞谷砣当了顿早餐。父亲吵着要奶奶给他找鞋子穿，大家这才想起父亲的小脚板上连鞋都早没有了。奶奶心疼得不行："把我的宝儿搞作孽哒哟，喊你爹给你打双草鞋穿，哦！莫吵哒。"爷爷突然觉得一家人就这样在屋里待着不是很安全，要是抢犯来了就咋办？就算抢犯不来，碰到这家主人回来也是很尴尬的。"我看这样吧，白天咱们就躲到对门山上去，晚上再回来睡，现在马上就走，莫耽误。"说完叫奶奶从床上拿了把稻草，拄着他的茶树拐棍就出了后门。奶奶把后门轻轻地掩上，一家人爬上了对门的小山坡。爷爷选的这个地方可真不错，整个碾子堡都在视线中，就连那条大路也看得清清楚楚，来个什么小鸡小鸭之类的都看得仔细明白，而且，这个山坡上除了小树林之外，还有大片的苞谷地和几块没有挖完的洋芋地。

爷爷寻了个绝好的藏身之地。前面对着大路的方向是一大垅芭茅，后面是几株大桐子树。桐子树正是枝繁叶茂的季节，自然也就成了爷爷他们的天然"遮阳伞"。爷爷又指挥娘儿仨用松树的落叶和茅草在桐子树下的阴凉处铺了张大软床。一家人舒服地躺在上面,我姑和父亲嘴里嚼着甘甜的茅草根,听着山中小鸟的叫声,数着天上飘过的云朵,那感觉就像是躺在自家屋前晒谷场的谷堆上一样。奶奶情不自禁地哼起了山歌,爷爷麻利地为父亲打着草鞋,神情严肃而专注。

忽然,远处沸腾起来,一家人赶忙趴在地上透过芭茅向大路上看去,只见远远地来了一队人马,有的骑马、有的走路,有的枪上还吊着几只鸡。中间还有四五个年轻女人被反绑着手串在一起。不一会儿的工夫,那群人就进了村子。

骑在马上的头头儿,对手下唤道:"兄弟们,有米拿米,有羊牵羊!"众抢犯"哄"的一声就散开了。"碾子堡的人都他妈死绝了,鬼影都没得一个。"乒乒乓乓地闹了好一阵,爷爷他们大气也不敢出,生怕一不小心就被抢犯发现了。只听那骑在马上的人叫道:"给我使劲搜,翻到什么拿什么!"

"我翻到两块腊肉,还有只猪腿子呢!"

"这个屋里连个蚊子都没得!"

……

"呸!还腊肉、猪腿子,叫你们吃,吃死你们这些挨千刀的抢犯!"奶奶小声地咒骂着,爷爷狠狠地瞪了她几眼,奶奶再也不敢作声了。

那个骑在马上的人并不下马,在马上转来转去地四下张望着。被抓的人由两个抢犯看管着,谁也不敢乱动,生怕一不小心被当成出气筒。猛地一股浓烟冒了起来,"狗日的抢犯,还真烧屋,叫他们不得好死!"爷爷骂道,可身子依旧不敢动弹。忽然,那个骑在马上的人对身边的一个抢犯招了招手,低声说着什么,只见那个人转过头对爷爷他们藏身的地方看了过来,"糟了!莫非抢犯发现我们了?"奶奶害怕得身子发起抖来,声音也变了,"莫作声,莫动!"爷爷低声道。

"都给老子出来,让老子抓到,一个都莫想活!"那个抢犯朝山上使劲地喊着,见没什么动静,就举起了枪,朝爷爷他们这边比画着,"怎么办?汝宣,我们要不要站出去啊?"奶奶焦急地问,"先等等再看,我就不信他们真发现了我们。"父亲已经吓得小声哭了起来,爷爷连忙把他的头按住不让他动。"再不出来我就开枪了啊!"那个抢犯又叫了起来,"叭!叭!"两枪正打在父亲藏身的芭茅前面,溅起的泥巴撒了他们一身。父亲尖叫一声,两手捂着眼睛哭着站了起来。姑姑赶紧去扯他。爷爷奶奶吓得脸色惨白,身体不停地抖着。

"老大果然英明！"只听那人讨好地对骑马的人说道。一家人眼睁睁地看着几个抢犯越走越近，身子却挪不动半分。三百米……两百米……爷爷终于清醒了过来，朝着自己的伤腿擂了一拳，招呼吓得半傻的奶奶把姑姑推进了后面的树林，并低声嘱咐她躲好，千万别出来。

抢犯用枪逼着他们三个跪下。指着爷爷恶狠狠地说："赶紧把身上值钱的东西都交上来。"

"请各位大爷高抬贵手，放过我们仨。我们也是刚刚逃难到这里的，几天都没吃饭了，哪有什么值钱的东西。"

"我看你们这些家伙是不见棺材不落泪！"

"各位大爷，你们看我这条腿，有钱的话，我早去找郎中买药了。"

"我张月凤出门，从不打空手。"骑在马上的人终于开口了。一听是张月凤，爷爷一下就站了起来。他是不可能给杀母仇人下跪的。一个抢犯提起枪托就在爷爷的伤腿上狠狠敲了一下，爷爷惨叫一声，痛得倒了下去，身子不断抽搐着。奶奶和父亲一下子扑了过去，抱着爷爷放声痛哭。

张月凤跳下马，提着父亲的衣领把他拎了起来。父亲吓得立马止住了哭声。奶奶疯了般爬过去抱住张月凤的腿就咬了一口。张月凤一脚踢开了奶奶，嘴里骂了句："死婆娘活得不耐烦了是不是！"两个抢犯一步上来把爷爷和奶奶用手摁住。张月凤把父亲放到一棵桐子树的枝丫上命他站好，然后拔出背后的砍刀对着父亲做出砍头状。父亲呆呆地看着挥刀的张月凤，不敢哭也不敢闹。一众抢犯哈哈大笑起来。爷爷捏紧拳头红着眼，嘴唇被硬生生地咬出了血。奶奶双眼赤红、喉咙急速地滑动着，已经哭不出声音了，拼命地想要挣脱摁住她的手。

张月凤又在父亲的脖子上比画了好几下，刀锋过处，留下一条长长的口子，鲜血一下就渗了出来。父亲痛得浑身一颤，撇了撇嘴却不敢哭出声来。奶奶惨叫一声晕了过去。就在这时，只见张月凤快速地对着桐子树上的父亲一刀砍了下去。伴随着树枝断裂的声音父亲直挺挺地从树上倒了下去。爷爷双眼一黑也晕了过去。张月凤跳上马狂笑不已："兄弟们，闪人！我们到竹叶坪逮酒去啊！"

"到竹叶坪之后我们又到哪里发财去啊？"

"莫管门多，哪里有好吃的我们就去哪儿，哪里有乖妹子我们就到哪儿。"

"噢！噢！"众抢犯们一片欢呼，一伙人朝竹叶坪扬长而去。

原来这张月风在官地坪簸箕界打了败仗,被赶上了黄山峪。他与手下人一合计,决定干脆去慈利捞票大的,再回海龙坪。

直到大路上看不到一个人影、听不到一点声音了,姑姑才哭着跑出来。姑姑也不过十来岁的小姑娘,刚才这一幕全被她看在眼里,不免又惊又怕。她一会儿摇摇爷爷、一会儿推一下奶奶、一会儿又摸摸父亲,见他们都没动静,哭得更惨了,长一声短一声地唤着:"爹……阿妈……姥姥哎!"被她这一哭,爷爷和奶奶慢慢地醒了过来。父亲躺在一摊血泊中一动也不动,这血已经被太阳晒成了褐红色。奶奶扑过去一把抱起父亲大放悲声:"宝儿哟!你就这么走了,阿妈也不活了!你莫怕,阿妈来跟你搭伴!"爷爷也慢慢爬了过来,一家人抱在一起,恸泣不止。

"阿妈,莫哭。"恍惚中,竟听到父亲细细的声音从奶奶怀里传了出来。奶奶愣了一下,用手肘碰了下爷爷:"汝渲,你听到宝儿喊我了没?我们这是在阴间吧?"爷爷用手使劲拧了一下那条没受伤的腿,痛得哼了一声,狂喜道:"宝儿没死,他活过来哒!"

原来,那张月风拿刀砍的是桐子树,并不是父亲。他只不过是想看他们被吓得魂飞魄散的样子而已。至于父亲身下的那摊血,是他从树上掉下来后摔破脑袋流的。

一家人在那棵桐子树下一会儿抱头痛哭、一会儿又你看我、我看你痴痴地傻笑。眼看天就要黑了,爷爷终于恢复了理智。他跟奶奶认真地分析了下眼前的局势:张月风既然去了慈利,三五天之内肯定不得转来;官地坪他们也去了,长时间内也不会再去。所以,王家田才是最安全的地方。他们还有什么理由再外逃难呢。于是决定第二天一早就回家。

一家人悄悄地回到那个房子里歇下了。第二天清晨,奶奶就叫醒了父亲并给他穿上了爷爷连夜打好的草鞋,塞给他一个刚煮熟的苞谷砣。父亲惺忪着双眼被姑姑牵着、奶奶背着一背篓嫩苞谷砣扶着爷爷还没走出院子,猛然听到"哞"的一声牛叫,一下惊呆了。眨眼间,一条大水牛就来到了跟前。准确地说,应该是两个大人、一个骑在牛背上的小女孩。他们看到院子里衣衫不整的四个人也是满脸的诧异,男人客气地问道:"你们是哪里的人啊?怎么会到我屋里呢?"

163

"我们是从王家田来躲抢犯的,是好人,这是我婆娘和小孩。"爷爷赶紧上前解释道:"我们一家人在你屋里歇了两天,你看一下,什么都没拿你的。"

"哈哈,除了这几面墙,我屋里哪有什么东西哦。"

奶奶不好意思地放下背篓用手指了指:"这一背苞谷砣是对门山上那块地里的,孩子们太小了,不经饿,我就……"

"没得事呢,都是养儿养女的人,你就当是自家屋里的,随便点。"女主人拉着奶奶的手安慰道。男主人亲热地拍了下爷爷的肩,豪爽地说:"既然都到我屋里了,那就是客,是天大的缘分,不能就这么走了,怎么着也得吃顿饭了再走。"

小女孩一点也不怯生,拉了姐弟俩就去玩"跳房子"。

男主人从院子里的枇杷树下挖出了米和腊肉,又变戏法似的从梨树上的鸟窝里摸出了一壶酒。做饭是两个女人的事,两个男人则坐在院子里拉家常。原来,这家人姓杨,女儿小叶刚刚5岁,碰巧的是,他家居然有治疗外伤的祖传秘方。两家人久违地吃了顿饱饭。饭桌上,两个男人已开始称兄道弟,大有相见恨晚之势。酒后,几大包草药已准备好,父亲和小叶的亲事也定了下来。临走前,还约好了八月十五去王家田"看家门"。

一家人又辗转了好几日,才回到了王家田。十几天的逃亡生活终于结束了。

村里一切安好。那些躲在二垭上的人早就回来了。大青树丛中的猪呀、鸡呀也活得好好的。奶奶把埋在地下的肉和米全部挖出来拿到太阳底下晒。对门坡上,晒谷场上都晒满了白晃晃的米。这耀眼的白,在四方八邻的乡亲们口中沸腾了好些日子。

长工三宝却一直没有回来。三宝是太爷爷在世的时候收留的孤儿,在我家生活了十几年。一个大活人就这样不见了,村里说什么的都有。有说被抢犯杀了的,掉天坑里的,还有人指天指地地说他肯定是到人潮溪当了上门女婿……后来,爷爷又托人在外面找了好几次,依然是音信全无。

1949年7月31日,慈利解放。

1949年10月16日,桑植、永顺解放,土匪张月风被剿。

生活在这里的人们从此不用再过躲抢犯的日子了。只是经历了那场躲抢犯,父亲的百家锁也不知所终。

(载于2020年第2期《法治人生》)

醉美大鲵小镇

◎陈俊勉

·陈俊勉·

湖南省作家协会会员,桑植县作协副主席。

一个秋日的周末,一朋友打来电话:"登牛角尖去!"

这牛角尖,早就耳熟能详,它是天星山脉的主峰,王家界广播电视转播台就建在山巅。听说这儿"一览众山小",风景好美,早就想上山去看看,只是一直没机会,朋友的邀约正中我的下怀。

从桑植县城出发,途经张桑高速公路出口和刘家坪,约莫半个小时车程,我们一行数人便来到玉泉河畔的实竹坪。实竹坪,地处洪家关白族乡东北部,背倚王家界北麓。玉泉河是湖南四大水系之一澧水的支流,贺龙故居就坐落在10公里外的玉泉河畔。

说是登山,其实是以车当步。由山下至山顶,早先就修通了公路。虽然没找到登山的感觉,但沿途层林尽染的秋色,却让我们应接不暇,心旷神怡。大约十几分钟后,汽车就爬上了牛角尖。

站立山巅极目远眺,周围的卧云界、四望

山、西界等大山尽收眼底。目光所及,层峦叠嶂,逶迤起伏,连绵不断,仿佛天地间腾起的一道道绿色波涛。桑植县城区、黔张常铁路桑植高铁新区、贺龙元帅故居洪家关、红二方面军长征出发地刘家坪,依次掩映在万顷碧波之中,在这块古老而神奇的土地上,沐浴着温暖的秋日阳光,焕发出一片盎然的生机。

千百年来,气势磅礴的卧云界,见证了毕兹卡山寨的兴衰交替和喜怒哀乐。东汉时期,朝廷繁重的贡赋压得土民喘不过气来,民怨载道,起义不断。东汉光武年间,桑植土家领袖相单程,率领土兵,扛着土枪土炮,翻越卧云界,旋即占领充县县城,并长驱直入,将矛头直指武陵郡府。东汉朝野为之震动,刘秀皇帝先后派刘尚、马援等大将军前往镇压,但均以失败而告终,唯留下了马援"马革裹尸"的著名历史典故。

更巧合的是,相单程大败马援1800年后,卧云界一侧的玉泉河畔,又一位白族血性男儿,愤世嫉俗,从两把菜刀砍盐局开始,讨伐军阀,挥师北伐,几乎沿着相单程的足迹,转战于桑植、慈利、石门、澧州一带,并曾担任澧州镇守使,他就是为中华民族独立和国家解放建立了不朽功勋的贺龙元帅。

沧海桑田,世事变迁。今天,卧云界再次见证奇迹发生。相单程当年艰辛跋涉、最终抵达的武陵郡府所在地,贺龙元帅曾经战斗过的地方——常德,正是新建黔张常铁路的终点站。如今,南来北往的中外游客,乘坐高速列车,从大都市来到桑植观光旅游。而位于洪家关和刘家坪交汇地带的实竹坪村,凭借良好的区位优势、优美的生态环境和浓郁的白族文化,成了众多游客的首选目的地。他们慕名来到实竹坪大鲵生态小镇,体验白族风情,感受大鲵文化,观赏珍稀植物,然后带走张家界西线旅游最美的记忆。

中午,我们从牛角尖下到山麓,正好遇到一位外地来的游客,他兴奋地告诉我们,实竹坪距红二方面军长征出发地和贺龙故居都很近,他们上午在刘家坪参观完红二方面军长征纪念馆,开车来这里只十几分钟就到了。他说,就是冲着这里浓郁的白族风情和大鲵生态文化而来的。

桑植是全国第二大白族聚居地,白族为桑植县第二大少数民族。1984年6月,国家民委、湖南省民委正式认定桑植"民家人"为白族,其族源为云南大理。

宋末元初,被蒙古大汗蒙哥之弟忽必烈遣散的"寸白军",其中一部冲破重重阻隔,返回云南。谷均万、王朋凯、钟千一、熊再时等人,因同系"寸白军",又属姻亲关系,便邀约向西迁徙,再返回云南。因路途遥远,关山阻隔,他们"溯长江、渡洞庭、漫津澧、落慈邑",最后来到桑植县马合口一带,见这里山清水秀、民风淳朴、宜居宜耕,便解甲归田,繁衍生息,日益兴旺,至今历时700余年,其后裔主要分布于桑植县洪家关、刘家坪、芙蓉桥、马合口、麦地坪、走马坪6个白族乡。

实竹坪,原名熊家坪,隶属洪家关白族乡。因该村溪岸沟谷、房前屋后生长一种实心的竹子,故名实竹坪。走进实竹坪白族村寨,映入眼帘的是一幅清新淡雅的水墨山水画。青瓦白墙,小桥流水,绿树繁花,鸟语花香,令人赏心悦目。白族崇尚白色,其建筑以白色为主调,走进实竹坪村,"粉墙画壁"的白族民居依山傍水、鳞次栉比,格外吸引眼球。殿阁造型的门楼飞檐串角,精美的格子门雕刻工艺精湛,墙面上各种动植物图案造型千变万化,多层次的山水、人物、花鸟、虫鱼栩栩如生,它们均由白族艺术家和工艺师精心创作完成,具有较高的艺术价值。

依托良好的地理、生态环境和深厚的文化底蕴,实竹坪村着力发展乡村旅游,打造白族文化品牌。一条长1300米、宽12米的白族文化风情休闲街,正在紧锣密鼓建设之中。现已修建完成白族风格房屋44栋1.5万平方米,其中民宿客栈5栋450平方米。我们好奇走进正在装修的客栈内,几位白族匠人忙得满头大汗,富有白族风格的房内装修设施已具雏形。

大鲵,是世界上现存最大,也是最珍贵的两栖动物,因为它的叫声极像婴儿的哭声,故又被称为"娃娃鱼"。因大鲵具有较高的经济价值,曾一度出现过度捕捞现象,其生态环境每况愈下,野生大鲵资源逐渐枯竭,甚至濒临绝灭。21世纪初,随着国家对大鲵人工驯养繁殖政策的开放,大鲵产业不断兴起,实竹坪村适宜的气候条件和天然地下水系,为大鲵的栖息和繁衍提供了优越的生态环境。

随着国家政策的逐步放开,实竹坪村充分发挥得天独厚的地理和气候优势,从大山内开凿一座宽5米、高4米,长3.5公里的大鲵养殖隧道,从地下暗河引出水源,修筑一座容积5000立方米的水坝,在隧道内建造5横4纵养殖基地,养殖水池总长度达8.4公里,可常年养殖大鲵200万尾,成为中国大鲵重点养殖基地。

大鲵养殖隧道建成后，实竹坪村又把目光投向更高更远的地方，经过深思熟虑，该村决定以白族文化资源为依托，突出大鲵品牌资源，着力打造国内外知名的大鲵生态小镇，将其建设成为张家界西线旅游最具魅力的旅游目的地。

桑植县委县政府对此高度重视，从政策层面上给予倾斜，大力支持；从项目规划上统筹兼顾，优先申报；从外部环境上大开绿灯，切实保障，为实竹坪村旅游发展奠定了坚实基础。

凭着得天独厚的区位优势和生态资源优势，经过层层申报和筛选，实竹坪村现已列入大湘西地区文化生态旅游融合发展精品线路，并先后被国家有关部门授予"国家乡村旅游扶贫重点村""全国美丽乡村""国家森林村""全国民族乡村振兴试点村"。此外，该村还被授予"湖南省特色旅游名村""湖南省社会主义新农村建设示范村""湖南省绿色村庄""湖南省武陵山片区'六到农家'示范村""张家界市生态村"。

地方决策者深知，良好的交通环境是发展旅游的先决条件，该县优先畅通辖区旅游线路，整合交通项目，通过新建和升级改造，先后拉通刘家坪至洪家关，洪家关至芙蓉桥等旅游专线公路，使位于这条线路上的实竹坪大鲵生态小镇四通八达，至贺龙故居、红二方面军长征出发地红色景区，以及九天洞、苦竹寨、峰峦溪、八大公山国家级自然保护区等周边旅游景区，乃至张家界核心景区，交通更加便捷。

在大力改善小镇外部交通环境的同时，实竹坪村引进有实力的文化旅游公司，进行包装设计和大力推介。首先着力生态小镇环景区公路建设，所有道路宽度均设计7.5米。目前，4公里环景区公路、11公里观光游道和自驾车道正在如火如荼修建之中。

为满足游客吃得满意、住得舒适、玩得开心，实竹坪村投资建设了大鲵特色酒店，并配套修建会议厅、宴会厅，以及大鲵造型的四季恒温无边际游泳池。围绕梯级水库打造康养基地，配套建设自行车宿营地、体育休闲营地、环保生态石林、白族民歌广场、生态停车场、特色烧烤场，以及自行车骑行道、王家界天然林场上山游道。还在景区内开发450亩珍稀植物园，种植樱花、茶花、紫荆、紫薇、桂花、红枫、蜡梅、红叶杨、红豆杉等120多种珍稀植物花卉，可供游客四季观赏。

　　大鲵，是实竹坪村最亮的旅游名片。实竹坪村依托养殖资源，着眼深度加工，着力创新大鲵高端品牌，将实竹坪村打造成未来张家界一、二、三产业融合发展的典范。为满足游客多层次消费需求，该村已与上海交通大学医学院、吉首大学国家重点试验室、湖南省农科院等单位合作，联合开展大鲵深加工技术研发。目前，高规格大鲵深度加工厂房已建成，正在批量生产大鲵面膜、分割肉和面条等系列产品，并逐步推向旅游市场。

　　实竹坪大鲵小镇，是镶嵌在湘西大山深处的一颗耀眼明珠，它因独特的大鲵文化和白族风情而闻名，并将跻身国内外知名旅游精品景点的行列。充满生机与活力的实竹坪大鲵小镇，正在张开双臂，热情拥抱来自五湖四海的客人！

（载于2020年12月24日《张家界日报》）

坐着高铁去赶场

◎覃 葛

·覃 葛·

耄耋老人，坐在家门观山景：高铁穿梭过，汽笛山顶鸣。奇文共欣赏，疑义相与析。

赶场，顾名思义，是武陵山区土家人、苗族人、白族人、侗族人、瑶族人和汉族人在农村乡镇集市贸易的地方，也是一种流传千年的传统风俗。

赶场时间以农历为准：一四七、二五八、三六九，东边赶完赶西边，南边赶完赶北边。柴米油盐酱醋茶，针头线脑鸡鹅鸭，都在熙熙攘攘的赶场中办好了。赶场不仅有卖货购物的功能，在大湘西地区，赶场还是一件很浪漫的事！打扮得花枝招展的青年男女赶"边边场"，唱支山歌试妹心，哼支小曲探郎情。常常是在赶边边场的热闹中，就把自己的婚姻大事定好了！

大湘西，民国时代有"中国盲肠"之称，武陵山脉，纵贯南北；澧水酉水，横穿东西！这山顶上的人喊得答应那山顶上的人，但是，从这山顶爬上对山的山顶，常常需要一整天的时间。本地老百姓若是背着挑着土产去赶场，左手一只鸡，右手一只鸭，身上还背着一个胖娃娃，岂是"辛苦"二字能道尽赶场的酸甜苦辣？

覃老汉我今年八十又二了！小时候家里穷得四壁漏风,星星点灯,苞谷番薯是主粮,一年难得见油星。回首我的童年时代,为了自筹上中学的学费,挑柴到场上去卖,压得双肩红肿,脚手酸麻,走不到头的山路十八弯,爬不到顶的大山连云天。有时候,我妈通宵赶制红薯糖,或者点松油灯编草帽,我就白天赶场卖几个小钱,一分一厘地攒学费。三年时光,赶场小营生,我们老覃家硬是培养出一个小有名气的中学生哟！

20世纪50年代,我初中毕业后分到桑植县新华书店工作,我一头扎进书海里,就像饥饿的叫花子扑在过大年才能吃到的腊肉糯米饭上！我是有读不完的书看了,但是,乡里的孩子们依然看不到想看的书啊！于是,我就向经理申请担任农村图书发行员,覃家书郎成货郎,一担图书串山乡,一四七,三六九,翻山越岭赶场忙！人不堪其苦,我不改其乐,因为我在大山里播撒的是知识的火种啊！因为知识可以改变山里娃的命运啊！

光阴似箭,日月如梭。1991年我从桑植县电力公司退休,回到老家山旮旯里——桑植县利福塔镇杨仕坪村,过着"种豆南山下,戴月荷锄归"的田园生活。养猪养鸡喂鸭,火炕上吃不完的腊肉,鸡们鸭们生下的鸡鸭蛋,自家橘园采摘的金黄蜜橘,自家山林里的八月瓜和野板栗,或赶场出售,或赠亲朋文友品尝。我时常赋打油诗自嘲:"八十老翁手不闲,种田作文两狂欢。陶公渊明为榜样,桃花园里喜耕田。"

2014年1月,一支由三人组成的神秘小分队肩背仪器,手举红旗,驻扎在我家屋后的山顶上,我爬上山顶去问他们是干什么的？他们说是奉铁道部命令,前来测量黔张常高铁路线地形地貌的,哈哈哈,开天辟地,我家后山要修高铁了,真是喜从天降啊！

2015年1月,那是一个明媚的早春,那是一个万众欢腾的良辰吉日,湖南省省长率领有关人员,到我们桑植县利福塔镇郭家台山寨后山脚下,举行了黔张常高铁隧洞开工仪式。覃老汉我也闻讯赶到现场看热闹。此时,展望未来,我仿佛看到了中国一条横贯东西的铁路呈现在我面前,一条恰似长龙的火车穿洞而过,手挥国旗的群众站立高铁两旁,接受首长的检阅。

转眼五年时光过去了,工夫不负铁路人。2019年12月26日,黔张常高铁通车典礼在桑植车站举行。县领导亲临站台剪彩,祝贺铁路营运。我也亲临捧场,迎来并送走了第一列远去重庆的列车。蜀道不再难于上青天,沉睡万年的武陵山区终于通高铁了!

坐上高铁去赶场,从此就成了我这个八旬老汉的人生梦想。

重庆黔江是我最想重游赶场的地方。为什么呢?因为58年前,我在桑植新华书店工作,县教育科派我去进学生作业本,路途有车便搭,无车自走,往返一次花了10多天时间,搞得筋疲力尽脚板疼。但那是陈芝麻烂谷子的往事了。往事并不如烟,前不久,我和文友彭长作、张道任、成本文4人,到黔江赶了场,跨省数百里,一变成咫尺。早上,从离我家老屋场两公里的桑植站,乘上海开往重庆的动车而去,晚上搭重庆开往上海的动车而归,到黔江停留期间,观看了黔江车站的雄姿,游览了黔江区城的市容,购买了重庆的土特产,带回了最下饭的重庆榨菜,还吃上了我们心心念念的重庆火锅。彭长作独自出了四人所用的车费和餐饮费。当天,他在快速平稳舒适的火车上,作了一首打油诗:"人到老年乐陶陶,赶场赶得好逍遥。路途遥远不遥远,赶场一日心不老。"

咸丰县只是湘鄂交界的邻近县。黔张常高铁通了,我邀族弟永红、永吉和亲戚杨顺杰,4人到咸丰赶了一次场。早上是坐长沙开往咸丰的和谐号火车去的,只要30多分钟的时间,就到达了目的地,尽管当天大雨倾盆,但阻挡不住我们观望咸丰市容的决心,我们打着雨伞,看了一个又一个的商铺、超市和农贸市场,踏进一家剧院,观看了《土家摆手舞》《四郎探母》折子戏,精彩的土家文化表演,弄得心情久久不得平静。

湖北的来凤和湖南的龙山两县县城,是全国相距最近的县城,相距只有7公里,早有慕名而去的决心。有一天,我和至交彭长作、族妹覃月英3人乘坐深圳至咸丰的列车,到那里赶了长达8小时的场,先到农贸市场卖完覃月英所带的板栗花生和绣花布鞋。然后,逛了宽广整齐的武汉大道,看了热闹非凡的步行街,吃了4个荤菜的午餐,寻找到来凤机场旧址,下午7点回到家乡杨仕坪。我们去是满载货,归是钱包鼓,一日一脚踏两省,快乐湘鄂行哟!

我这个八旬老汉从两个脚板肩挑背负赶场,变成吹着空调坐着高铁看着风景赶场,是武陵山里跨时代巨变的见证人哟!

(载于2020年11月20日《中国民族报》)

弄孙之乐

◎周美蓉

丁酉年再添一孙,甚喜!

孙女出生时5斤,像米老鼠。虽瘦小,但智力甚好,机灵乖巧,正如人们所说,不长个子长肚心。出生第二天,护士为新生儿洗澡、做背部按摩时,将她扑放桌上。孙女立即将头歪向一则以求呼吸通畅,其他大个子小孩只将头抬起又抬不起地挣扎着。

孙女聪明机智、生活能力强,三个多月,穿衣服就知道主动将小手往袖子里伸,半岁能爬,十个月叫爸妈,十一个月晃悠着走,一岁半会穿鞋袜。鞋分左右,告诉一次她不再穿错。孙女爱吃叶子菜,南瓜叶、莴菜、洋葱、苦瓜等也能下肚,吃鱼知道吐刺。为她挠痒时,能说出上下左右之分。经常叫孙女为我取东西,她的判断从不令人失望。孙女说话较早,吐字清晰,语汇丰富,很有想象力。看到不认识的东西根据形象命名,把螃蟹叫蜘蛛,根雕叫怪兽。第一次见抽烟,她惊叫:"不好啦,爷爷在喷火!"在市

·周美蓉·

笔名古雪、南柯子,白族,爱写写画画,爱看日月星辰与山水云天。

场上看到盆中蠕动的鳝鱼,她并不陌生地脱口叫出:"哇,好多面条啊!"逗得商贩哈哈大笑。

　　孙女特淘气,穿裤子时将腿绕圈摇晃:"来,抓呀,抓到有奖!"我抓住后假装放嘴里咬,她吓变了脸说:"奶奶傻呀,咬伤了怎么办?"看电视声音大了,她将右手食指放嘴边:"嘘,不要影响别人!"可有时她自己大声喧哗,我示意不要闹,她赶紧用手捧住嘴掩饰自己的失态,那样儿可爱极了。有时不听话,我生气地训她,她赶紧抱着我的脸左亲右亲,说:"奶奶,不能生气哟,生气是丑八怪。"或者将溜溜车开到我面前:"奶奶,请上车,我带你兜风吧!"一下就让我的心情云开日出,霞光满天。

　　孙女灵性漂亮,嫩白的脸上有对小酒窝,十分讨人喜欢,也因此成了家里的"开心果"。我说她是小淘气,她说我大淘气,我说她是不听话的熊孩子,她说我是不听话的狼奶奶,以小对大、以熊对狼,小脑袋瓜精灵古怪。孙女经常抢爷爷的手机,有次她爷爷把手机藏了,说奶奶拿走了。孙女哭了几声,突然止住将头一偏,以洞察秋毫的口气说:"哼!才不信哩。"转身走去,在床头翻了出来,气愤地说爷爷是骗子。孙女时常和哥哥争玩具,争不过,先央求道:"哥哥不欺负妹妹,妹妹爱你哟!"哥哥不听,她又说,"哥哥二百五,找挨揍!"哥哥仍不听,她发出高分贝的海豚音,以示反抗,大有兵来将挡,水来土掩之势。

　　孙女眼明手快、很会哄人,帮她做什么或赞美她,会客气地说谢谢。想要我抱,就会说:"奶奶,我的好奶奶,我最喜欢你。"哄爷爷时会说:"爷爷爷爷我爱你,我爱你的大肚皮。"有次亲戚的孩子在玩耍中误牵我的手,离我几十米的孙女一下就看见了,急跑过来边推边说:"不许抢我的奶奶!"亲戚说:"这孙女带得值,特心疼奶奶。"说得我乐不可支。有时她提问,我说出正确方法或答案,她伸出大拇指说:"奶奶真聪明,为你点赞!"玩水彩笔,她不知颜色名称,每拿一支,便问:"奶奶,这是什么颜色?"我说红色、黄色、绿色……她不停地表扬:"奶奶答对了,你真棒!"从此她记住了赤橙黄绿青蓝紫。

　　孙女的名堂繁多,玩躲猫猫时提醒我:"奶奶闭上眼睛,数十秒,不许看哟!"藏好后,我和她套近乎或叫她,孙女守口如瓶决不上当。时而用推车拉一车玩具,边走边打电话:"喂,你好,李老板,您的快递,麻烦取一下,谢谢!"然后走到我面前,给我一样玩具:"你好,这是你的包裹。"我常带孙女去送哥哥学英语,她从中学到不少。每到教室门口,她伸出小手做有请动作,用中英混合着说:"欢迎光临!这里有 banana、有 apple,还有冰淇凌、橘子汁、棒棒糖、奶油面包,请问要哪种?"来人被她语如连珠的中英结合吸引,有家长问:"小朋友,上幼儿园了吧,学的名堂不少啊!"她伸出两个手指答:"我2岁,上不了幼儿园。"这位家长夸她聪明,她礼貌地回答:"谢谢赞美!"把大家逗笑了。

一天,她跷起二郎腿,左手拿遥控器,右手按键嘴里配音"嘟、嘟、嘟",然后将遥控器放耳边,像煞有介事地说:"喂、喂,李总,你好,我今天有事,不来上班,明天再过来,公司的事你代办。好了,就这样,再见!"这一通说辞,对一个不到两岁的孩子来说,语言能力确实令人刮目相看。

孙女每天闹着要出去玩,但只走出门,她站在楼梯边故弄玄虚:"哎呀,妈呀!这么高,太吓人啦!"言下之意,想我抱她。有时强行哄她睡觉,她据理反驳:"你自己怎么不睡觉?"我若真睡觉,她趴耳边学鸟叫:"来来咕,起床啦!"非常顽皮。孙女拿出手电筒说:"看我的秘密武器!"转身叫爷爷把嘴张开,用手电筒一照,突然说:"哇,不好了,爷爷嘴巴里好多虫子,把牙齿咬烂了,快点喷药!"逗得她爷爷笑喷了。孙女到外婆家行为乖巧,吃饭不敢剩,吃得太饱吐了出来,她大人似的说:"外婆,不好意思,我好像吃得太多了"。说得她外婆哈哈直笑。

孙女经常趁我不留意,就在电脑前一派乱敲。问她干什么,她边敲键盘边答:"我在工作,别打岔。"问她做什么工作,她说:"写东西,急着要哩。"一次见我在电脑上连接微信,几次没连上,她居然教我:"先退出,再进去。"真是后养的先乖,不可小觑。

孙女能记住很多动画片和儿歌,不仅过目不忘还能道出剧情,对哑剧理解从不含糊。看《倒霉熊》时,我问那头熊干什么?她说:"贝肯熊在雪上玩,看到一个亮亮的大球,很喜欢,它把球拔出来,里面有只蓝色大鲨鱼,张大嘴咬它,贝肯熊吓滚了。"孙女眨巴着眼睛说得头头是道。有次看《跳跳鱼世界》,镜头中两只小鱼和鱼妈妈抱在一起,爷爷说小鱼打架,她纠正道:"不对,是小鱼和鱼妈妈挠痒痒。"孙女有个"小度智能播放器",可听故事、儿歌,看动画片。每天起床就喊:"小度,早上好!你醒了吗?"小度回答:"在哩,请问需要什么?"孙女说,"请播放《兔小贝儿歌》",并跟着节奏摇头甩手、扭腰歪屁股地唱,"大王叫我来巡山,抓个和尚做晚餐",插话说:"喵喵喵,真好吃!"唱《萌鸡小队》主题歌,竟然即兴改词:"前前后后,亲爱的爸爸妈妈,我们在一起。左左右右,可爱的桐桐齐齐(她和哥的乳名),我们在一起。"时而自编歌词唱:"这是什么声音,嘣嘣嘣,嘣嘣嘣,放个屁,臭死你!"唱完捧嘴而笑。偶尔一派乱舞,说:"我要疯了!母鸡下蛋,卟、卟,咯哒咯哒……"孙女读古诗更是随心所欲、百无禁忌。把《悯农》后两句读成:"谁知盘中餐,吃得好辛苦。"把《关山月》读成:"明月出天山,我想和你玩。"读《夜宿山寺》:"危楼高百尺,手可摘星星。不敢告诉你,恐惊天上人。"《三字经》读得更离谱:"狗不叫,猫在玩。教不好,跪地板。"孙女真不是一般的顽皮。

孙女反应灵敏,看到或遇到什么,她都能恰到好处的发声。哥哥读书,她主持人似的说:"小朋友们,大家安静,请听哥哥读书。"看到墙上乱七八糟的广告,她说:"贴小广告的人太讨厌了!"一次牵着孙女逛街,她突然扯我的手说:"奶奶,黑人、有黑人!"我以为她说家里的"黑人"娃娃,抬头一看,真有个外国人。我告诉她,应该礼貌地说"hello"。她真对着走来的老外招手:"哈喽、哈喽!"惹得这位年轻小伙连忙回手致意:"你好,小朋友!"有次走到"西麦园",她突然张开双臂大声说:"啊!西麦园,我来了!"望着调皮的小孙女,让我心中涨满了幸福,一切都那么美好。

孙女快乐幸福地成长着,每天在我的生活中播撒着芬芳。弄孙之乐,这些美好的时光,在我人生旅途上增加了新的色彩和馨香。

(载于2020年4月10日《张家界日报》)

翱翔太空

◎石少华

·石少华·

桑植籍。中国金融作家协会、中国诗歌学会、湖南省散文学会会员。现居株洲市。

今年4月24日是我国第一颗人造地球卫星"东方红一号"发射成功50周年。

50年前的1970年,那时我还未上学,还在湘西一个叫桑植的小县城里有事没事总在街上闲逛。

县城的那条街于当时年幼的我是条长街、宽街了。白天老百姓在街两侧席地而坐,摆摊设点;晚上一盏盏昏黄的路灯下,常聚集一群群的人吹牛、扯皮、打架,而我却总是无目的无任务地穿梭在这一群群的人流中,好奇地听他们吹牛、看他们扯皮打架。

这一年的4月24日晚(这是后来查证的日期),我依然像往常一样,吃完晚饭后就上街压马路。从广场溜到东门,从东门溜到西街。天黑了,看见街道前面船运公司大门口的路灯下,聚集了不少成年人在七嘴八舌地说着什么,我挤进去,里面都是熟面孔,有成年人,也有和我一般大小的小伙伴。我向熟悉的小伙伴打着招呼。

这些聚集的人都是船运公司和邻近养路段的职工和子女。他们说什么起初我并未完全听懂,只听他们说我们国家马上要发射一颗卫星,似乎事情很大一样,并时不时把期盼的目光投向寥廓的太空。

那天天气有些暖,那天的夜空没有云雾的遮挡,数不胜数的星星闪闪发亮。对于什么是卫星,有什么用途,我当时也不清楚,只听他们说,我们国家有了卫星后就可以看到地球上的一举一动,还可以从卫星上面发射激光武器和原子弹。大家你一言我一语,似乎个个是行家,而我也乐意痴听,任其科普。

正当大家谈得兴起时,有人"嘘"了一声,原来街道边的高音喇叭里传出一阵阵悦耳的《东方红》的乐曲声。曲毕,广播里送来中央人民广播电台慷慨激昂的男播音员的声音:"今天晚上 21 时 35 分,我国自行设计、制造的第一颗人造地球卫星发射升空,并进入预定轨道。这是我国发展空间技术的一个良好开端……"那气吞山河、划破苍穹的播音,伴着那清晰、悠扬的《东方红》乐曲和遥测信号,回响在浩瀚宇宙!

人们停顿了一下,接着便蹦跳起来拥抱欢呼。我发现此时满街满城都是播放着同一内容的广播。有几个人把珍藏的收音机也带来和大家一起分享。虽然收听的是同一内容,但收音机在当年可是很稀罕的一件什物,值得显摆。

约四五十分钟后,街北端隐约传来锣鼓声、欢呼声,越来越近。从呼喊的口号和抬着举着的标语内容来看,这是为庆祝我国卫星发射成功的游行队伍。

沿途不断有人有单位自发地加入进去,络绎不绝,热闹喜庆。像这样的游行,在那个年代隔三岔五就会有。那么短的时间,组织人员、备好锣鼓、拟好标语口号、书写在红纸上、粘贴在大大小小的木板上,其效率其组织能力不得不让人叹服。

游行队伍从我们身边经过时,我们这群人也跟着游行组织者领头呼喊的口号,右手握拳升空,和游行队伍一起呼喊。陆陆续续地有人加入游行队伍中去。

喧嚣的场面空前绝后,一片欢腾。游行队伍过后,刚刚被淹没的《东方红》乐曲声渐渐清晰。荡漾的音符如同天籁之音,响彻寰宇,环绕在人们的心头。

后来我才知道,这一天"长征一号"运载火箭在震耳欲聋的轰鸣声中腾空而起,扶摇直上,把我国第一颗人造卫星"东方红一号"送入太空,中国从此成了第五个能够发射人造地球卫星的国家,中国的航天科技也由此迈入了一个崭新的时代。"东方红一号"是新中国的第一颗人造卫星,很大程度上是一颗"政治卫星"。国家提出的要求是"一次成功",还要求卫星运行轨道尽量覆盖全球。

为使"看得见",科学家们把卫星的外观设计成了反光效果非常好的正72面体,地面上的人群就能通过一闪一闪的反光看到夜空中正在飞行的"东方红一号",同时在发射卫星时,第三级火箭也加上了"观测裙",使第三级火箭的亮度得以提升,方便地面进行观测。"东方红一号"因而成了当时世界上为数不多的通过肉眼就能辨别的人造卫星;为使"听得到",卫星升空时将由中央人民广播电台转播卫星上发射的讯号:播放《东方红》乐曲。这不是一个普通环节,这是一项重中之重的政治任务,因为嘀嘀嗒嗒的工程信号有可能干扰乐曲的播放,一旦上天之后歌曲变了调,在当时的"文化大革命"时期,后果不堪设想。为此,时任项目主要负责人的钱学森多次审查设计方案,检查设备质量,明确提出,凡是和广播《东方红》乐曲有矛盾的,都要给广播让路。当卫星总体超重时,不得不砍掉一些试验项目,以保证清晰完整播放《东方红》这项政治任务的完成。

发射成功的人造卫星在太空不停地向全球播放《东方红》乐曲和遥测信号。春风拂面,月色姣好。我们遥望茫茫太空,群星闪烁,星光辉映,有小伙伴手指着天际一颗匆匆掠过的星星说,这就是人造地球卫星,它正围绕地球转动。小伙伴的说法并未得到成人们的首肯,一成人说:"你那是一颗流星。人造卫星是月亮下面的最亮最耀眼的那颗星星。看,就是这一颗!"大家顺着他的手指方向望去,这颗星星最为活跃,正调皮地挤眉弄眼。《东方红》乐曲声正是从那里播放过来的。我们好一阵激动。其实,当时大家也并没有多少天文知识,所说也不一定准确。

带着一份童真,带着一份幻想,晚上我进入了梦乡。辽阔的太空,满天星斗闪烁着光芒,像无数颗珍珠,密密麻麻地镶嵌在蓝色的夜幕上。仙女姐姐带着我跨过一条泛着光亮的银河,我们钻云层、捉迷藏。我钻进了我们国家自行制造的卫星里,仙女姐姐们怎么找也找不到我。嬉逐的声音在太空回响。我看见，不少流星在夜空里划出道道银亮的线条，似乎在探寻着世界最美好的未来；我看见，一颗颗的小星星闪动着，越来越多，它们像是在蓝色的地毯上跳舞，又像在眨巴着眼睛和我说话。我把所有的流星收集起来，把它们串成项链戴在仙女姐姐的脖子上。仙女姐姐们好漂亮！

　　我感觉，遥远的北边天际，一朵大大的乌云层背后总是藏着一个人，时不时地探出头朝我们这边帘窥壁听，但当我每每向那边眺望时，她却每每迅捷地躲进了乌云。终于有一次我和她的目光相遇，隐约地这是一轮月，模糊而不明亮，缥缈却真实，一对有神的眸子执着地注视着星空，凝眸着我，她的周围格外澄净，是那么的宁静、安详……

（载于2020年4月27日《张家界日报》）

炖汤记

◎邱琳芸

·邱琳芸·

桑植县十一学校1508班学生，屡次被评为学校"读写之星"，已在《张家界日报》发表文学稿件10余篇。

放学途中，见到妈妈正在超市转悠。我跟进去一看，她正在精挑细选排骨等炖汤食材。她说："晚上给你炖一锅玉米排骨汤，既美味，又健康！"

回到家，进了厨房，妈妈取出食材，放进洗菜池，随即对我下了命令："你负责清洗食材吧，都在池子里，可要好好洗干净哦！"我定睛瞅了瞅，哇！主料和配料真丰富，有排骨、玉米、生姜、大蒜、葱……

洗菜可是我的拿手好活儿！作为勤劳的家中小帮厨，我一直有这个自信。

排骨放在厨灯下，透着殷红的新鲜光泽。先给"排骨先生"做个全身按摩，揉起来软软的；再来泡个热水澡，摸起来滑滑的。

主料之后，就该清洗配料了。我三下五除二地用刀把玉米外壳剥掉，把葱的根须、蒜的外壳和姜的皮清理完后，就开启了配料在洗菜池的"混泳"运动。

我把洗好的排骨和玉米切成段,把葱切成葱花,蒜、姜切成片,然后全部"移交"给妈妈。一切准备就绪,玉米排骨汤终于可以开炖了!

妈妈先往紫砂锅中倒入半锅水,再陆续加入盐、鸡精、生抽、胡椒粉等调料,用汤勺搅拌均匀,开小火慢炖几分钟后,放入玉米、排骨、葱、姜、蒜,开大火炖。

时间一分一秒地过去。也不知过了多久,只听妈妈说一句"汤炖好了。"我就赶紧朝厨房走去。打开紫砂锅盖,汤色已由浅变深,缕缕浓香扑鼻而来。

端着妈妈给我盛的一碗玉米排骨汤,我边品尝边感叹:"妈妈的厨艺可是越来越好了,饱了我的口福。"

谢谢我的好妈妈。也庆幸我的妈妈有个好帮厨。

(载于2020年10月13日《张家界日报》)

中国新农村赋

◎宁雪初

·宁雪初·

退休教师，湖南省诗歌学会会员，张家界市作家协会会员，有诗词、赋在《溇澧风》《天门诗词》《中国辞赋》发表。

　　神农氏勇尝百草，谷疏得食；嫘祖女教植麻桑，着锦衣裳。泱泱中国，农耕悠久，几千年之长；巍巍华夏，文化灿烂，数百代辉煌。凡盛世之治，重农而国固，贵粟而民康。今之中国农村，桃红柳绿，紫气蒸蒸；千里莺啼，处处瑞祥。余感怀起兴，因以赋之。

　　观乎东边西陲，北国南疆，松风水月兮展清华，仙露明珠兮显润朗。千村万户，崭崭气象。但见屋舍俨然，楼墅幢幢；窗明几净，雅气浏亮。有苍松翠竹掩映，牡丹蕙兰增芳。阡陌纵横，桥宽路敬；车马喧喧，箫笙悠扬；百业隆兴，生机轩昂；田田荷叶，滚滚麦浪。铁牛突突，犁耕千顷田畴，割机隆隆，收割万亩稻粱。虽春种夏插，秋收冬藏，但不见背负，焉有肩扛？自来之水进万户，人人饮卫生之水；液化燃气送千村，家家烧清洁燃浆。家具锃亮，烟尘不藏。无线一网通天下，有线一网输能光。地绿天蓝，人物和谐；天祚明德，永世其昌。看瓜迭绵，人丁兴；牛羊肥，六畜旺；

183

稻粱熟，瓜果香；仓廪实，钱袋涨。实乃政通人和，国泰民安，全面小康也！

溯夫致变之由，小康之缘，何哉？乃惠政德泽而不偏，庶农图兴而不废之故也。振兴"三农""精准扶贫"，百万干部进乡村。十八洞村，更领袖垂范，护民爱民，至上至诚。脱贫攻尖，气势腾腾，一个不少，志在打赢。选准致富之门，强化造血之凭。兴产业，兴集镇。小制造，小商品，各项各业精彩纷呈。兴乡村旅游，展淳美乡景。看水乡渔村，察土寨苗情。因地制宜，特色经营。售疆果藏药，卖壮蔗黎锦。普及教育，提高素质；落实保障，社会安宁。山水田林，综治统行。保护黑土黄土，调配南水北更。草原牧草盛；沙漠布绿茎；千条河溪水清清，万座山丘木荣荣。人宜居，业宜成。于是人换精神，地换新装，新型农村，灿若繁星。华西也，小岗也；梁家河也，沈泉庄也，模范之村，一派峥嵘。嗟乎，兴农之策神州皆变，富民之果举世咸惊矣！

若夫款步尧天禹地，流连乡巷村廊，童孺纵行歌，斑白皆欢诣。齐享物质富裕兮，共乐精神之高雅哉！常登东皋以舒啸，每临南浦而赋霞。赏菜花之灿灿，品新茶之香芽。惠风和畅，举米酒于场圃，纵论经国，喜话桑麻；月弄疏影，舞霓裳于东垣，身柔若柳，面灿如花；春暖秋爽，驾私车而周游，洞府探幽，清流浮槎。娱欢花影阑干，钟情烟雨横塘。开轩邀朗月，对弈趁清风，神游千古。荡思八荒。

噫吁，盛世之飨，其境无涯；中国农村世界一葩也！

（选自微信公众号）

大舅

◎梁定发

大舅，相貌堂皇、身材魁梧，一米八的个头，眉宇间流露着几分英气。他常穿一件开对胸的、带布纽扣的青布衫，爱整洁、人勤劳、明事理、讲大义，我非常敬佩他。

依稀记得孩提时我最喜欢的一件事就是给大舅拜年。大年初一，寒风凛冽、冰雪覆盖，我们背着腊肉、年粑粑等拜年礼物就出发了，一进门，我们说："大舅，拜年啦！"他便笑盈盈地给人们接背篓，先是递一杯清茶，再泡炒米，接下来是烤年粑粑，像对待贵宾似的。这一切都是他亲自动手。到了晚上，围着火坑，烧着早就准备好的干树兜，点着煤油灯，天南地北地聊天、猜谜语，他出的谜语语言像诗一样美，如"四大名山山对山，四大名川川对川"，有容易猜的，也有难度大的，还有许多有趣的，弄得我们每年拜年去了就不愿回来。

大舅识大体、讲大义，有着博大的胸怀。外祖父和外祖母逝去得早，我母亲孤苦伶仃，他就

·梁定发·

市作家协会会员。1995年开始创作，先后在《国防教育》《老年人》《张家界日报》等报刊上发表多篇散文、诗歌、通讯。

把母亲接过去跟他"住",像照顾亲妹妹一样照顾我母亲,大舅负责耕地种地,母亲在家洗衣做饭,操持家务。有一年春天,大舅请了几个人帮家里插秧。母亲在家做饭,煮的腊肉放在碗柜里,忘了关碗柜门,被狗子叼走吃了。母亲恐惧万分,心想这回要挨哥哥骂了,大舅知道后,什么话没说。母亲长大成人后,大舅又体体面面地把母亲嫁到梁家。

外祖父只生我母亲和大姨,没有亲舅舅,外祖父为了传宗接代,收养了一位乞丐做儿子,后因世道混乱,出外当兵,多年未归。大舅为了壮大家族,就以外祖父思儿心切,常以泪洗面,不思茶饭等理由给我舅舅写了一封信,还特意在集市上托人雕一个外祖父的私章,把我舅舅"骗"了回来,并且大舅给我舅舅让出家中的一间厢房和一间木楼。

大舅生前在乡兽医站当兽医。当时兽医站有四人,有给猪治病的叫猪郎中,有给牛治病的叫牛郎中,大舅是一位牛郎中,负责给全乡的牛治病。每年春天到了就走村串户给牛灌催膘药,让牛有充沛的体力干农活。每到一户,就把事先准备好的药用水兑好,叫牛的主人把牛的缰绳吊在树杈上,大舅一只手使劲掰开牛的嘴巴,另一只手握着装满牛药的勺子乘机把牛药灌入嘴中。有的牛腿的关节上长了"癀"(也就是关节发炎,有积了液)牛走路就一瘸一拐的,遇到这种情况就要给牛扎"瓷针"。治这种病比较危险,也比较脏,要防止牛伤人,要几个壮汉帮忙,牛的主人牵着牛的缰绳,大舅用事先准备好的绳子套住牛的四只脚,帮忙的人从不同方向拉绳子把牛放倒,用木棒把牛按住。这时,大舅用一根铁针扎进牛的脚关节,用手使劲挤,把积液挤出来,再在伤口上涂上桐油,以防伤口发炎。最后,慢慢地松开套在牛脚上的绳子,让牛站起来。给牛做完"手术"后,大舅便开始清洗绳子、铁针等物。大舅虽是个牛郎中,但衣着讲究程度远远超过一个教书先生。

大舅算得上乡里的文化人,写得一手好毛笔字。体现了钢筋铁骨的柳体风格,村里凡遇上红白喜事,常常给别人写对联。我和母亲一直尊重他、崇拜他,母亲也因大舅遭受不公而经常暗暗落泪。

大舅去世多年,我常常梦见他。他一直活在我们的心中!

(载于2020年3月21日《张家界日报》)

诗歌

故事张家界（组诗）

◎胡丘陵

武陵源

听到三千奇峰拔节的声音
我早就想,拿起架在水绕四门上的御笔
在秋天摊开的圣旨上
写一首诗

袁家界,杨家界,张家界
已经美得没有边界
一场小雨,给每一双眼睛
装上了玻璃

金鞭溪的金鞭,赶着我
穿过十里画廊
贺龙,猛抽了一口烟斗
天子山,烟雾蒙蒙

八百秀水都是弱水

·胡丘陵·

张家界市人大常委会党组书记、副主任,中国作家协会会员,湖南省作家协会副主席、诗歌委员会主任,一级作家,出版诗集多部,诗歌作品多次获奖。

属于我的,只有最后一滴

三千趟火车,或者
三千个航班。装满了
三叶虫,和娃娃鱼一起
啼哭亿万年的友谊

走进地球上这绝版的山水
想想那些恐龙、虎豹
海藻和珊瑚
我的头发,大雪纷飞

点将台

面对这些,被镜头
挑剔过的山峰
我的目光,东倒西歪

石头缝里的泥土,供养着
石头上的花朵

每一个山峰,都很清高
一些石头向另一些石头学习
却难以,相互握手

点将台,点来点去
最高的那个峰,最为孤独
听得更多的,是山谷中的风言风语

点将台,点到的都是些
好看的石头

那些好用的石头,与我的骨头一样
佝偻在水泥底下,或者
成了粉身碎骨的水泥

桑植民歌

桑植民歌,是与灯台缠绕的马桑树
唱得鲤鱼跳在急滩上
唱得一年不来,一年等

桑植民歌,棒棒锤在
张家界的石头上
唱得两年不来,两年挨

桑植民歌,是滚烫的澧水
冲泡几片,嫩得不忍揉捻
还是被揉捻的
桑植白茶
唱得所有的杯子,七上八下
乱了方寸

桑植民歌,是喝了张家界莓茶的
张家界人
怎么唱你莫走,你莫走
嗓子,都不嘶哑

张家界千古情

宋城里,有很多小城故事
张家界,是黄巧灵的模特
三亿五千万年前的渔火
被他的巧手点燃

太阳,一夜就年轻起来
看惯了国画的人
不一定喜欢油画的
挫拍揉拉,跺摆涂刮

舞台上的桃花,开得
比桃花源的桃花,还要鲜艳
声光催生的马桑树,长得
比刘家坪的马桑树,还要茂盛

洪水,在同一个夜晚泛滥
高山驱逐的流水
终究,被大海收容

不论第一场,还是
第二场、第三场
都是,同一场戏

(载于2021年2期《十月》)

牧笛溪（组诗）

◎欧阳斌

溯名

有的名字如诗，有的名字如画
有的名字本身就是诗与画
听说牧笛溪三字后
我脑海中迅速浮现出的画面是——
牧童骑牛，短笛横吹
音韵伴水，缓缓流淌
流着流着，就流出了一个村庄
流出了一幅幅山水画

牧笛溪曾经有个小名叫庙岗
现在又因为电视剧《江山如此多娇》
有了一个别名叫碗米溪
不过，我还是喜欢牧笛溪三字
喜欢它不加掩饰的直白
喜欢它诗画中夹带着音韵的诱惑与冲击

·欧阳斌·

研究生学历，现任张家界市人民政府副市长，已出版诗集《阳光的手指》《最美湖南》，散文集《感悟名山》《叩问》等多部文学作品。

溯溪

从张家界市区出发,前方是永定区四都坪乡
从四都坪乡出发,前方是崇山峻岭
翻越二十来里崇山峻岭之后
才见一条幽深的山谷,才见牧笛溪

必须弃车而行,否则,会惊扰它的宁静
必须全神贯注,否则,会疏忽它的风景
必须心怀虔诚,否则,会愧对大自然的馈赠
牧笛溪,溯溪十五里
再浮躁的心灵也会沉淀
再蒙尘的眼睛也会洗净

牧笛、孩子与牛

想去寻找那支牧笛
想去寻找手握牧笛的孩子
驮着孩子的牛

牧笛找到了
那蜿蜒在牧笛溪两侧的山峰就是牧笛
吹笛的孩子找到了
它是风,比孩子还要调皮
风吹来,溪旁树木哗哗作响,那就是笛声
牛也找到了,牧笛溪的牛是真的牛
它们与山嬉戏,与水嬉戏,驮着山风到处跑
见到我们,却头也不抬,一副爱理不理的样子
要是时光能倒回五十年就好了

我会骑上那些不太理睬我的牛
横在它们身上,吹笛
与同伴比狠,与溪水比狠,与风比狠

吊脚楼与人

一百岁、两百岁,甚至三四百岁了
这些典型的土家吊脚楼
一栋栋,点缀在山水之间
旧是旧了点,不旧,哪有乡愁可觅
老是老了点,不老,哪有乡情可找
在牧笛溪,遇到那些正在屋檐下晒太阳的老人,请鞠躬
他们脸上的皱纹正是我们回家的道路
遇到那些正在劳作的农人,请鞠躬
"锄禾日当午",他们用身体演绎的是我们苦寻的诗句
甚至,遇到那些正在嬉戏的孩子也请鞠躬
他们正是我们寻找多年的自己啊
嬉戏在梦中的原乡

远村（组诗）

◎刘晓平

·刘晓平·

中国作家协会会员，湖南省散文学会副会长，张家界国际旅游诗歌协会主席，张家界市文联一级调研员、名誉主席。

远村的山岭

在遥遥的大山折皱里
藏着我们心系的远村
远村很远
但依然是我们的故土啊

贫穷就像蝗灾
把远村啃食得一片荒凉
荒凉的远村也是故乡啊
高高的山岭
是我们要去攻克的高地
远村很远
远村很穷
远村的山岭
是我们与贫穷争夺的高地

誓言像生命的根系

挺立着举起右手
我们就像一排树
站立成这块穷壤的风景线
誓言回荡在山野
就像生命的根系
——钻进了坚硬的石缝

新绿会有的
花朵会有的
果实也会有的
我们努力着
仿佛看见 远村
就是明天高山上的花园

老屋

老屋没有我儿时的气息
也没有父母唤我的乳名
但老屋一样有我的梦境
还有门前树上的鸟巢
一样有雏鸟春天的叫声……

早晨 喜鹊叫来了山谷的曙色
我一下想起家乡的老屋
身边没有儿女陪伴的老母亲
柴门又站立着您倚望的身影
也许您失望了 又在屋后梳理菜地

半分菜畦被您捂得好热
千里之外的我感受到那种熟悉的体温
冬瓜丝瓜南瓜 还有茄子苦瓜
在那种体温下瓜熟蒂落
就像我们姊妹成长的轨迹

……这样的比喻和联想
让我突然间和诗歌一起流泪
母亲呵 家乡的老屋还好么
远方的儿子在想她

(载于2020年第2期《中国作家》)

三晴两雨（组诗）

◎陈 颉

·陈 颉·

中国作家协会会员，湖南省诗歌学会理事，出版《最是澧水》《两年间》《澧水，澧水》等诗集，曾获全国首届汨罗江文学奖、首届刘半农诗歌奖、首届闻捷诗歌奖等文学奖。

坡头，落满鸟鸣和云朵

一块熟地，最初从满是乱石
和茅草的山边，版画般脱颖而出
还原父母歪歪斜斜的打磨

以地为命，把时间交给清冷的月光
打开通向清晨的窗子，两位老人
五垅苞谷，七行洋芋，坡头能够
读懂幸福的汗水和果实的笑颜

一犁，土地返青；一锄，日上高头
听花开花落的声音，看山野隆起的辽阔
两个移动的影子，落满鸟鸣和云朵

凶山，恶水，一块能够栽种的土地
实属不易。欣慰满足是一烛灯盏
五月肩头，有我最亲的父母

稻草人，没有走出剧情

一种姿态，绝对不是孤独的倒影
玉米地，油菜地，黄豆地
同一块生长粮食的土地，目光落在
母亲的头顶，神情专注，乐此不疲

灌木丛边缘，熟悉的形单影只
穿着母亲的衣服，戴上父亲的帽子
花草相伴，蝴蝶为邻，泛着神性的微光
乡村一直在等，被隐蔽的
没有走出剧情，需要找一把钥匙
跟随他的影子，对飞禽鸟兽保持想象

可以忧郁，也可以优雅
安静，干净，是乡村辽阔的城府
日月星辰，雾雨风云，时光掘下的深渊
稻草人承载所有场景
多少年来，潜滋暗长
我试着找到了一条河流的源头

一棵杨树的今生来世

傍晚的山村，微风让许多事物安静
比如一棵杨树，浓重的方言
刚好泄露我的孤独，等梦醒来
我发现一直躺在这颗杨树的下面

每年腊月回乡,我会把杨树的枝条
清理一些,父亲坐在树下,树叶慢慢落下
摇摇晃晃的牵挂,一棵生长在
曾祖父坟旁的杨树
虫鸟操琴鼓瑟,亲人也不寂寞

多少年,一个叫作故乡的地方
被风吹得沙沙作响,我试图忍住呼吸
忍住沉默,这无限的光阴,这静穆的乡村
一棵杨树的今生来世,依然交错平静

(载于2020年第12期《诗潮》)

空山（组诗）

◎向延波

空山

山上全是茅草
树去了哪里
是一个秘密
有一条羊肠小路丢在那里
上山的人去做什么
下山的人去了哪里
是一个秘密

茅草堆积在最高处
飘啊飘
像铺天盖地的心事
像那些没有主角的爱和恨
一群山鸟有些莽撞地扎下来
像四散溅开的火星子
点燃了夕阳的矫情

谁的掌心还残留着扁担的余温

·向延波·

中国作家协会会员，张家界市作家协会副主席，桑植县作家协会主席，出版小说集《无名指》《美人痣》等。

谁的歌声出没在今晚的竹林
因为一场好梦
黄狗兴奋地叫了两声
灯火西沉
天下的尘埃已经落定

羊群

它们的出现
为了让溪水流得更从容些
让山里的日子过得更缓慢些
它们走到哪里
天就黑到哪里

这个季节
所有的草木低眉顺眼
它们要说的情话
带着浆果的香味

那个从山梁上走下来的人
丢下半截绳
它们依次上前嗅嗅
然后默默地跟在后面
走上山梁
走在落日的锋芒上

麦李树下

该红的都红了

六月的刘家寺汁液饱满
像十六岁出门那年
母亲站在麦李树下

她的电话穿过第一场细密的谷雨
说今年的麦李结得比哪一年都坨
她要早些为孙子们准备竹竿
我们的心思在股票和公文上面
那是我们的麦李树
上面结着我们的果子

她坚持每周给我们打电话
她告诉树上那些将熟没熟的麦李们
麦李们多么体谅母亲啊
个个结得又红又甜

她无法阻止
熟透的麦李一颗颗落下
她开始站在树下
热情招呼过路的人
"上树摘麦李吃吧"
有人充满戒意
有人怜悯地问着价钱
有人象征性摘下几颗离去

听说家里的燕子
今年也没有回来

（载于 2020 年第 11 期《诗潮》）

玉泉河流过的地方(组诗)

◎谷 晖

玉泉河流过的地方

满坡满坡的马桑树,一遍
又一遍抚摸玉泉河的细浪
像一双苍劲有力的大手
极力抚平凸起的伤疤
吊脚楼的红灯笼
映红了多少守望的双眼
还是未能唤回当年的红军鞋

草鞋打得再结实些
鱼鳞寨上的练武再卖力些
那些年轻伢子,就会多一份存活
夺取胜利的步伐就会再快些

半碗屋檐水下落幕的结局
注定是个悲剧
但是两把菜刀播下的火种

·谷 晖·

湖南省作家协会会员,出版《在路上》《失联的风》等诗集。

足以燎原

从此,那个叫金线吊葫芦的地方
矗立成一座山的高度
路过的人,怀揣朝圣之心
行注目礼

两座山的距离是一片海

天平山,原始森林
一截腐朽的木头
倒在草丛里
长出蘑菇、鸽子花

斗篷山,一颗珙桐树
立地成佛。引来无数朝圣和膜拜

两座山的距离,是一片
带着甜味五彩斑斓的海

只要你沿着珙桐生长的方向
前行,就能到达心中的海洋

万一,你向水而行,也没关系
抒情的澧水定能带你回到我的家乡

澧水之水

澧水很简单

205

河卵石是它唯一的依靠
就像蓝天与白云
相依相恋

澧水的源头更简单
七眼泉水一字排列,深情讴歌
过滩跨涧,直奔山外八百里
清澈、靛蓝,抒怀澧水千年的情事

阳光跌下山峰,人们支起帐篷
星夜忙着收集蝉鸣,消遣
鸽子笼的暑期。剩下月亮
在水中独自游走……

宝贝们的到来
让一切事物变得不再复杂
犹如这乡间小路
顺水为下,逆水属上

(载于2020年第10期《诗潮》)

无人区（组诗）

◎小　北

画沙

坐在鸣沙山上，沙子一样
把自己铺开
我有这个世间所有的曲线

所有的柔软都在那

我试了几次，用我的体温画你的温度
风，一遍又一遍
将我冷下来

画草

羊群伏在草丛里，不动
像石头
只有草在动
一万头草奔向我，我这个假想的荒原

·小　北·

本名罗舜，湖南桑植人。2019 年《诗歌周刊》年度诗人，有诗入选 2019 年中国好诗榜。出版有长篇小说《向小北向北》，诗集《马桑树的故乡》。

草木皆兵

落日是焚烧的驼粪
你走之后，群星驼铃般，在我的头顶响起
人间依然充满草木味

无人区

已经不能用界线，分开善恶了
狂暴的时候，草会往前走几里
温柔时，沙也会往自己的世界退几步

蓝天穷得只剩下蓝
大地穷得只剩下沙砾

我一直认为，草是饿死的。高原上
那么多草，吐着舌头
就要舔食到苍天了

一生，一定要在无人的旷野里裸奔一次
让那些从来没见你的群山，也看看
世间有多苍凉
你就有多鲜活

（载于2020年第5期《青春》）

回到牧笛溪

◎ 刘 宏

你是吊脚楼性感的炊烟
你是屋檐下呢喃的雨燕

你是深褐色的老房子里
那些远去的笑语欢颜

你是溪柳青青心花灿烂
你是竹海张扬着野性的温暖

你是米酒起舞在喉间
几份醇香,几丝绵软

你是那着青花瓷的梦
横一支竹笛,一醉二十年

你有溪的柔情
你有石的尖硬

·刘 宏·

湖南省桑植县人。张家界市作家协会副主席。

你有岁月的云淡风轻
你有自己的万种风情

午后

打开一本书
不读,只是罩在脸上

仰面朝上,躺椅的竹香
萦绕着墨香和发香

阳光洒过来
你微微地合上眼眶

草儿探出身子
怯怯地望着你的方向

风是多余的,云是多余的
柳絮纷飞也是多余的

假寐,假寐,静静地
午后的阳光也为你打烊

(载于2020年6月20日《张家界日报》)

逆风的人

◎ 鲁 絮

灰色笼罩的,一片天空
寒风,吹着我的伤痛
正经历着一场寒冬

今天其实不用猜
我的危难,你的气概
情,永远在

当前方的空气中弥漫着危险
当渴望的心在黑夜中感到彷徨
紧紧相依,挽着你的手不悲伤
逆风的人,让世界看到我们的坚强

灰色散去的,一片天空
暖风,吹着我的感动
已经学会一切从容

今生应该怎么爱

· 鲁 絮 ·

湖南省作家协会会员,张家界市永定区文联党组书记、主席,新土家风首创者。

你的需要,我的胸怀
花,永远开

当所有的歌声中飘扬着向往
当所有的梦在封锁中振翅飞翔
紧紧相依,并着你的肩朝前方
逆风的人,让世界见证我们的坚强

(载于2020年第3期《湖南文学》)

乌桕树

◎张建湘

乌桕树

这棵乌桕树
正好长在门前不远的溪边
它是一棵上了年纪的树
躯干粗壮乌黑,弓腰驼背
像一位皮粗肉糙的望着溪水静默的老人
我总是忽略它的春天与夏天
只记住它在秋天与冬天的模样
因为秋天它满树的叶子由黄渐渐转红
变化的层次让时间格外分明
站在树下,我会与它默默对视片刻
猜测它躯干中在悄然变化的年轮
到了冬天,它光秃秃的枝条又硬又瘦
有点儿颤抖地在风上摸索着
像劳碌终生却一无所有的手掌
伸向空荡荡的天空
冬天的日子,或许也会下一场不错的雪

·张建湘·

湖南省作家协会会员,湖南省散文学会会员,出版有散文集《湘西的风景》小说集《矢车菊庄园》。

白雪堆满枝条

孤寂黑瘦的乌桕树忽然变得丰盈起来

像一个突然出现的梦,溪边的乌桕树

倏地模糊了某些时空

我看到我那曾经不明不白消失于水面的爷爷

其实一直都蹲在溪边

黄家峪

黄家峪是一条溪流,

以及溪流两侧的树木花草与岩石

还有丰富多彩的鸟鸣

黄家峪是一条山中的幽谷

周围千峰耸立,万木葱茏

黄家峪一年四季都在霞光流转,白云出岫

清流淙淙,从不枯竭

飞禽走兽来到黄家峪

就不飞也不走了

在这里繁衍子嗣,安居乐业

在光阴突然暗淡的某一天

黄家峪像穿越你所有时光的一朵花

在你的尘世里熠熠生辉

于是,蹚过横陈的乱石

你来到黄家峪温润的拆皱里

幸福地打坐

清明茶

这一刻,精致的陶罐被打开

一双同样精致的手将你捧出

你知道,那场古老的仪式开始了

像一个宿命,你的存在就是为了这场华美的葬礼

火与水,冰冷的器皿与迫切的目光

组成无字的挽歌,安抚你归依的灵魂

然而,这一刻,

在那个深而又深的梦的边缘

你却听到了清脆的鸟鸣,以及满山开花的声音

你记起了四月,那些天籁的日子

那些细雨轻蒙的日子

那些泥泞小路飘满山樱花的日子

还有那些在星月下自由呼吸的很多夜晚

怀抱清香甘美心思,你用露珠为自己占卜

你企盼着与那位栀子花般的女子相遇

一同聆听遥远的牧歌

好了,钟声响起

命运的华章在水中起舞

躺在如此精致的葬器里

你舒坦地仰望苍穹

等待着另一场的转世轮回

(载于2020年8月17日《张家界日报》)

在太平洋东岸

◎袁碧蓉

三十年后,在万米高空飞行了 10608 公里
踏上此岸
也是三十年前的彼岸
海浪击拍无声的掌声,迎接我的到来
我立于此岸的夕阳里
和莫罗贝镇外这片沙滩一样平静
眼前的海水,已不是三十年前的海水
世界已建筑得如此坚固
我们在各自的秩序里,繁衍生息
那些年在彼岸的思盼,我都已忘记
我感激命运的安排
我们仨在沙滩上留下串串脚印和笑声
望向远方,我们看见
一艘帆船驶向海天相接的紫色云雾

黄石瀑布

两岸橘红色峡壁,松林,以及所有驻足的人

·袁碧蓉·

湖南省诗歌协会会员,喜欢诗歌,偶有作品发表。

都看得很清楚

前面是断头路,是百米高绝壁悬崖

它们却一跃而下

白鹭一样飞翔,一条白幕

是的,它们不像我们,长有三只眼睛

我紧紧抓住断崖处左边护栏

避免随时被它们拖下去的风险

我体验到兄弟说起

血液透析时,那种身轻和眩晕

地球引力对我和它们都小了许多

到处是穿着白纱裙孩子们爽朗的笑声

污垢,毒素,包括纠缠自己多年

多次走进寺庙的那件事

也一同雾化飘散了

噢!快看,就在那,右下方

闪现一道彩虹

两峡半坡上,蓬勃一片青苔

(载于2020年第5期《散文诗》下半月刊)

芭茅

◎李德雄

心
一直在敬畏的左右徘徊
是因为
倔强的芭茅
把信仰和力量
默默演变成水
注入泥土
息息流长
剖开茅肚
你会惊奇地发现
血液沿着脉管
汩汩流淌
就好像牛
吃的是草,挤出来的是奶水一样
我敢肯定
茅花飞扬
是在展示一种自我
茅叶,被日月修炼成一把把匕首

·李德雄·

张家界市作协会员,湖南省诗歌学会会员,湖南省楹联家协会会员。

一次次刺穿时空的胸膛

狭路相逢的是

黑暗和光明

灾难和幸福

繁盛和荒凉

溪水

大山坚实的臂膀

唤醒溪水无数迷茫

石头的眼睛

被小溪用洁白的纸巾

一次次蒙护

一次次擦亮

溪柳撩起裙纱

紫灰色的苔藓

显露出溪沟曲折

隐晦的忧伤

小草仰头

了望溪水的来与去

哗哗水声

朗诵一首首山水情诗

在远方的征途

激情奔放

季节把自己的变幻

用一种画的形式

定格在山的脸上

（载于2020年第3期《湖南诗人》）

仲夏之夜

◎付官雅

黄昏,小饭馆,家常菜
青岛啤酒的白色泡沫层层叠起
像极了那些年的风清月皎
你静静地坐在对面
我陷入柔软,一塌糊涂

嫣然的风穿堂而来
变小变轻,气泡在杯沿仪式感地爆裂
我要给你展示近日拍过的酢浆草
一丝不苟的紫色,那是你眼中的专注

暮色长凝,有人行走有人伫立
干完这一杯,请你拉着我直奔田园诗
做一场关于归去来兮的清梦
任凭红尘繁华,纷扰琳琅

(载于 2020 年第 3 期《湖南诗人》)

·付官雅·

慈利县第二中学教师,有作品散见于各报刊。

答案

◎李炳华

时光穿透心胸,滑落在大山的身边,目光挂在枝头时,灵魂已被刺穿。

黎明是记忆之神对黑色夜晚的一场白色思念,可是我却不愿就此醒来。

我的宿命分为两段,遇见你后,和未遇见你前。

打包所有的灵感,背上它们去流浪,就像背上你,背上我的眼。

古道,归雁。

天涯,孤帆。

冲天的浪涛是大海的短发,也是岁月的眼,是我一次次被俗世的目光打湿了的诗篇。

然后是山,以及山。

山的另一端是山的另一端是山的另一端,依旧是山。

·李炳华·

湖南省作协会员、省诗歌协会、省文艺评论家协会会员,张家界市文艺评论家协会副主席,出版诗文集多部。

可是你，依旧在我身边。
就像这不起眼的纽扣，一直伴在我的胸前。

你是我的泉，我是你的山。

时光的针线，将人间的所有欢喜与忧伤沉淀，而后悄然缝制成另一种悄然。
于是在这个最萧瑟的秋天，我穿上了一件叫作时光的春衫。很薄，却一直很暖。
今天是明天的昨天，明天是一部尚未打开的书卷。
可是你这苍劲的山啊，请告诉我，人世间，还有什么可以永远不变？

在时光的最深处，埋藏着距离心脏最近的答案。

（载于 2020 年第 6 月《香港文艺报》）

寻

◎江左融

这一路
我已匍匐的太久
磕下的九万九千九百九十九个长头
让我的额失去了
对痛感的缱绻痴迷

神山在上
它该知的

秃鹫依然故我
它放肆的睥睨、收纳
我的诚恐诚惶

雪莲花
含笑不语

完成这最后一叩
我还要去一片飞云里
再度寻找你

（载于 2020 年第 11 期《鸭绿江.华夏诗歌》）

· 江左融 ·

本名罗春浓，作品散见《海外文摘》《中国诗人》《绿风》《散文诗世界》《鸭绿江.华夏诗歌》等。

珍珠

◎欧阳清清

像一粒沙子,但愿不在一碗饭里,讨人厌
而是在蚌壳里,还有希望坚韧成珍珠

时常想起父亲家后山黑湾的池塘
小时候过年放干水网鱼,塘泥上许多蚌壳

母亲虽然勤劳,父亲母亲却还是常吵架
后来,母亲从那个池塘走向另外一个世界

我要做个蚌壳精
把身心里那些不完美的沙子,修炼成珍珠

山茶

花都从枝头掉在地上了
一朵一朵
还努力保持着在树上一样的鲜美

落花努力阳光地笑着

·欧阳清清·

本名欧阳志华,湖南省作协会员。有诗歌入选《中国新诗排行榜》等多种选本。

一层一层
红地毯一般地铺着

枝头上一定会有新开的花
一闪一闪
繁星满天

秋雨有一些微凉
一滴一滴
在枝头是露，在地上是泪

(载于 2020 年 5 月《诗峰》)

我的村庄

◎张英杰

沉寂的水田在想什么
老黄牛单调地徘徊
年迈的主人牵着绳头
一头是春天一头是秋天

鸟在归巢时互道晚安
村庄的炊烟
在树林中拥抱缠绵
回家是妈妈的呼唤
清脆嗓音纯天然
贪玩孩子最怕地呼喊

一个大冬瓜
几家邻里的晚餐
菜畦里各季蔬菜
旺旺地长势犹如花园
有木楼两层
堂屋门四季不关

·张英杰·

桑植县上洞街学校中学高级教师，张家界市作家协会会员，张家界市诗歌协会会员。

老妇人的背影

弓成了弦

播种收割收割播种

谁家的秘密公开传遍

快乐单纯幸福简单

繁华落尽谷物仓满

田野不说话

秋虫呢喃

冬夜灯下

母亲和父亲盘算着新年

三个孩子

在撒欢

（载于2020年10月20日《张家界日报》）

心里圈养一片海的人

◎胡小白

想到毛茸茸猫咪蜷缩着抱住的睡眠
想到喝过同一口井水却永不相见的人
泪便泼溅在貌似安于平淡的脸庞
边界分明的睫毛忽闪着跃下混乱阴影
纵使它们天生需要爱与赞美
像开在山岗上的樱花,在熟悉的三月
渴望人们冲破头顶如死潭般的沉寂
用沾裹着粉红果酱的词讴歌

宁愿相信那些被烈火烟涛盗窃生命的人
没有遭受窒息的缓慢煎熬过程
只被温暖抱了一下
他们会重返,在人间需要光和热的时候

可是呀,我在明晃晃的白昼仍有持续的潮湿
和暗夜般铺天盖地的悲悯
那些流水,无法挺直腰杆的坚定,忧悒
让藏匿深处的委曲,哭出声来

·胡小白·

本名胡姣华,作品偶有发表,生活偶有小确幸。

立于鳞片闪闪的泪的边缘
我无法叫停抽泣的身体
被肩膀抬起又放下的灯火

我只是习惯地卑微地躲在人群后
捡拾人们身上漏下的香
当捧住一小束新鲜富有栀子花气味的香时
我的泪早已泛滥成海
但它不朽且蔚蓝

（2020年获首届湖湘教师文学征文一等奖）

深度

◎胡良秀

和小外甥说起水的深度
我说
比溪水深的是河
比河水深的是江
比江水深的是湖
比湖水深的是海
96 岁的母亲微笑着
对我说
比海水还深的是泪

（载于 2020 年 9 月 7 日《张家界日报》）

·胡良秀·

湖南省作协会员，张家界市作协副主席，出版诗集多部。

拾稻穗的老人

◎廖诗凤

夕阳下，有一张老脸和我对视
彼此看清　沟壑纵横
几声沉闷的咳嗽，如同
最后挣扎的滚筒

倒在镰刀锋利下的几根稻穗
一把揪住老人的双手
把风烛残年的影子
画成一个年轮的半圈
稻草
镰刀收尽了沉甸
我，听见了割肤的快感
腰杆拉下一张沧桑的脸
和我一样的金黄

我，被抛弃于田间
在抢走所有的价值过后

·廖诗凤·

张家界市作家协会会员，省网络作协会员。有作品散见报刊和网络平台。

和黄土一并裸露夕阳

我真的还想重新长出稻秧
把有希望的梦想
铺满村庄

(载于2020年10月12日《张家界日报》)

在任性的酒窝里和解

◎钟 华

夜幕下
骑着摩托车一溜烟
那是勇气不允许

一咕噜喝完一瓶水
这是多么认真后的样子

只好掬一片六月的雪
放在任性的酒窝里和解

用八月瓜,泡一杯秋的奶茶

或许,像少年一串串青涩的记忆
或许,像孕妈一阵阵痛后的开怀

至于我,和我的运动装们
比赛正如荼如火地进行着
有些家伙战斗力超过想象

·钟 华·

张家界市作家协会会员,
张家界市诗歌学会理事。

好一阵秋雨
点击的不止一个主题
用八月瓜
泡一杯秋的奶茶
给你

（选自微信公众号）

父亲的扁担

◎ 梁定发

父亲走了
给儿孙留下许多
书籍、烟斗、毛笔、砚台……
一根桑木扁担
是他生前的最爱

用砂布打磨了又打磨
用桐油油了又油
光滑柔韧的桑木扁担
挑过多少风和雨
挑过多少日和月

手握父亲用过的扁担
仿佛父亲就在眼前
抚摸着被肩膀磨白了的扁担
仿佛闻到了父亲身上的汗味
扁担上,挑着父亲的一生
扁担里,藏着一个家的记忆

(载于 2020 年 11 月 12 日《张家界日报》)

· 梁定发 ·

市作家协会会员。1995 年开始创作,先后在《国防教育》《老年人》《张家界日报》等报刊上发表多篇散文、诗歌、通讯。

油菜花

◎李本华

地头、田间、山坡
一簇簇金黄舞蹈着春色
点缀铺展春光
迷漫、腾动、蓬勃、热烈
漾动、激情、真诚、明艳
踩着节奏，洋溢欢快
乘着轻风，踏歌而来
与鸟鸣一起呼朋唤友
春的精灵欣然已至
人们兴奋走出家门
迎接心中那一轮轮金色小太阳

（载于2020年第1期《澧水文学》）

·李本华·

湖南省诗歌学会会员，张家界市作家协会会员。已在《诗潮》《绿风》等报刊发表文学作品多篇(首)。

校园写意

◎徐昌贵

漫步在校园的绿树下
那片明艳、鲜绿与花香劫持我
黑八哥几串清脆的啼叫与我撞个正着
我便收到清晨满满的问候

樟树的翠色掬捧在手心
洒在地上绿遍校园每个角落
粉红的月季灿烂着周遭
惊艳了我的身心

石榴花鲜艳了小女孩的领巾
迷醉了她明亮的双眸
黄澄澄的枇杷成熟了小男孩的心思
也甜蜜飞舞的蜻蜓蝴蝶

橘子柚子的清香直钻进我的唇齿间
那香甜的味道梳理着我的思绪
我看到了
并不遥远的瓜果遍地的秋天

（载于2020年7月21日《张家界日报》）

·徐昌贵·

教师，张家界市作协会员，在《张家界日报》发表多篇散文、诗歌。

一些善意的细节

◎钟慧梅

火,极旺。炉里煮着生活,红焰
疯狂跳着茅古斯。她无法说话
只是拼命自燃

生活沸腾了。良知轻叩时光,细节被拆骨,融入
腊肉的清香,米饭的清香,苞谷烧的清香
……在灶房,等待

噼里啪啦,她对世界狂妄,滋滋滋滋
她又向天地卑躬屈膝。细节的褶皱
虔诚如佛塔下的木鱼,在岁月里微微泛着青光
最后,悄然融成
心底最温暖的柔软和最坚毅的壳
一如母亲,祖母,外婆
围着灶台,用一生的善意
在每一份细节里无声告白

(载于2020年12月17日《张家界日报》)

·钟慧梅·

作品常见《张家界日报》等。

告别老山前线

◎曾祥佑

云、山、森林、边关,
往回的路仍旧平坦。
何时再见你多情的山水呢?
让我的心再做一次潮讯般的回旋。
奔驰的前线运输车,
勇往直前。
纷飞的炮火,腾起浓浓硝烟。
冲锋地勇士,不惧越军凶残。
一次又一次的冲锋,
击溃了越军的气焰。
当硝烟散去,
战友牺牲时紧握的双手,
迷失了自己的视线。
如今几十年已过去,
亲爱的战友:
不知你是否仍在坚守阵地,
誓死捍卫着祖国的尊严?
亲爱的战友,放心地安息吧。
我会盛着战友的情谊,
让赞歌代代相传。

(载于2020年12月18日《中国诗人作家网》)

·曾祥佑·

张家界市作协会员。

梦藤萝

◎肖玉芳

春风沉醉的晚上，
细雨打开了我房门，
一点、两点，
点开了我的四月，
它们从四周来了又散去。

后来，
于紫蒙蒙的恍惚中遇你，
是在我的梦里。
是微风袭来又散去，
是心中拂动着的紫色的朦胧。
似绿林里撒下的一抹光，
似初晨迷雾中的指路灯，
是画、是诗、是希望，
是四月里你带给我薄美的梦。

无奈，
梦里花飞，

·肖玉芳·

桑植县瑞塔铺镇芙蓉学校教师。

几经飘落。
辗转千万，
知多少，
终消没。
孤叶随风，
似鱼无意游走，无厘头。
满地春残。

于是，
旧清秋、乱绪愁，
全上心头。
不觉梦醒，
却知是——美者生也美，逝也美。
藤萝啊藤萝，来年再相会。

（选自微信公众号）

卜算子·咏茅岩心湖

◎ 李玉兵

一

楚楚白云封,漠漠岚烟锁。古藓荒藤上碧穹,怅望流光过。

极目仰飞鸿,泪向空江堕。桂棹兰舟引客笮,长梦谁惊破?

二

紫气正东来,棹唱翩燃起。零落馀花点绿苔,樵径浮云底。

俗眼忽全开,尘念澄如洗。天地氤氲绝世埃,何似蓬莱里。

三

缥缈碧云光,惆怅倾城面。鸟语风轻藓驳凉,深闭含幽怨。

顾盼意何长,巧笑因谁倩?不必相思慰断肠,携手尊台见。

·李玉兵·

全国金牌导游,张家界市作家协会会员。编著有《导游湖南》一书。

四

正值玉樽开,坐待嘉宾饮。但见粼粼琥珀光,未酌香轻沁。
应自得真传,终觉非凡品。好趁风清雨霁时,酣醉方高枕。

五

一笑果倾城,尽说丰姿好。金盏银盘已满盈,恨不相逢早。
缥缈玉娥笙,锦簇花藤轿。葛帔绫裙共耦耕,厮守溪山老。

(载于2020年5月23日《张家界日报》)

九天洞赋

◎向国庆

·向国庆·

中学退休教师。中国少数民族作家学会会员，中华诗词学会会员。

　　帅乡东山，雾绕云环。洞府深幽，名曰九天。苍松泻碧，丹枫淌鲜。锁在深闺人未识兮，奇珍瑰宝枉沉湮。敞开神界众争睹兮，仙葩名姝始撩颜。由是游人涌蜂聚蚁，终致衔舆扬尘播烟。

　　洞壁千挂练舞，春雷咣也；穹顶九眼窗开，日月彰也。瀑流溅演武厅，喷雪飞霜。丛灌悬一线天，滴翠迸芳。百载悍匪蛰居，炭痕尚在；万世天工巧夺，胜境赫惶。

　　夫洞迭三层，长逾十里。容积亿方，亚洲无比。鞭林穿顶兮，雪寒云山；铜簇贯斗兮，气冲穹脊。笋海倒攒兮，莹射洞天；乳峰悬空兮，彩焕地底。虽东海之龙君，当慕名而思易。纵蓬莱之仙翁，定见状而惊悸。

　　至若移步览形，盈眸丹青。有观音送子，卧龙躬耕。弥勒捧腹，红玉奋旌。玉虚宫，云雾蒸腾；黄土岭，粱粟丰登。阴河扬波，轻摇画舫点点；石径涌潮，甜品苗歌声声。此景只应天上有，人间能见几回行？诗曰：

帅乡胜景黛中寻,十里松涛拍岫门。
九眼窗开筛日月,千槽练泻漫幽阴。
顶悬丛笋莹莹乳,底矗林鞭灿灿银。
洞缀三层雷阵阵,金戈铁马撼天人。

(载于2020年第6期《中华辞赋》)

登山观晨景

◎印存校

朝阳露脸碧空天,
初艳荡波大地鲜,
缕缕白云起舞姿,
浓浓晨雾绕山川。

晨春虎跃震山河,
华夏龙腾锦诗篇,
春光如画景色美,
照耀人间喜心田。

(载于2020年5月11日《张家界日报》)

·印存校·

退休教师,在《张家界日报》等报刊发表作品多篇,出版个人文集一部。

滕军钊诗词二首

◎ 滕军钊

长相思

　　山一程,水一程,要向荆襄急迫行,云深路不平。
　　风一更,雨一更,铁马逐魔营套营,故乡月正明。

长相思

　　战旗扬,角弓张,壮士搏杀雷火场,关山莽莽苍。
　　月梢头,独登楼,闺内伊人点点愁,江涛脉脉流。

（载于2020年03月20日《张家界日报》）

·滕军钊·

张家界市作协会员,出版散文集、长篇小说各一部。

贺澧源诗社周年作品选

澧源诗社周年感吟
◎ 吴学敏

澧源结社不寻常,喜庆周年雅业昌。
楚岸春回花万朵,骚人岁会韵千章。
诗书做伴须眉白,斗室垂情日月香。
击石敲金佳政颂,传承国粹耀陶唐。

澧源诗社周年感
◎ 黄玉安

万物人寰有异常,诗承帅府永时昌。
梅山烟笼云松旧,澧岸花飘翰墨香。
笔阵新军传国粹,金台素纸续骚章。
千辞百曲贤明颂,律韵中兴赛盛唐。

澧源诗社周年庆
◎ 樊金生

桑梓诗团不与常,周年庆祝定荣昌。
友朋撰律书佳句,骚客吟春著锦章。
盛世前贤频喜乐,梅山后秀尽文香。
征程共谱追房杜,国粹传承耀宋唐。

澧源诗社周年庆
◎ 刘梨红

澧水翻腾玉吐芳,骚人爱社谱新章。
知音难觅邀诗友,慧业文华墨迹香。

澧源诗社周年吟
◎ 周明生
去岁结诗社,梅林纳圣贤。
诗章吟昨日,佳句写来年。

澧源诗社周年庆
◎ 王承状
建社周年庆,填词美酒斟。
千樽干不醉,万首诗韵醇。

澧源诗社周年庆
◎ 夏兴云
去年三月初营社,旧辈根基做路符。
众俊同心承古典,千章合意著宏图。
文坛处处留名墨,笔底时时出秀儒。
若问前程何所得,昌荣国粹不曾枯。

澧源诗社周年吟
◎ 黎友明
澧源结社意非常,骚客文人寄律章。
酉水岸边新秀桀,梅家山上韵声琅。
年轻事杂吟诗少,日薄清凉可徜徉。
秋月春花无限美,莫辜当下好时光。

醉美庆功酒
◎ 涂锦生
澧源诗社周年庆,泼墨重彩传华章。
雅韵沁心吟欲醉,只缘骚客共酌觞。

澧源诗社周年庆
◎ 吴昌军
骚人再聚贺诗坛,澧畔心潮涌上滩。
荟萃雅堂齐赞赏,琼章慧业共年欢。

班师初建存文界,挥墨推敲进月刊。
承载唐风描国泰,弘扬华夏复兴翰。

澧源诗社周年庆
◎ 谷义轩

澧水淙波起韵潮,苍民执笔兴头挑,
逢迎岁诞情怀盛,赞盼花繁墨客骄。
一众新词扬意气,三间陋室蕴文枭。
修辞炼句谋佳作,我辈甘当国粹桥。

澧源诗社周年吟
◎ 罗元宗

澧水潺潺自曲章,鸿鹏结社探先芳。
忠随李杜揉佳句,律印年轮耀祖光。

澧源诗社周年与诸公吟
◎ 兰彩军

诗从溇澧万重山,一往洞庭千里川。
秋去悲鸿吟夜月,春来喜鹊俏江烟。
不求铭记呈娱乐,但写词痕付砚田。
自古圣贤皆寂寞,我今同唱也游弦。

澧源诗社周年庆
◎ 黎昌华

澧源诗社耀红光,凝聚骚人雅业昌。
学李跟苏斟韵句,仰峰望野撰新章。
梅山次第归中脉,酉水蜿蜒荡锦堂。
携手一年勤勉路,传承国粹启宏航。

澧源诗社周年庆
◎ 金泽纲

旭阳一出闪金光,桑梓骚人事业昌。
吟句填词歌祖国,咬文酌字咏华章。
帅乡干将千秋永,酉水波涛万代长。

泼墨挥毫描大地,澧源诗社赶前唐。

澧源诗社周年吟
◎ 朱伏龙

斗篷山下结诗缘,澧水奔流广聚贤。
盛世纵歌平仄韵,珠玑焕彩赋新篇。
夜偎明月吟花影,晨伴书声荡九天。
不忘初心中国梦,豪情怒放再加鞭。

澧源诗社周年庆
◎ 涂金桃

澧源诗社耀辉煌,凝聚骚人谱锦章。
喜庆周年成立至,传承国粹启宏航。

澧源诗社周年庆
◎ 张文升

澧水桑城彩烛明,梅山脚下赋诗荣。
寻芳雅处多勤练,蘸墨挥毫抒悦情。

澧源诗社周年庆
◎ 向龙烛

澧源诗社不寻常,一载耕耘翰墨香。
雨露梅山苍翠绿,烟霞浴水曲飞扬。
凭栏写意胸怀远,把盏斟情笔梦长。
古道新吟同喜聚,再描画卷向朝阳。

澧源诗社周年庆
◎ 卓君务

去岁澧源订誓约,帅乡结社意方遒。
匆匆已是周年庆,处处还为韵律愁。
水秀山青得天赐,诗工词正没时休。
梅亭脚下齐欢唱,璀璨星光上鹤楼。

以上作品均选自 2020 年第 7 期《诗词月刊》

后记

2020年是中国历史上极不平凡的一年。这一年，我们爬坡过坎，小心翼翼。广大文学工作者置身其中，感同身受，围绕重大活动、重大主题，倾情投入、用心创作，推出大量优秀作品，发挥了聚人心、暖民心、强信心的作用。

为了总结张家界市过去一年的文学创作成就，市作协与市民宗局继续合作，征集编选了这部《故事张家界——张家界市2020年度优秀文学作品选》，这是第六部作品年选。这些都是公开发表或获奖的好作品。这几年，我市小说创作取得了长足进步，尤其是长篇小说创作势头迅猛，新作迭出，质、量齐升。限于篇幅，这本选集无法容纳。

过去一年，市作协以党建为统领，以推动文学创作为目标，各项工作有新进步。市作协党支部全体党员赴永定区四都坪乡牧笛溪村开展主题党日，成立志愿服务队，为精准扶贫作出切实努力；在永定区教字垭村组召开屋场会，开展理论学习和田野调查，用作品歌颂伟大时代的乡村振兴；赴怀化市沅陵县开展"重走长征路既文学采风"主题党日活动，全体党员到沅陵县湘西剿匪纪念碑等红色场馆、区域进行考察学习,接受教育。市作家协会党支部评为"2019年度先进党支部";市作家协会评为张家界市文联系统"抗疫先进单位"、张家界市文联系统2019年度"先进单位"。黄真龙评为张家界市服务全域旅游创"三优"活动优秀党务工作者;刘宏、黄真龙评为"2019年度优秀党务工作者",石绍河评为张家界市文联系统2019年度"先进个人",黄真龙评为张家界市文联系统抗疫"先进个人"。

市作协和市民宗局主编的《张家界的灿烂年华——张家界市2019年度优秀文学作品选》出版。该书是张家界市连续推出的第5部年度优秀文学作品选,已经成为张家界市作协的品牌和文学事业的一张闪亮名片;由石绍河、黄真龙主编的《再去西线游——张家界西线旅游文学作品选》由团结出版社出版。该书旨在为加快西线旅游开发,丰富张家界旅游文化内涵,扩大西线旅游对外知名度,为加快张家界市实施"对标提质、旅游强市"发展战略,在"锦绣潇湘"全域旅游基地中发挥龙头作用作出新的贡献。由石绍河、黄真龙主编的《笔墨山水咏中华——张家界市作家协会庆祝中华人民共和国成立70周年优秀文学作品选》,由团结出版社出版发行。分为上、下两册,作品主题积极向上,充分表达了张家界市文学界对中华人民共和国成立70周年的诚挚祝福。《吐鲁番》2020年第4期集中推介张家界6位作家作品。

据不完全统计,2020年度张家界市作家作者在省级(含)以上的报刊杂志发表文学作品400余篇(首)。主要有:胡丘陵《故事张家界》(《十月》2020年3期)、刘晓平《远村》(《中国作家》2020年2期)、《我行走在现代与记忆的诗意里(七首)》(《江南》2020年6期)、《梦里梦外总得做一回英雄(组诗)》(《鸭绿江》2020年20期),石绍河《十八洞的树》(《散文(海外版)》2020年8期)、《碧水丹山大地花》(《散文百家》2020年9期),向延波《空山(组诗)》(《诗潮》2020年11期),汪本莲《一颗树的穿越》(《湖南日报》2020年5月5日),胡良秀《寻梅古城(两章)》(《散文诗世界》2020年2期),钟锐《歪歪探长:百变大盗》(有声版)在学习强国上线,谢德才《梭子丘的咸鸭蛋》(《散文海外版》2020年7期),鲁絮《逆风的人》(《湖南文学》2020年3期),胡家胜《杀猪饭》(《微型小说选刊》2020年14期),张建湘《大哥与他的酒窖》(《福建文学》2020年7期),罗舜《无人区(组诗)》(《青春》2020年5期),宋梅花《瓜子红》(《小小说月刊》2020年4期上半月刊),杨冬胜《惠安石雕》(《泉州文学(增刊)》2020年11期),彭冬梅《眼睛的味道》(《高中生》2020年6期),兰彩军《澧源周年与诸公吟》(《诗词月刊》2020年7期),朱凤英《遥望四姑娘山》(《湖南工人报》2020年9月),向国庆《九天洞赋》(《中华辞赋》2020年6期)等。滕军钊长篇小说《战车少尉》由东方出版社出版。郭红艳《新阳》被确定为湖南省作协"庆祝建党100周年"创作专项选题。李文锋《火鸟》获"梦圆2020"脱贫攻坚主题文学创作长篇小说一等奖;罗长江《石头开花》获"梦圆2020"脱贫攻坚主题文学创作长篇报告文学一等奖;田润《苍山作证》获"梦圆2020"脱贫攻坚主题文学创作长篇报告文学三等奖。胡丘陵长诗《戴口罩的武汉》获第五届中国长诗奖最佳成就奖;石绍河《书写自然 回归宁静》在"书香自然·智慧人生"天府地质杯全国自然资源系统读书大赛中荣获"一等奖";宋旭东《交叉感染》获第六届"青春文学奖"长篇小说奖;宋梅花小小说《草婶》获河南省渑池县"仰韶杯"全国文学大赛小说类三等奖;杨冬胜《青云直上》获首届湖湘教师征文散文组一等奖、《做一名河长,与江河盟誓》获第二届生态环保美丽江苏全国诗词大赛二等奖。

黄真龙、罗舜加入中国少数民族作家学会;胡长刚、朱凤英、龚海楚、甄钰源、田润加入湖南省作家协会,喻灿锦加入中国作家协会;黄真龙、胡小白参加湖南省青年作家训练营学习;罗春浓、赵斯华、汪珍玺、王译贤参加毛泽东文学院第19期中青年作家班学习。

在文学式微的当下,还有那么一些人,坚守文学理想,坚持文学品味,专心致志、朝乾夕惕,努力以高尚的操守和文质兼美的作品,为历史存正气、为世人弘美德、为自身留清名。我向他们表示由衷的敬意。作为一名文学工作组织者、志愿者,理应为他们尽绵薄之力,更好地服务。这是我六年来一直坚持编选年度优秀文学作品选的初心和动力。

感谢市民宗局和局长李林先生多年来对民族文学的垂爱、关心、支持。感谢陈颉先生利用业余时间完成了诗歌部分的组稿选稿工作。

石绍河

2021年5月